EX - LIBRIS

《瓦尔登湖》插画　藏书票

# 泥土就在我身旁

苇岸日记（上）

（一九八六至一九八八）

苇岸 著

冯秋子 编

广西师范大学出版社
·桂林·

泥土就在我身旁：苇岸日记
NITU JIU ZAI WO SHENPANG: WEIAN RIJI

出版统筹：多　马
策　　划：多　马
责任编辑：周祖为　吴义红
产品经理：多　加
书籍设计：鲁明静
责任技编：伍先林
篆　　刻：张泽南

**图书在版编目（CIP）数据**

泥土就在我身旁：苇岸日记：上中下／苇岸著；冯秋子编. --桂林：广西师范大学出版社，2020.11
ISBN 978-7-5598-3085-2

Ⅰ. ①泥… Ⅱ. ①苇…②冯… Ⅲ. ①日记－作品集－中国－当代 Ⅳ. ①I267.5

中国版本图书馆CIP数据核字（2020）第141784号

广西师范大学出版社出版发行

（广西桂林市五里店路9号　邮政编码：541004）
（网址：http://www.bbtpress.com）

出版人：黄轩庄

全国新华书店经销

湛江南华印务有限公司印刷

（广东省湛江市霞山区绿塘路61号　邮政编码：524002）

开本：889 mm×1 194 mm　1/32

印张：50.625　　字数：900 千

2020年11月第1版　2020年11月第1次印刷

印数：00 001~10 000 册　定价：228.00 元（上、中、下）

如发现印装质量问题，影响阅读，请与出版社发行部门联系调换。

苇岸肖像　丁乙 作

# 苇 岸

原名马建国，一九六〇年一月生于北京昌平北小营村。一九七八年考入中国人民大学一分校哲学系，毕业后任教于北京昌平职业教育学校。一九八二年在《丑小鸭》发表第一首诗歌《秋分》，一九八八年开始写作系列散文《大地上的事情》，成为"新生代散文"的代表性作品。一九九八年，为写作《一九九八 廿四节气》，选择居所附近农田一处固定地点，实地观察、拍摄、记录，进行廿四节气的写作。一九九九年在病中写出最后一则《廿四节气·谷雨》，五月十九日因肝癌医治无效谢世，享年三十九岁。按照苇岸遗愿，亲友将他的骨灰撒在故乡北小营村的麦田、树林和河水中。

苇岸生前出版散文集《大地上的事情》（中国对外翻译出版公司，一九九五年四月）；编选"当代中国六十年代出生代表性作家展示"十人集《蔚蓝色天空的黄金·散文卷》（中国对外翻译出版公司，一九九五年十二月）；在病榻上编就散文集《太阳升起以后》（中国工人出版社，二〇〇〇年五月）。其后有《上帝之子》（湖北美术出版社，二〇〇一年四月）；《泥土就在我身旁——苇岸日记选》（《特区文学》双月刊连载，二〇〇四年至二〇〇五年）；《最后的浪漫主义者》（花城出版社，二〇〇九年十月）；《大地上的事情》（广西师范大学出版社，二〇一四年五月）。

9月　　13日

秋天，大地以丰盈的果实等待人们（等马毛有篮也动物）去收获。你想到丰盈，你连想到充沛的食物，你连想不到不劳动，在这世界上哪个能理地的米子的知很。

我也曾走到果园去看过，我的叔和所有的人一起去得到庆通到票阁，他们高照，我得又向行了把黑。我只是在nH杯节看看的，昨昨那的叶黄在路边的枝上叶什叶语。草棵里的蟋蟀歌叫不休，远处田里又有牵地的把拍机的嘎吱声。如果我是此时早秋守静，当有是此我的心。

沿路我也观赏着各种植物，在结籽的草边中不时发现淡花甲，鲜艳夺目，令人愉悦，仿佛在千军中展出笑脸。春华秋实，在秋天里开花的难道就不叶候结果？我看将以菊花们，金黄的向日葵花像一般的菊花。浅玄的盆碟似的白菊花。鲜绛颜色的雪中花。出在低洼的地满大的茶红的双瓣花穗。闻叶的爱陀多叭似乳白色的玫瑰。紫摇花起，已有花瓣的末枝大小的薯苞花朵。花心似叶把春天带过严火天，似在侯暖久的秋的叶节，也绚烂春秋，在收获叶里绽接。

因地在熨放闻辉秋来，辉露以高梁者，玉米禾，黄草和浮色的大地，怎民特的家物色色都最爱，农民们享着收获一次次走过田黑，你佛是花药物一头轻口卸不尽有上的重载。我尚现着玉收收割了3的田大地，不停久眼浮起下后收的风景，也过休息。这是丰作后收将的悟情的敬息，它将在酸收也是龙和心人的关怀和冬日霜雪的阴方如秀我下解心地睡去。

我着这大始发黄的梢叶，脚下徽发坡一样降起钻娓，又莫迎落去。泡泡和地塘里起着高大叶的围出花和结穗的北浦草叶西草。泡萚上和塘高几几北亭杨。已山叔敬彩叶黄，使我得炒3得栗成

3月15日

《瓦尔登湖》使我爱不释手，浇见了两遍。还给我带来的激动在我读普里什文的《林中水滴》时曾先过，浇浪了吉许科夫的《生命》时也有过。但哪次都没有像这次强烈，这深入到我的灵魂中。对我来说，梭罗比别的北美作家都更伟大。

美国十九世纪超验主义运动产生了两位具有世界影响的作家，另一位是爱献生。在《简明不列颠百科全书》《中国大百科全书·外国文学》中都未查此超验主义运动，我手里又没有《美国文学史》因此，我无法知道超验主义的详细意义。

亨利·戴维·梭罗，1817年7月12日生于马萨诸塞州康科德镇，为此他颇为自豪。因为他生于全世界最可敬的地方之一。该城是美国独立战争的火最发地点。而1834年梭罗生在居里，也就变成了美国超验主义的故乡。梭罗中学时，就时都喜爱诗和古典作品。毕业于哈大学后当过教师。从哈佛大学毕业。他当过小学教师。家庭教师。童年时他爱劳动。帮助他父亲制作鉛笔。及作土地测量员。1837年与爱默生相识。1843年他住到了爱默生家里。1839年与兄在梅维马河上旅行。写出《在康科德与梅里马克河上一周》游记。1945.7.4号住在沃尔登湖畔。这起来他自建造房为你的向生《创造的资本情况。当时《沐浴普及林中生活》（《瓦尔登湖》）

梭罗一生写了三十九部日志，次展他的思想。以以在此后成集为书《旅行日记》《给国森林瓶》《斗争德国》。他因患肺结核于1862年5月6日逝世。年满四十五岁。

梭罗的哲学在今日也更是，人不须太顾一切地听灵魂和事物动。

3月24日

初次到那么，的感觉。和昔里代又那么相似。仿佛是同一个小城似的。但她为寿么能相似呢？一了法国人。一了俄国人。如果我不能分辨出东地的特征与西地如何相异的话。是否我的观爱力不够锐。

虽然到那么，与昔里代又都挺好的。择书如杂货。都围靠着竹街整叶的。但他更遗　孩我的花束。是可以从新阪坐上运公开车的到那么。闲钱到叫的城。每窗首岳一碟。黄庄木油腊。合育法国人的冰 默。讥讽的总味。昔里代又闲相到的方式。谱高作品。仿佛 自相中的悉所 随意。不规则。夭一种 合都作品中的说底。

3月26日

在 他的书信头了。我 还成为了新地祇的国犯。成为了自己也后的国犯。变动不 便获得一种权祭的翁平秘寄。让我在孕中的警觉。

在本缘城里的 3斗路车上。失去了的写岳 冷沈怎么也找到又住。剩男了 渃"流串"。在城中马之与"我的村在"的 冶到）。

头了勤者诺列"十八世纪女爱主梨"菁七台册"啻伦坚庵忘""梃纽县纳"。 希腊《致使中的疾衣》莫名岂"闹男使"。北遇小传薄"绵的陷生人"。汪氖浩多"从这里始"。

我  在寻手们态秀狠"一小抚桓"的毛笔。还是都得用重的小银。多分写 。我 拒绝了。放在"小银和我"的地。我也吉了到围阶的"小浩心涓雲水渡"。 又多一本浅 过唔溟初。如果多 代如"的纪了"。不 行钱也会买下。

4月 13日

我重新认识了雅娟。听说里尔克被为叫窗的诗人。我才知道歌唱自己另及她的诗。他写一个园丁们的那种的热爱了户外的诗。我发现她也是一生过着尼僧。在自己内心的大阴得岑小城里书写她漫记。他收剪烛光。手掌当烛柱。手掌中的油在暴风般的泪雨。这诗如心跳。

在我手里的我有他的诗如集子《德国以诗选》《德国现代诗选》《爱唐抒情诗集》中。我喜爱他的诗。感到他们相同。就让我猜吧！把我心之诗交给心爱之当替我倾向的人吧：马成怎样的诗句的诗。我知道她的力。现代如诗已经有过好他十几位诗在老师的诗人眼中选样一致心。他告诉了。感到我爱他。我男对我如朋友那么好了过。我是异样的担心·雅娟。我正到了一园表。"我心啊、此我和也发到了一起寄到《今日他艮部》。"我心想以为世界最后！因为世界是诗。

……雅娟是不移的。以心情之深如他爱现他。

4月 14日

晚上湖了波到了雅娟。他拿成《外国现代诗作品选》指给我看。里尔克如《马尔特·劳利得·布里格随笔》里面提到了雅娟。我思到读过这篇摘记。心对读那时重无印象。因为当时雅娟还未进入我的心中。

他提到：
"一个诗人，他在山上有一所幽静的房子。他笑时的声音如远方……

6月9日

麦田，多么丰富的词汇。它让人联想到的不是青色的，却是整个日变花辨一般金黄的麦田。它是生命的，仿佛是一笔财富，是难于舍得的慷慨方式，铺在大地上。也或又来自于泥土，已择绿色的金黄。它令人欣然想到了多少四格千年的积聚，内含层。军歌。它虽远味芬芳，慢慢在环境。生活在麦田边的动是幸福快乐为久。

多么苦菁如无色。苍狼的气息花展天蒼。恰如在四格之火也荡动。她们躺在秋田里除草，《街大的动作。布衣与车辙曾如落》当我们向青如为问看表时，《要无穷了。又在更远的拐去响起了《你告》的色卷。一早是叫做一次呀苦的色卷，《更无穷奏鸣。

田里的女日老在说话：《n笑了？

回答：十漢多了。》又对我的衰蛮女？

为七幼老：十漢了。该艺都放过了。也没给饭吃？》      知道识别。

我整会此发了笑。黎息。俄莱的心。  知道词如会说话。这始同毛屁问豪迎。

6月10日

麦田。记我走到斯河中。黄稱稚为小说命名《麦田守望者》麦田走入无数诗人的诗中。双麦田是凡迹。麦田的颜色是凡高的生命色。凡高画《麦田上的鸦群》。凡高走入麦田深处。他注岁贵在麦田旁如双枪长眠。凡高也汽在麦田之中。《多了好。到我呀。还有为曲如蔔菖蔬，蔓延到薪发的天边，也片刻感一些麦田的浩

# 目　录

第一辑　日记⋯⋯⋯001

一九八六年

第二辑　日记⋯⋯⋯133

一九八七年

第三辑　日记⋯⋯⋯279

一九八八年

第一辑　日记

# 一九八六年

# 一月

## 一月一日

星期三，风，日温 -1℃

常说万事开头难，但新年起始易。

醒来窗纸已白，每块窗玻璃上都开放着一片高粱林或苇丛，使人想起秋天的田野和池塘。冬天胖胖的麻雀，把头缩在厚茸茸的羽毛里，蹲在树枝上鸣叫，它们总起得很早，在半道上等着太阳，然后一块上路。等太阳也回窝时，它们便回来，在屋檐、畜棚、柴垛过夜。在睡觉前，它们总要聚一聚，把各自带回的故事讲一讲，告诉别人没有看到的事情，由于不讲秩序，外人看着它们就像在争吵一样。我很喜欢它们的颜色，这是北方冬天的颜色，它们是留鸟，从出生起便不远离自己的村子。

我是昨天乘车回乡下老家来过新年的。夜像条黑布带系着昨天和今天，系着一九八五年和一九八六年。多么想一觉醒来看到窗外纷纷扬扬的雪呀，这个冬天刚刚下过一次小雪，那是像白纱巾一样还未蒙住大地的面容，走在上面还没有响声。想着雪就想到了走在积雪上，雪凹陷下去的噗噗的声音，这声音是美妙的，马车在街上行驶，积水碎裂的声音也是美妙的，薄冰因重压而迸绽的声音……

晚上，我走到村外，为了看看星空。无法辨认正在出现的哈雷彗星，北斗七星也看不出，银河西北东南方向倾斜地卧着。田野非常安静，我无法辨出声音是耳鸣还是天籁，总之它不间断地响在耳边。

## 一月二日
星期四，晴，无风

　　造物主使地球上有了生命，它使生命具备了得以生存的各种器官。人在具有生命这一点上并不比其他生物高级。

　　眼睛是认识事物、指引方向的，口是告诉别人，耳是被别人告诉的，鼻是交换气息的，下肢供行走，上肢供劳动，它们各尽其责，使生命平衡和谐生存延续演化。纪伯伦说，野蛮人从树上摘果实吃，文明人从商人手里买果实吃。从什么时候起，人们开始创造出一种自己身体之外的机器，来代替某种器官，这个时候人类就背离了养育他的自然，貌似获得了解放，实质为自己造出了枷锁，开始沦为自己创造物的奴隶了。

　　人类用机器代替了上肢的劳动，用汽车代替了下肢的行走，用计算机代替了大脑的计算，但能用一种器具代替耳鼻口的功用吗？也许将来可以。那样更可悲了，将是人类的灾难。

　　早有这样的想法，今天实现了，从小营步行返昌平。天气很好，气温有些回升。上午十一时出发，走在空旷的田间小路上，天空是灰色的，看不清远山，阳光也像被什么过滤了。我奇怪在冬天人都穿上厚衣服,树木反脱去了它们的衣裳。小杨树的皮肤很好看,像美国西部的花斑牛一样。在一个废弃的小场院,麻雀们聚在这里,这是食物基地,它们看到有人走来便一哄而起,落满了光秃的树枝,仿佛长上了褐色的叶子。我停住,远远地注视着它们,它们不愿人这样注视,警惕地飞走了。人怕人,动物也怕人。我看到了北方的留鸟,花喜鹊、灰喜鹊和其他一些叫不出名的小鸟。在空阔的田地上,它们愉快地叫着,不用听懂,便已感到很幸福了。

## 一月三日

星期五,大风降温

很意外,早晨被窗外的风声震醒,风力有七级左右,它的吼声令人想到这是一头凶猛的野兽。人们怕风更甚于怕雨怕雪,因为它使人沐浴在尘沙里。雪是可爱的,可爱的却不来。我记得小时候每年冬天都要降好几场雪,孩子们可以打雪仗,滚雪球,到田里去抓野兔,带着一条忠实的狗,或在场上支筛扣鸟,不然在积雪上走,听脚下噗噗的响声,看身后留下一串脚印,非常幸福。近些年气候变化,冬天降雪很困难,几乎成为一种奢求了。只有风,仍然是常客,在四季都要光顾这个地方,但它并不带走什么。

任凭风在室外四下奔走,把沙土扬向天空,我打开戈尔丁的《蝇王》，看他的智慧，以一个旁观者的身份走进他创造的那个世界。这个令一些作家不服的英国人，用这本书拿来了一九八三年的诺贝尔文学奖金。

窗外百米内有个建筑工地，我惊奇这样的大风，拔地而起的四层楼顶仍有人在工作，他们为了让楼房生长，竟和树木一样在露天不避风雨了。

## 一月四日

星期六，风

夜里温度很低，早晨见到窗玻璃被冰霜封严了，这冰霜没有图案、花纹，像刷上的白垩。这一点城镇的楼房远不如乡村的平房那么美丽。

看《蝇王》很失望，在青年文学创作会上，顾城已经对我说了。戈尔丁是个理性主义者，主题先行，用小说来阐述他对人类的看法，所以他可能以虚构故事为由，而不注意细节的真实了。这是我看了二十页后的看法。

## 一月五日

星期日，晴，升温

秋天，我独自去过北山，折回了一杈黄栌枝，红叶像展开双翼的蝴蝶栖在枝上,仿佛稍一惊动,便会群起飞去。我小心将它立在书柜顶部,屋内便燃起了一束火焰。冬初了,山上黄栌林的红蝴蝶已经被风惊飞了,而室内的这群蝴蝶仍然栖在这权黄栌枝上,只是火焰疲倦了。

意外的是,黄栌的叶子不因枝断而脱去。秋末树木为了保存自己,脱落叶子而过冬,黄栌也不例外。但当你折下一枝黄栌后,它的叶子便和枝紧紧结合在一起了,共同对外。

在一九八五年十二月二十四日至二十七日召开的北京市青年文学创作会上,一些编辑部和出版社赠送了书刊:丁玲主编的《中国》,冯牧主编的《中国作家》,《北京文学》《十月》增刊,及工人出版社的已停刊的《开拓》等。过去很少读中国小说家的小说,现在浏览这些刊物,对一些作家有了了解。今天读了阿城的《树王》,李陀说他只用三千常用汉字,反修饰,朴素中见伟大,读后确实觉得他比郑义、张承志等更深刻。

## 一月六日

星期一,天气好

邮政、电信是根据人类交往联系的需要而产生的,最初是语言,然后是文字,有了文字,就要求笔和纸出现,出版社、印刷厂也应运而生。这些与人类生命本无直接关系。

给吴思敬老师、董文海寄信。吴是搞诗歌评论的,在报刊上似乎读过他的文章，内容已无印象。与他是在北京市青年文学创作会上认识的，当时顾城、牛波、谢烨、林莽我们同在一桌吃饭，谈了几句。寄给他两期《新潮》。收到索杰信。

## 一月七日

星期二

这则日记是八日记下的，细细回忆，想不出本日有什么值得记的事情，写下日期，方忽然想起一月七日是我的生日。这一天跨阳历和阴历两年，父辈人惯用阴历，则生日为一九五九年十二月初九，属猪。我喜欢用阳历，则生日为一九六〇年一月七日。今天是我二十六岁生日，若用阴历，要到一月十八日才是十二月初九，这是阴阳历之差。

看到了二十六个冬天了，生命的三分之一（假设能活到七十八岁）已经过去。在中学时他就想在这一生中做这件事，偷偷写过一篇关于儿童的中篇小说，这是高中时，仅写了四十页有余，当时他认为这是小说。后来买了不少中国小说和西方古典名著。后来又喜欢上了散文。后来在大学看艾青诗，看《今天》，又喜欢上了诗。北岛、江河、顾城、舒婷、杨炼、严力、芒克、小青、方令的诗启迪了他，他也学写上了诗，并成了顾城的朋友。他可能不具备诗人的因素，但他又觉得除此之外，一切都无足轻重，所以只是顺着愿望而行，不求努力成为什么。

他做的这件事,到今为止的成果是:一九八二年十一期《丑小鸭》诗一首《秋分》;一九八五年《五台山》第二期诗三首:《冬日的田野》《古镇》《夜行》;一九八五年十一月六日《诗歌报》散记《"童话诗人"——记青年诗人顾城》。非正式铅印发表诗三首。为此最初他都获得过快乐,现在它们已不算什么了。

## 一月八日
星期三

翻开剪报本,里面有篇介绍北岛的简短文章,发表在《北京晚报》一九八五年十二月十四日周末版上。我看过的介绍北岛的文章,还有一篇是在《中外诗坛报》创刊后第三期上,它介绍了北岛与谢冕的一次会面。

我见过北岛一次,那是一九八四年四月,当时我在《工人日报》思教部实习,晚饭后在思教部给顾城打了电话,他说北岛正在,让我去。到顾城家,他们正在吃晚饭,顾城介绍了北岛和上海的王小龙。和想象中的不同,甚至相反,北岛高高的个子,很瘦弱,戴一副眼镜,和他诗中透露的气质相悖。我坐下陪他们吃饭,谈些什么记不清了,大概是诗坛形势,外地的几个青年诗人。当顾城拿出十元作为书费给我时,北岛笑他真富裕。谈到了斯通的《渴望生活》和那些各异的印象派画家。

十点多了,我们返回,顾城送到大院门口,北岛推着车子,王小龙我们三个一起去车站,路上我和北岛简单谈了几句,我说了他的诗变了,出现了"他妈的"这样恶劣的词,他自信地反问:"有什么不可?"他骑车走了,这时公共汽车与地铁都已停运,我和王小龙在地铁工作人员帮助下叫来了出租汽车,我在板章路张金起处下车。

后来北岛送给我一本他打印的诗集《峭壁上的窗户》,这本诗集被人拿去看,至今未归还。

## 一月九日

星期四

昨天从昌平图书馆借来一本译文集《斜雨》,这是本综合性的集子,内收有被称为唯美主义代表人物王尔德的六篇散文诗。我读过他的童话《快乐王子集》,架上还有他的唯一的一部长篇小说《道连·葛雷的画像》,过去读过,但读了十几页。读他的这六篇散文诗,使我想到了波德莱尔、纪伯伦的散文诗,无疑他们都是伟大的作家。他们的共同点都是超然于他们所生活之中的那个社会,而写具有普遍意义的作品。"愈是本土的,愈是人类的",这话不免狭隘、片面。不同点是波德莱尔的世俗性,纪伯伦阿拉伯世界的宗教性,而王尔德则表现了他的童话性。

集内有苏联帕乌斯托夫斯基的《面向秋野》,这是他的《金蔷薇》的姐妹篇。这种记述作家们生平轶事的作品我也很喜欢看。

## 一月十日
星期五

进城。主要目的是去书店。在都乐书屋买《海明威回忆录》,书不厚,不足二百页。在人民文学出版社读者服务部买《悲惨世界》(五),把这一套书配齐。在东四书店买斯特林堡《红房间》,这是一年前出版的,书价还很低,一元整。在王府井书店,买了很畅销的书《情爱论》,已第二次印刷,这是保加利亚人写的。

## 一月十一日
星期六

昨天用半价买了一本过期的《外国文学季刊》(一九八二年二月),主要为里面有普里什文的记叙大自然的中篇散文《人参》,当我读过《林中水滴》后,我便记住普里什文这个名字了。俄苏文学我读的不多,第一部是托尔斯泰《复活》,但读后并未喜欢上它。我喜欢的第一个人是叶赛宁,但他是一个诗人，另一个是蒲宁，他的《阿尔谢尼耶夫的一生》被我兴奋地推荐给顾城（他后来讲并不像想得那么好），我心里想，将来我要写的书也是这样的。而普里什文是以散文被我接受下来的，今天读他的《人参》，感到他要博大、深邃得多。

晚孙祖逊来玩，借走海明威《太阳照常升起》，这本书买后我并未读过。

给林莽寄一份《新潮》，上有《人类》。

# 一月十二日
星期日

去街上一个体服装店做件西式上衣。过去我曾对西装持反感态度，并想过不会穿它。但它的确比中服合体。穿的人多了，我也被卷进了这个潮流。

到昌平图书馆阅览室去看杂志，看杂志的目的是开阔一下眼界，了解一些动态、信息。

《外国文艺》是上海办的双月刊，它与社科院《世界文学》相似，都是每期必读的杂志。看了一九八五年第五期，有辛格的谈话录，这个一九七八年诺贝尔文学奖获得者——美国的犹太人，给我的印象似乎还不能算个大师，他抱着自己的观点，并把它同异于其的观点对立起来。他强调小说就是讲故事这一古老看法："把叙述故事摒弃于文学之外，文学就失去了一切。

文学就是叙述故事,一旦文学开始分析生活,想变成弗洛伊德、荣格或者艾德勒,文学就成了令人生厌的东西。"他可以在写小说上优秀,但不能创新。他也认为,作家同画家、演员都是予人以愉悦的人,他们不能给予读者他们自己并不拥有的东西。

同期还有一位美国诗人写的关于美国女诗人普拉斯的文章。普拉斯的诗我并不喜欢,她去剑桥读书时结识近年被誉为桂冠诗人的休斯,婚后,休斯另有所钟,离异,后用煤气自杀,终年三十一岁。该文分析她自杀的原因。

走出图书馆,自行车群被风吹倒在地,好像战场上倒下的马匹,但自行车因没有生命,总活着。

## 一月十三日

星期一

"世界像一本书,翻开在太阳下。在冬天的颜色中,从那所房顶飘出的炊烟,蓝得像天空一样,在风中闪烁不定。远处人们在拆一栋旧房子,像宰一匹年老的牲口。"记得去年的这个时候,在广播局与谢明江、郭建华合写电视片《昌平在前进》的脚本,站在编辑室中,看着窗外的冬天,信笔写了这么几句,这张纸竟保存到了现在。

这几天好像冬天停滞了,气温稳定,每日二三级风,在不明朗的天上,太阳无力地向西方走着,没有人关心她,只有在屋内才感到穿过玻璃的阳光的温暖。仿佛天下的一切都被笼罩在蝉蜕内，单调如白白的墙壁，看不到远山。最好看的颜色是日出和日落，以及歪向西北或东南的高高的烟柱。

上午安静在室内读普里什文的《人参》，想他的句子。读十六开本杂志型的书，似乎比读三十二开本书籍型的书容易疲倦，因为后者常翻动书页。

收到文化馆通知：十六日上午在图书馆开业余作者会。

# 一月十四日
星期二

加西亚·马尔克斯说他不记笔记，因为老想着记笔记，就顾不上构思作品了。这是他自己的道理，我为了使自己习惯思索，强迫自己写这种随笔。想到他的《百年孤独》，我想文学家的成就不是在数量多少上，马尔克斯自己也讲一个小说家，一生只有一部作品。他的其他小说似乎都是《百年孤独》的片段。

塞万提斯的《堂吉诃德》，但丁的《神曲》，诗人中惠特曼的《草叶集》，波德莱尔的《恶之花》，人们只读他们这一部或一集就够了，他们已经是大师了。

## 一月十五日

星期三

　　作协北京分会寄来《北京作协通讯》(一九八五年第二期)。

　　读完普里什文《人参》,很想把他的著作都找来读。我觉得他应该获诺贝尔奖,他在俄国文学中的特色就像日本文学中川端康成一样鲜明。

　　开青年文学会时放了影片录像《伊豆的舞女》,是和顾城一起看的,看完后我问他改编成电影的川端康成这篇小说怎么样,他说不怎么好,小说中的"我"是主体,形象完满,电影中的"我"则对象化了,很单薄。艺术作品是不可移植的。我和他又谈到庄子,我告诉他,我在背《庄子》。我说庄子讲逍遥游,摈弃一切观念,这种思想本身不也是一种观念吗?顾城说达到庄子讲的境界有两条路:一种是上天堂的路,这是圣人之路;一种是下地狱的路,这是野蛮人的路,芸芸文明众生都生活在观念中。

## 一月十六日

星期四

　　收到林莽(张建中)来信,回信很快。是在上次青年文学会议上认识的,给我感觉朴实、善良,他是三十六岁。翻《丑小鸭》发表《秋分》的刊物，上面就有他的诗，这似乎也是感应。

上午去图书馆开昌平业余作者会，这是文化馆组织的，《北京日报·郊区版》王宝春来讲了观察事物、写小说的经验，文化局局长齐耀庭及副局长参加了会。会上公布了小说、诗歌研究小组名单，他们定我为诗歌组长，李亚光为副组长。做组织工作我很不适合，因为我是一个不爱交际的人。抽时间去阅览室借了《外国文艺》一九八五年第六期，值得认真看的是帕斯捷尔纳克的一组诗及苏联学者楚科夫斯基写的关于他的文章。帕是以小说《日瓦戈医生》获诺贝尔文学奖的，但似乎他主要的还是一个诗人，这篇文章是写的诗人帕斯捷尔纳克。他的诗里有"雪花像夏天的蚊子／成群扑向火苗"的句子。文章说他与阿赫玛托娃是教养最深、读书最多的人，他精通四国文字，是一个高雅的诗人、隐遁的诗人，为"诗人的诗人"。帕的作品我读得还不多。

## 一月十七日

星期五

今日《参考消息》报道：墨西哥小说家鲁尔福逝世，我没有读过他的作品，只听人谈论过他。使我想起了他的同胞帕斯，他们各自在小说和诗歌方面为墨西哥赢得了声誉。

一九一四年出生的帕斯,一九八四年是他诞辰七十周年,墨西哥把这一年定为帕斯年,它的百科全书评论他:"他是一位学识渊博的诗人,读者相信他的诗是借助魔幻的力量产生的,原因很简单,帕斯是一名奉天承运的诗人。"

我想,当中国也有一天设诗歌节时,说明它也前进了。

# 一月十九日

星期日

马尔克斯在《百年孤独》中这样写宁静:那里的宁静仿佛来自另一个世界,一个尚未启用的世界,所以还不太会传递声音。

我在乡下的夜晚体验过这种安静,但这时耳边总响着一种声音,像远远的地方传来的虫鸣,但这是只有在安静的时候才听得到的耳鸣。

骑车回老家。冬天的树很老实,它们一般不轻易晃动,除了它们真发怒了,才挥舞枝条吓唬一下。傍晚了,它们专拣空旷的地方站着,也不知它们在看着哪个方向。暮霭很浓,远山远远地躲着,只有太阳下落时,它们才让出空来,它们已经很高了,所以永远也用不着站起来看东西。一路上我注视着浑圆的太阳,没有什么东西比它更圆了,当它滑到树丛后时,我以为它会被树枝托住,这样就有了一个永远无法拆毁的金鸟窝了。

忽然这个圆缺了一块,原来它已隐没在山上了,这时我才看见了这条曲线的山。

晚六点钟在家看"梅达指挥的音乐会",这个与小泽征尔齐名的世界十大指挥家之一,东方的指挥家,比小泽征尔风度更佳。

# 一月二十日

星期一

一早就阴天,空气凉凉的,像水一样在流。夜里没有睡好,这个早晨也就失去了意义。昨晚由于炕热,睡得断断续续,夜半搬进里屋,又渐渐冷得很。

不知不觉,雪花飘下来了,零零落落,它们太孤单了,很快便被黄色的地面扑灭了。后继者前仆,它们的背后仿佛有人在逼迫;它们在途中躲躲闪闪,畏畏缩缩,不知在哪里落足好,整个行程都在犹豫。

上午迎着雪返回昌平。一路上雪花飞在脸上很美,它们不断地攻下来,但是一直没有完全胜利,死去的连尸体都看不见了。

## 一月二十一日

星期二

每天都要读诗,我想,我能够离开它比我离不开它更好。单位订了一份《诗刊》,当我看见它时,说了一句:这是给我订的。因为没有其他人看诗。

这是今年第一期,有《青春诗论》,我首先要看的是江河的二首诗。现在国内诗人中我最爱读他的作品。江河这首《夏天傍晚》似乎是赠诗,猜测是给北岛的:"你怨恨的一切 / 像蛾子,让它们去飞好了。"顾城说北岛的《青年诗人的肖像》是给江河的。

## 一月二十二日

星期三

收到韩长青寄来的《中外妇女》。

准备讲稿"人类的劣根性"。人在认识外界的同时也在认识自身,孟子说人性善,荀子说人性恶。但丁在《神曲》中讲了九层地狱,每层都有因恶而下到地狱的灵魂,按罪恶大小而逐级深入。人类的劣根性都表现在里面了。艺术家把人类的劣根性称为魔鬼。纪伯伦写了散文诗《魔鬼》,讲一传教的圣者,出于对人类的爱,救起了人类的敌人。孟子说"生于忧患,死于安乐"。事情就是这么微妙,这么不可解。

## 一月二十三日
星期四

西藏寄来《拉萨晚报》,去年我曾参加它的"拉萨河之友"活动,后其因故停办,这是它的余声。

## 一月二十四日
星期五

学员田超送我一本挂历,这是世界风景画,有俄国、英国、法国、匈牙利等画家的作品。风格的差别是非常鲜明的。俄希什金的风景画,大自然是原色,浑重质朴。英康斯太勃尔、法洛兰的画,大自然带着浓郁的历史感、宗教气、贵族味,金碧辉煌,似乎画本身也非常有教养。

## 一月二十五日
星期六

诗是你写的,但它不属于你,它不应成为你的传声器或代言者,它有自己的话要说。

周末对我像平日一样。每天早晨七点或八点以后出去，跑跑步或散散步，做一两节气功，看着太阳出来或太阳看我出来。上午在家读书、写日记或写诗，想一些事情，十一点半要打开电视，因为这时会有《世界音乐》《名曲欣赏》《外国文艺》《动物世界》等我喜欢看的节目。中午做自己喜欢吃的菜，午饭后很想睡一觉，但常常是睡不着，闭眼躺一个小时，想着单位，因为可能会有信件来，读也知道无什么大变化的报纸，但不读又担心遗漏了什么。下午三点以后，骑自行车或喜欢避开大街走小胡同步行去单位，和同行见见面，浏览过报纸，或下一两盘棋，准备一下教课内容，然后回家吃饭，饭毕急至学校讲课。

这是我一天的生活，每天很相似。

# 一月二十六日

星期日

没有休息，忙于处理期末的班务工作，加班。

总带着一本《诗选刊》，闲时翻翻，这是一九八五年第七期，内容是青春诗会，主要是读江河的两首《太阳和它的反光》。我订了一九八六年的，但第一期还未到。

## 一月二十七日
星期一

电台的对中学生广播，播送了人类十大思想家：

孔子、柏拉图、亚里士多德、托马斯、哥白尼、培根、牛顿、伏尔泰、康德、达尔文。

显然这是西方的标准，并以至十九世纪为界。东方只有一人，经院哲学家托马斯也列入是个意外。学西方哲学时，黑格尔似乎比康德成就更大，也许康德第一次提出了天体的"星云假说"之故。为什么有孔子而无老子、庄子，说明它是以谈社会、人生为主的。

## 一月二十八日
星期二

晚班内总结发证。结束后按原计划讲专题"人类的劣根性"。学员自愿留下，出乎意料，愿听的人很少，意味着多数人学习只为获得高中毕业证，而不是出于求知欲。也有热心求知的，中专班来了十几个人，数政三班来了几个，总人数有三十多个。原以为听者会很多，如早预料，这次讲座会取消，但也有学员坚持希望讲。

讲题内容是我写的，不是来自教科书，我还从未听过这样的讲课。只是讲授对象素质所限，难以获得预期效果。

## 一月二十九日
星期三

上午在昌平剧场开昌平干部职工学校首届毕业大会。几乎昌平城内各局、公司都发了通知，送了票，以壮声势。

会后放映了意大利电影《海盗女王》。像西班牙的影片《杜尔平行侠记》一样，它的故事是中世纪的，是工业文明还未干涉人类平静的生活的时代。这时，人们还在炫耀武力，男子用剑像今天的吸烟一样普遍，因此决斗到处可见，预示着未来文明前景的是火枪已被应用，它超越了人的生理体力，为弱者战胜强者创造了条件。在这样一切都要自己用手去干的时代，个人的作用被突出了，出类拔萃的人物可以四处行侠，而使统治者无能为力，山盗、海盗自然也应运而生。

这时的田园牧歌式的平静生活是被今天的人类所缅怀的，这时的人是主动的，他可以支配自己和自己以外的事物，他与大自然是直接接触的，现代的人是被动的，他自己被其所创造出的高度工业文明支配，他与大自然是间接接触的，中间隔上了解放人因而也束缚人类的种种机器。

看这样的电影很有亲切感，这种亲切感仅仅来自当时的环境，它令人摆脱现代生活，走入过去。

## 一月三十一日

星期五

孙祖逊有一本英文版的书,他说是北大丹麦的一个留学生两年前送给他的,书名是 SOLZHENITSYN ADOCUMENIARY RECORD,可译为《索尔仁尼琴自传》,内容是资料编汇的,包括他的自传、他的诺贝尔文学奖演讲词、记者访问录等文章。我们谈起将它译出的设想。

索尔仁尼琴是苏联持不同政见的代表人物,和他的同胞一样,苏联当代文学的优秀作品,它的杰出人物的文学成就,都表现在揭露、谴责苏联不人道的社会制度上了,这是他们的入世态度,而俄国专制、强大使它的文学一开始就是非浪漫的、典型现实主义的。当代苏联的优秀文学继承了这一传统。索尔仁尼琴和帕斯捷尔纳克一样,由于他们的不妥协性而获得了诺贝尔文学奖金,使他们两人与蒲宁、肖洛霍夫一道为苏联文学赢得了荣誉。

关于索尔仁尼琴的作品,国内除了公开过他的《伊凡·杰尼索维奇的一天》译文外,其他均不得而知,顾城说文代会时曾读过内部出的《古拉格群岛》,但他父亲顾工未买。我们决定先合译他的自传。原文复印出了五份。

# 二月

## 二月一日
星期六

像已经放假了一样，中午单位吃会餐。

## 二月二日
星期日

喜欢今天去图书馆。借爱伦堡《人·岁月·生活》第一部，这是他的长篇回忆录，计有六部。它似传记，但似乎内容上又超出传记的范围，谈别人似乎比谈自己多。附加需要体会的是，文中爱伦堡的非俄罗斯的犹太人精神。

去阅览室借来《新观察》的第二期，有两页的篇幅是谈诗的，文章是马高明写的。讲诗读者少，来自两方面原因：一是俗文学的冲击，生活节奏的变化使人无暇读诗，有电视就足矣；二是占统治地位的诗把读者赶跑了，这更重要。不知《新观察》哪儿主办。文后有一组青年的诗，黑大春、晓青、杨榴红、吕德安、贝岭和另一不知名的，前四人都接触过。

## 二月三日

星期一

看报,《文汇报》消息,第二届新诗集评奖结束,评出十六部诗集,作者是:艾青、杨牧、晓雪、牛汉、邵燕祥、周涛、林希、邹荻帆、张学梦、李钢、曾卓、李瑛、雷抒雁、张志民、陈敬容、刘征。

《拉萨晚报》去年曾让读者投票评选中国当代十大青年诗人:舒婷、顾城、北岛、杨炼、傅天琳、徐敬亚、江河、马丽华、李钢、王小妮与杨牧(并列)。

提前一天领工资,签名时我用了红笔,会计坚持用蓝笔重描一遍,老吴说,红字出现是赤字,财务人员忌讳,我才醒悟。同样的红色,人们可用它象征革命、吉利,在这里……

## 二月四日

星期二

进城。从车窗向外看,冬天的田地空荡荡的,被站着的树林围绕的黄村庄遥遥相望,几条道路把它们连在一起,像被押解的犯人。公路旁的树像传送带流过,远山却向前移动。只有在这个季节,行走在大地上,才感受出大地像一个轮盘在转动。

在中华书局读者服务部买《周秦道论发微》《论语注》《老

子注释及评价》,过去曾买了《周易通义》《庄子浅注》,这是我的书中全部的中国古代思想家的书。

在王府井书店买了帕乌斯托夫斯基的《面向秋野》(译文集《斜雨》中有他的几篇,使我感到我喜欢他的文章)。左琴科的《一本浅蓝色的书》(我还未读过他的作品,但翻内容很好)。

下午两点去王府井菜场胡同访吴思敬,因事先无约,他未在家。

## 二月五日
星期三

"诗人们和艺术家们每月都要宣读各种各样的艺术宣言,推翻一切事物和一切人,但一切事物和一切人都依然如故。"

"我来到这个世界,为了看太阳。"(巴尔蒙特)

"一个伟大的画家是需要障碍的——这是一个出发点。"

毕加索说印象派:"他们想把世界描绘成他们所看到的那个样子,我对此不感兴趣。我想把世界描绘成它在我的想象中的那个样子。"

如果编写一本荷兰的旅行指南,说明这个国家的景色、气候是很容易的,但对于苏联这样的大国却不能用三言两语来回答,对于一些伟大人物也是这样,他们就像大国的地形和气候一样是复杂的。

聪明的布宁，纯洁的布洛克。

我被《人·岁月·生活》吸引了，摘下了它的一些话。爱伦堡是一个大作家。

## 二月六日
星期四

下午高军带着一个战士来了，问起诗会事，我说在春节后定个时间。他问我在搞什么，我拿起《索尔仁尼琴自传》的原文复印件，对他说我在译东西。

晚与孙祖逊同去吴老师家，按礼节这是春节前拜早年。在他的书架上看到了两个译本的叶赛宁的诗，一本是刘湛秋译的，另一本似乎是兰曼与人合译的。我拿这两个本子就两首相同的诗对照看了看，两种译法出入非常大，甚至基本意思都变了。

## 二月七日
星期五

临近春节，人们都在忙于整理、购买、出访，我依然生活在世外，想着爱伦堡，去图书馆还《人·岁月·生活》第一部，借了二、三部。这部写于二十世纪五十年代末，完于一九六四年的长篇回忆录，可贵的是写了那么多他的同时代人，这些人每人都可有一部传,让人感兴趣。他写巴黎,写世纪末,二十世纪初的巴黎艺术家,第一次世界大战,写毕加索,阿波利奈尔,写法诗人雅姆,写俄国诗人巴尔蒙特,茨维塔耶娃,布柳索夫,写阿·托尔斯泰,写大力士和思想家的混合物马雅可夫斯基。

高大、笨拙的马雅可夫斯基写"我喜欢看孩子们怎样死亡",但他连一匹马挨打都不忍心看,有人给他递条"您的诗不能给人温暖,不能使人激动,不能感染人",马雅可夫斯基回答:"我不是炉子,不是大海,也不是鼠疫。"他在自己的书里给读者题词:"供内服用。"他口袋里总装着肥皂盒,如果他不得已和一个使他生厌的人握了手,他就立刻走开去,把手洗净。

下一节他写了诗人中口齿最笨的帕斯捷尔纳克:

它之所以为人永志不忘
还因为尘埃使它微微肿胀
因为风儿嗑着葵花子儿
把壳儿乱抛在牛蒡上
因为它用一株陌生的锦葵引导着我
像引导一个瞎子一样
为的是让我乞求你在每一道篱笆旁

他在一九三五年夏赴巴黎出席保卫文化代表大会时,简短地演说:"诗歌无须到天上去寻找,必须善于弯腰,诗歌在草地上。"艾吕雅说:"诗人应该是一个婴儿。"帕斯捷尔纳克身上就有一种儿童的稚气。他谈诗人,"当他还是一个坏人的时候,他怎么可能是一个好的诗人"。

## 二月八日
### 星期六

将《索尔仁尼琴自传》生词查出,初步了解了它的内容,要译它有一定的难度。

返回北小营。太阳还未落山,路上、街上已静静无声了,仿佛要发生什么事情,行人很少。人们已闭门在家准备过年了,今天是年三十。人们按"三十晚上坐一宿"的习惯,准备过夜。看中央电视台春节联欢晚会,夜十二点,爆竹声骤起,走在街上,空气中到处弥漫着火药的气息,节日也像战争时期一样。

## 二月九日
### 星期日

今天大年初一。烟火气息已消散。这是家庭气氛最浓的日子,从一个家庭分裂出去的小家庭,又返聚在一起,孩子们带给大人喧闹和愉快。

这一天给我印象最深的是早晨走出院门，看见两只鹅，分辨不出这是不是一对雌雄，毛色肮脏，白色，由于缺乏生物知识，它们与天鹅是否同种同科搞不清，我观察它们的鸣叫，长长的颈使它们叫起来很困难，只有伸颈前倾才能发音，但发音时双唇不是张开，而是一抿。鹅的体态硕大，故过去人们有用它护院看家的，现在养它和养鸡一样，为了生蛋。

## 二月十日

星期一

初二是走亲访友的日子，家里依旧是喧嚷的。引起我注意的不是人们相见时的真情实感或虚情假意，人们为了摆脱孤独，两者都是需要的。

需要记下的是夜晚的星空，绽放的星花吸引着我注视着它们，这是只有在乡下的夜晚，北方的夜晚才能看到的明亮晶莹的星星，它们的闪动更加迷人神秘。古代人为许多星座命名，因为它们的分布、排列竟会那么和谐一致。我不懂天文中星座的分布，但北斗七星是我熟知的，在童年时就注意它。北斗七星像一个水勺或一个巨大的烟斗，环绕着北极星转动，这时它的斗口正朝向西方，斗柄伸向东北，这个大烟斗含在谁的嘴里？

# 二月十一日

星期二

过年的这几天，似乎理所当然是玩的日子，我和表弟、弟弟打牌，下下象棋，看看书，看看电视，到村外田野上走一走，时间就这样过去了。

在所有事情中，赌是一种最微妙的活动了，大家坐在一起，有一个共同的目的：赢。谁也不想去输。进行下去输赢出现了，谁都不愿走，输的想赢回来，赢的想多赢，事情就这样进行。

傍晚了，急忙到村外去看日落，空旷的田野上，没有一个人，只有我这个写诗的人来看日落。炊烟摆动着升起，落日像一只沉船缓缓没入山里，村子真像一个海，道路的河流从四面汇入。阿斯图里亚斯在《总统先生》中这样写过：无数条河流汇入大海，像一只猫把胡须伸入牛奶碗。

我在麦田里走着，想着诗句。大地已开始解冻，一层松酥的泥土，踏在上面，腾起烟尘。晚霞渐渐褪色，没有云，没有风。我走进一块荒地，毛苇在高坝上保持着向东南倾倒的形态，一动不动。前面忽然飞起一只鸟，这是被我的脚步惊动的，它已经准备在草丛中安睡了。我叫不出它的学名，但很熟悉它，它飞起来，总是贴着地面，从不落在树上，它的颜色像土地一样，夜晚也在草丛中度过。我等待着星星，也像注视着地面看种子破土一样，意外地在西面天上看到了柳叶似的新月，它的被地球挡住的大半部分也清清楚楚，发光的这小部分似乎膨胀了一般。第一颗星星出现了，它在头顶，遥远地笑着。还要等待，我仔细地注视着天空，二、三、四、五颗星星也出现了，它们一定是夜晚最亮的星星。在它们的周围，无数小星星已经映现，已无法数出。东南方的星星出现得快，而北方的北斗七星仍无法辨别。今晚不是非常晴朗。

回来时，学校的操场上在放映电影《盛夏和她的未婚夫》。

## 二月十二日

星期三

爱伦堡说，一些诗人是以听觉感受世界的，另一些诗人是以视觉感受世界的，布洛克是前者，马雅可夫斯基是后者。他讲了叶赛宁。叶赛宁和马雅可夫斯基一见面就对骂，叶赛宁说，他是个为了什么而写诗的诗人，我是个由于什么而写诗的诗人。我自己不知道由于什么，反正我和他不会相互代替，他是个乏味的诗人。叶赛宁是一个天生的诗人，但他写一行诗要花很多时间，一涂再涂，有时就干脆撕掉。

带着《人·岁月·生活》返回昌平。途中我走进杨树丛里，它们的皮肤已微微泛青，微小的蝇虫在交配，阳光暖融融的，春天已在路上，和它并行的是候鸟、太阳。

## 二月十三日
星期四

下午电视台播放了苏联艺术体操表演录像，运动员都是二十岁以下的苗条的少女，也很漂亮。苏联的芭蕾舞是举世公认第一流的，体育中的体操项目也被苏联和保加利亚垄断着。斯拉夫人的体型天然地就适合于舞蹈，这是欧洲拉丁人和日耳曼人无法相比的。

看着这优美的舞姿，和谐的动态，我忽然想到了梅花鹿、鸽子、天鹅、燕子，是可以用它们来比喻少女的，但是如果换一些动物，斑马、羚羊、喜鹊、麻雀，虽然它们也温顺、善良，却不会将少女比喻成它们。

晚去苗木家，过年后看看他。

## 二月十四日
星期五

上午街上站了不少警察，今天是初六，昌平要举办花会。我去了单位，拿到周所同的信及《中外妇女》第二期。

不知为什么叫花会，内容是由各乡表演的踩高跷、旱船、小车等。人们站在大街两侧等待着，警车巡视着，警察和值勤战士维持着秩序，当表演者从不同的方向走向街心，他们就失去了作用。表演内容是有戏剧性的，按各自角色打扮起来。

在人们向钱看的时候，仍有这方面的热心者。

## 二月十五日
星期六

昨日打电话和顾城约定十七日去他家，并给张金起发了一封短信。

下午郭建华来了，通知十七日在文化馆开会。谈到了写作，他是写小说的，每天都在写，谈到了投稿，他建议我得大量投寄。是的，我的诗并不多，在本上的可投的编辑部也有限，有的诗已分别投过了，但仍然没有被看中。我对他说，我要变变写法，但现在还不行。

## 二月十六日
星期日

上午在家看书。下午要离开房顶下到天空下去。骑车走小路去十三陵水库，大地已开始解冻，土路暄软，冰在融化，耕地上已有农民在劳动：一匹马拉着磙子在轧地。经过一片桃林，桃枝扭曲着向四外伸着，像一簇凝固的火苗，我想着凡·高的画，他的树也是这种样子。

水库完全干涸了，只有杂草和星星点点的冰雪，这是水洼结的冰。里面像一个牧场，远处有几匹马垂头吃着草。几辆汽车行驶着。很想看看这里的落日、黄昏，只是天气不晴朗，夕阳暗红，如一个小绣球。几乎没有游人，在松林中走走，拾了一枚松果，回来放在了书柜中。

## 二月十七日

星期一

　　睡醒看窗外，直觉地感到下雪了。坐起，发现大地已白茫茫一片，雪片不断飞下来。昨天无任何下雪的征兆，太意外了。雪积已有三寸多厚，踩上去便淹没了脚面，电线上也落着雪，直到积足了跌落下来。

　　进城的计划不能变，而且正好看看沿途的雪景。街上汽车老实多了，被车轮轧过的雪肮脏不堪，使这洁白的世界染上了污点。枝丫上积上了雪团仿佛长满了白叶片。城里的秩序仍然正常，只是节奏缓慢了下来。

　　买了卢梭《一个孤独的散步者的遐想》，是散文体；劳·坡林的《怎样欣赏英美诗歌》。《星星》诗刊第二期，这是一期流派诗专号。下午两点我去吴思敬家，这是个做学问的人，窄小的房间四壁积满了书，谈了会儿家常后又讨论了一下当代诗人和诗便告辞了。他人很热情，他让我转给顾城一短信，谈编一九八五年诗选,让顾城选几首一九八五年发表的诗寄去。

晚去顾家吃饭,进门时他与谢烨在堆雪人,这时雪团融化后已塌陷下去,他们在晚间堆,可能为避免同院人的好奇与议论。顾城拿来了摞新书,其中有冯内古特的《五号屠场》,这本书我在书店见过未买。吃饭时谈到了饮食问题,如何才科学,不致癌。电视播放了一部有关西藏的电影,它的传统的有很浓佛教因素的艺术品和建筑展现出来。不久前美术馆展过一个"西藏民间艺术展",我问他看过没有,他说江河讲不太好便未去。"后来我忽然醒悟了,江河是只看书、听音乐、看画片,而不看实物,不看自然本身,我被他骗了。"睡前翻阅了他用一百多元买的西洋美术大词典,香港出版。

## 二月十八日

星期二

早饭后告辞,顾城把他一九八三年十月至一九八五年十一月写的诗编为一集,名《颂歌世界》,他把诗(已发表与未发表)剪贴在五张八开大小的纸上,让我带走帮助复印二十份。他岳母看《一个孤独的散步者的遐想》,故我又绕道去王府井买了一本。

回来时,公路上积雪因车轮轧生热已融化干净,路面如下过一场小雨,两侧的自行车道积雪如故,同田野白成一片。

## 二月十九日

星期三

　　雪后天气很快暖了，在冬天一直穿的衣服感觉厚重了，第一次觉得不再需要阳光了。在早晨跑步，空气暖暖的，有一种浑浊感，像室内一样了。冬天是令人留恋的，冬天的早晨清爽、畅快。

## 二月二十日

星期四

　　海明威以英国诗人约翰·顿的诗为他的小说命名《丧钟为谁而鸣》。海明威写道："没有一个人能像一个小岛一样独自存在；每一个人都是大陆的一部分……倘若海浪冲走了一座岸边的悬崖，欧罗巴便少了一部分……每一个人的死亡对我都是损失；因为我和全人类是一个整体；所以你永远不要问，这钟是为谁而鸣，它是为你而鸣的。"

## 二月二十二日

星期六

　　下午去野外走走，京毛二厂南侧是一片田野，机井房后的雪还未化。走在麦田里，经过雪化，土地软软的，非常湿润，马上会长出一片绿苗。东南风把烟柱像草一样吹向北方。孩子在放风筝，他不会像我这样关注一切。

## 二月二十三日

星期日

去图书馆还爱伦堡《人·岁月·生活》第二、三部，借四、五部，这种类型的书比小说更适合我读。

在阅览室借了《丑小鸭》《青春》《文学评论》《外国文学》几本杂志。在《外国文学》内，有西蒙答记者问：

记者：您为什么而写作？

西蒙：因为任何人都需要做点事情以证明他活着。

记者：您为什么人而写作？

西蒙：因为我喜欢写作，我觉得按照我认为最好的标准来制造书是一种乐趣。

真正的大师不以圣人自居，也不努力去做救世主。

## 二月二十四日

星期一

为期三个星期的寒假结束了，今天开学。教师们上班了，过了年，大家互致着问候。找小孙问《索尔仁尼琴自传》译文事；因为我喜欢做一件事就尽可能快结束它，还有下一个事在等你。

## 二月二十五日
星期二

小孙的译文拿来了，但我不放心，继续查单词，将全文自译一遍。原文是英文，这可能是索尔仁尼琴自己书写的，因为他一直流亡在西方，有一定的难度。我找来了浙江出版社出的《诺贝尔奖获得者中短篇小说集》，里面收有索尔仁尼琴《伊凡·杰尼索维奇的一天》。

## 二月二十六日
星期三

从昨天开始的大风继续刮着，这是春寒，风从西北吹来。下午要去十三陵水库南侧的一所干部培训中心去上课，为准备补习的各县区财政系统人员做考电大前补习。骑车走走，无心观看周围的环境。

## 二月二十七日

星期四

脱去毛衣。

"幸好我们知道杯子是用来喝水的,不幸的是我们不知道为什么会口渴。"

"你如果在我的道路上,要水还是让口渴?孤僻的朋友,告诉我。"

这是西班牙诗人马查多的诗,爱伦堡谈到了他,引了他的诗。西班牙与西班牙人是个谜。我没有读过马查多的诗,也不太了解他,但希梅内斯、洛尔迦(又译洛尔卡)、阿尔贝蒂、阿莱桑德雷这些人的名字让人看起来也是美的。

## 二月二十八日

星期五

译文初译完成,和小孙一起按原文逐句核实校对,我按原文上下文之意纠正了小孙译文的几处不妥的句子。

近期菲律宾政局不稳,马科斯总统和阿基诺夫人在进行大选之争,马科斯以独裁专制的名声出逃美国。对《参考消息》一版与四版关心起来,每天要看电视台的国际新闻。今晚的电视新闻头条即为瑞典首相帕尔梅在与夫人晚十一时看电影回来时,在大街上步行被暗杀。这是继前不久电视台以头条报道美国"挑战者号"航天飞机爆炸后,再次以头条报道国际新闻。

# 三月

## 三月一日
星期六

《光明日报·周末版》总有一专栏《我的书斋》，由一些作家和文化名人撰稿。

我现在已有两书柜书，是从上大学以后几年来积累起来的，书是自己选的，看架上的书名也可看出书的主人的爱好、兴趣、愿望。

## 三月二日
星期日

全力把译文《索尔仁尼琴自传》誊清，当然还要进一步斟酌词句、句法，这样用了整整一上午。

下午去北山散步。大地似刚刚睡醒，舒展着肢体，地面松软。我注意着，柳枝清润已吐芽，榆枝性格显然沉稳，仍无动于衷，好像在考验春天的爱情。山坡上已见新鲜蚁穴，只是没有一只蚂蚁。有一种草已长出绿叶，无论什么事情总有勇敢者，带动他人。在阴坡柏丛间，还有点点未融尽的残雪，像几只喜鹊落在那里一动不动。虽然大地仍枯黄一片，但春天已来了。

我爬上了山顶，等着夕阳降落。在夕照中远处的房子像一块块砖，水塔如蘑菇立着，绿色客车，像一条长长的昆虫在大地这片叶子上爬动。而起伏的有着不规则边缘的远山，也像一片侧立的叶片，边缘被夕阳这只虫咬过。

## 三月三日
星期一

　　去办公室，桌上有两封信，一封是《当代诗歌》的退稿，一封是顾城的信。他的自信有点动摇："我不能也不想在世界上取胜，我总会藏得干干净净，你看吧，干干净净的失败。"
　　晚上又开课了，这是一个新的班，在处理了班务工作后，我给他们讲了专题"人类的劣根性"。

## 三月四日
星期二

　　将《索尔仁尼琴自传》分别投给《外国文艺》和《文化译丛》两家刊物，这时感觉总算完成了一件事。
　　《人·岁月·生活》中，爱伦堡说，他生平遇见过的最谦逊的诗人是马查多，画家则是马尔克。马尔克一生从未打算在画布上表现自己的愤怒和不平，他最喜欢画水，而他的性格，照俄罗斯古老的说法，比水还温和。他与人交谈首先要说："你要原谅我……我只会用画笔说话。"马蒂斯说他："他的心却是古代抒情诗中的少女的心灵，不仅不伤害任何人，而且还会为某人没有狠狠得罪自己便走开而感到伤心难过……"他厌恶荣誉，轻视钱财，待人十分诚实。他喜欢南方，但他的作品却是北方的，在北方灰色的、羞涩的、朴素的自然景色中，他找到了使我们为之惊倒的色彩。

## 三月五日

星期三

"可能"是令人为之行动的东西，每天下午它引我去办公室，因为可能会有信件，虽然大多数情况都是没有。每天它引人去看报纸，虽然看后失望的时候很多。但你不能不这样做，因为可能有信件，可能报上有不可不看的内容。

## 三月六日

星期四

下午在文化馆开了一个诗会，参加者都是昌平地区写诗的作者，李亚光和我做主持人。第一个项目是朗诵诗，每个人都朗诵了自己写的诗。我首先朗诵了《人类》和新写出的《写给黎明》。第二个项目是"一分钟诗话",这是我从一张《周末》报上南京的"金陵诗会"借用而来的。我谈了因门牙与臼牙不同的功能的启发,说明任何诗都有自己特定的功能,"长处即短处",但人的天性却求全。背诵了《诗人》:"你像太阳一样／孤独／在孤独中／关注万物／最后／你的影子／也会变成一只鸟／从身边飞走。"诗人关注的是超越自身利益的事物。

高军、董文海,政法大学来了江南(吴霖)(我读过他的诗,不错)、应忆航,高若虹未到。

## 三月七日

星期五

我从内心深处喜欢小品文,将来可能会与它结缘。法国人很偏爱小品文,从蒙田到萨特,从司汤达到让-理查·布洛克,认为小品文可以把艺术家特殊的敏感同理智结合起来。但他们写的小品文我还未读过。爱伦堡说,在布洛克全部著作中,特别珍视《一个世纪的命运》一书。

## 三月八日

星期六

早晨醒后,夜里做的梦就出现了:在一间屋子里,不知是个什么环境,有雪迪、牛波、黑大春、顾城等一些我见到过的青年诗人,我好像对他们说,他们的诗都进步了,我写的诗进步不大,常常是写不出来,我怀疑能不能写诗。顾城说,我暗示过你不应写诗。我说,我看出来了。

这个梦反映了我现在的苦闷,写诗的停滞,不满意自己写的诗,而佩服年龄相当的雪迪、牛波、黑大春在今年发表的诗。

上午去图书馆,还《人·岁月·生活》第四、五部,借了第六部,这是最后一部。四、五部写第二次世界大战,已不如第一、二部值得看。在阅览室借了《外国文艺》第一期,有澳大利亚诗人赖特的诗,并不好。重点看了卡夫卡的一组日记、书信。他的日记多,日记与书信占了他的全集的三分之二。他的日记不记干了什么,而记想了什么。看得出他的深刻和智慧。他写:"目的唯有一个,道路则无一条。我们谓之路者,乃踌躇也。"他的日记使我认为,他不仅是个有特色的作家,而是一个大作家。

下午看电影《双雄会》,根据小说《李自成》改编,它沉闷冗长,使人难耐,看了两个多小时后,退了出来,电影在继续,影院的人不足一半。

## 三月九日

星期日

午饭后，无法午睡，我去了图书馆，看了《读书》《诗刊》《青春》等杂志。

## 三月十日

星期一

"早先，当我在美国影片中看到疯狂的暴雨时，我觉得那是导演的艺术手法。原来美洲的雨是同欧洲的雨不一样的，一切都很过分……"这是爱伦堡在《人·岁月·生活》中谈他去美国的感受。我们用自己的常识标准看拉美文学中描写的自然环境，把它称为"超现实主义"。在该地是现实的，我们称之"超现实"。

## 三月十一日

星期二

进城，去的地方被固定了，美术馆、人民文学出版社读者服务部、王府井新华书店，在书店买了《二罗一柳忆朱湘》，斯坦贝克《战地随笔》，《拉丁美洲民间故事》，在三楼碰上了同学严光明。

下午三点去顾城家，他仍在床上躺着，拿出了他买的中国古代美术画集和青铜器照片册给我看。我带了为他复印的诗《颂歌世界》。他问我，这里的诗之间是否有内在联系。我说，是的，每一首都是其中的一部分。我说只有《运动》一诗显得在里面不和谐，他说他也这样认为，但他还是喜欢有点不和谐，就留住了。《颂歌世界》，他说《中国》要全部发，并送一些搞评论和翻译的人。走时，《拉丁美洲民间故事》忘在了桌上，他跑着并大声叫着追上来，我说你先看吧。

## 三月十二日

星期三

我曾写过《犹太人》专题讲稿，给学员讲过。世界上有两个流浪的民族，一个是罗姆人，一个是犹太人，前者是主动的，后者是被迫的。世界上没有哪个民族比犹太人对人类的贡献更大：马克思、爱因斯坦、弗洛伊德、海涅、鲁宾斯坦；美国当代文学中，辛格、贝娄、马拉默德……音乐中，海菲兹、帕尔曼……我列了我所知的一长串名字。看《人·岁月·生活》，犹太人爱伦堡也谈犹太人，他举了卓别林、柏格森、卡夫卡，法国诗人雅各布，德国作家西格斯、茨威格等，这是我不知道的。世界上也没有哪个民族比犹太人更悲惨。排犹主义最早是宗教的"犹太人曾把耶稣钉在十字架上"而采取的报复,而耶稣也是一个犹太人,由于他想改革旧约,创新约,而触怒了犹太人。

## 三月十三日
星期四

"有心栽花花不开,无心插柳柳成荫",即使你坐在桌前想把刚刚结束的一天记下来,也不能如愿,这就是我的日记不能如期完成的原因。

## 三月十四日
星期五

上午十一点后,总要把电视打开,十一点二十分看昨天的《晚间新闻》,十一点三十分,会有《外国文艺》《世界各地》《动物世界》《世界体育》等栏目,这都是我喜欢看的。

## 三月十五日
星期六

周末了,人们在四点已走光了,我坐在办公室里,看报纸或看窗外想事情,很像一个生活在生活之外的人。

## 三月十六日

星期日

日子总得过去，需要找一些事情：起床，听广播，洗漱，吃早饭，看诗集《美国现代诗选》，写东西，读《伊凡·杰尼索维奇的一天》、爱伦堡《人·岁月·生活》，看杂志，上街买东西，做饭，看录像，午睡，想事情，洗衣，去田野，包饺子，写日记。

## 三月十七日

星期一

上午在读《人·岁月·生活》第五部，谈的是苏联卫国战争。郭建华来了，商定明天去流村高若虹家事。谈起了写作投稿问题，他说今年已定的有三个短篇将发，本期《新作家》有一篇，全年预计有六篇可发。我对能否发表不能肯定，首先自己写的东西还不满意。

晚上讲课回来下了雨雪，气温是零摄氏度左右，降下的水滴在雨雪之间犹豫。

## 三月十八日

星期二

没想到雪下得这么大，把地盖住了。房顶瓦楞像白浪，只有道路黑黑的向两边伸去。雪软软的，粘在一起，在电线上叠起很高，降下去就是一片。树枝沾满了白霜一样的雪，好像都开了白花，使人感到这个世界晶莹，只有东北地区因晨雾才使树枝落满霜花。

和郭建华一起去流村，车是十点开的，路已干燥。四十分钟后在乡政府给高若虹打电话，他买了一辆"轻骑"，分别把我们带到了他家。高若虹是写诗的，作协山西省分会会员，我们谈到了写东西，发表东西。我翻阅他订的《诗选刊》《绿风》《星星》《诗神》等诗刊。

## 三月十九日

星期三

下午去十三陵水库南面讲课，近期气温降低，高温十摄氏度左右，不像昨天下过雪的样子，没有一点痕迹，风像一把扫帚不时把地面的尘土扬起来。路两侧是果园，杏树萌起了花蕾，桃枝扭曲地四处伸展，像一个人摆着僵硬的姿势。

## 三月二十日

星期四

收到张金起的信。

下午看香港片《绝代佳人》，从片名误以为是现代社会生活，其实是战国时期美女献身昏君救国之事。看了一半，退了出来。

## 三月二十一日

星期五

春天不动声色，气温保持在零到十摄氏度之间，室内有些阴冷，二三级风。

现在买蔬菜水果从私人手里买的多，你发现你在同以狡猾精明为职业的人打交道，为了保持心境平静，我有时宁愿多付一点钱，不争。

下午在局门前整理草坪田，挖土铲土，这是最基本的劳动，这时感觉很舒服，有很长时间不从事体力劳动了。人应该定期进行一次土地上的劳动。

## 三月二十三日

星期日

上午团支部与县直机关的几家团支部一起在街头搞义务咨询活动，我坐在街旁以一个行人观赏对象的位置关注着往来的行人，以一个岛浮现在社会的海洋上。

天津《文化译丛》退回了三月四日寄出的译文《索尔仁尼琴自传》。在本期的《文艺报》上，人民文学出版社预告了一批将出的书目，其中有顾城的诗集《黑眼睛》（1.25元），他用这个书名，可能出自他的《一代人》"黑夜给了我黑色的眼睛/我却用它寻找光明"。

有意避开文学书籍，从架上拿下《回忆维特根斯坦》，一本薄薄的书，他是哲学家，哲学家眼里的世界与诗人眼里的世界是两个世界。他严肃、朴素而整洁，一生喜欢机械，想当乐队指挥，劝人不要做哲学家，看电影总坐第一排，厌恶学院生活，喜欢看侦探杂志。

## 三月二十四日

星期一

有课，晚在学校吃饭，几个人聚在宿舍里，边吃边听我带来的一盘带子，开始是德沃夏克的《斯拉夫舞曲》，强烈，有气魄,然后是斯美塔那的《沃尔塔瓦河》,深沉的流水声,鲍罗丁《在中亚细亚草原上》,令人同情地被命运驱使的无可奈何。

## 三月二十五日
星期二

《外国文艺》退《索尔仁尼琴自传》,附了一张退稿信,虽为两行文字,但是手迹,这出乎意料,以为这种大刊不会退复印稿。一共投出了五稿,《文化译丛》《外国文艺》已退回两稿,还有三稿。希望不大,主要在于国内对索尔仁尼琴介绍甚少,自有一些原因。

## 三月二十六日
星期三

每星期三要从桃林、杏林中走过,看着它们在春天里的变化。杏枝上花蕾累累,像就将做母亲的少女丰满。还看不见一只蜜蜂,它们和我一样在等待花朵开放。桃枝像在冬天,粗枝上干干净净,也许它们在考验春天的爱情。

## 三月二十八日

星期五

偶然见到了一张照片，这是全家照：祖父、祖母、父亲、母亲、二姑、四姑、五姑、妹妹、弟弟，缺少大姑、三姑，哥哥当时在部队。还记得当时的情景，照片上的我，十二三岁，瘦弱，脸色黄黑，戴着一顶褪色的黄色帽子，当时以戴军帽为荣，但它是。一件新蓝制服上衣，里面穿着白色衬衣。当时我已具成人意识，打扮了一下准备照相。十四五年过去了，这个家是幸福的，照片上的人还都健在。

## 三月二十九日

星期六

夜里下了一场雨，春雨有自己的特点，但街上水流的痕迹说明了雨量的程度不低，这是告别雪后见到的第一场雨。山里的气温低，远山上闪着雪的白光，雪不大，褐色山岩隐约露着。下午回老家。

## 三月三十日

星期日

平坦、整齐的田野，谁去就是为谁准备的，田野在绿色里，你在金色死亡阳光里。大地的颜色是丰富的，麦子从那儿取来了绿色，花朵取来了黄色、红色、粉色，你长在土地上，土地把它自己的颜色给了你。田里农民在给麦苗浇水。

## 三月三十一日

星期一

下午给小刘寄出一信，到单位办公室，桌上有封信在等我，是文化馆来的，通知星期三上午梁晓声在图书馆讲文学。

# 四月

## 四月一日
星期二

想写一封信，又想往后放放，终于还是在不太平静的心境中拿起了书。对于我躺着看书比坐着看书更显得正规、认真，躺着看书似乎静了，可以思索了。顾城说有好诗他总要找一好时间再细细地看，而先看小说。而我有好诗总要躺下品味。

读书最舒服：你在做着事情，你又没做着事情。

## 四月二日
星期三

上午文化馆请了正在虎峪改稿的梁晓声，在图书馆讲课，我和王衍同去的，人并不太多。

我知道他写了不少被认为好的小说，但只知《今夜有暴风雪》是他的，因我读当代小说不多。他先谈了自己：出身农家，双亲文盲，反对他搞文学。他讲了这样一句话："贫困使人想象，想象是对现实的补偿。"我记在了一张纸上，我也说过类似的话。

张贤亮写了《男人的一半是女人》，梁晓声用很长时间谈他,似乎这个话题令人感兴趣。张的《绿化树》《土牢情话》《男人的一半是女人》是系列小说,都在挖掘人的本能问题。梁晓声说《男人的一半是女人》题目来自《圣经》与希腊神话中的原始主题。

希腊神话认为,人最初为两头四臂,力大无穷,宙斯将其劈为两半,分男人和女人,这样人的力量消失了,从此,它的一半总在大地上寻找它的另一半,然后合二为一。莎士比亚也谈这个问题,他说过女人,你的名字是软弱。他也恨女人,这种恨是建立在认识的基础上的,他说女人是由三种事情合成的:毒蛇(狠毒)、秃鹰(贪婪)、雌狮(凶残)。

梁晓声的年龄比我印象中的年轻,他介绍自己时说:"和新中国同龄,一九七九年发表第一篇作品,一九八四年开始思索什么是文学。"他的外形文质,略呈瘦弱,具有朴素的气质,谈吐是自如的,显然热爱读书使他在中国当代的小说家中有一定代表性。他谈张贤亮作品时,谈到人性的层次:人的原始性,人的社会性(综合性),超越阶级性。男人女人是文学永恒的主题。提到《情爱论》,中国文学中的假爱情,"文学的卫生运动"。

有一项环节递条提问题,我提到"有人讲,小说家在玩别人,诗人在玩自己"的小说家与诗人的区别的问题,写在一张票的背面,但中午到了,没有听到他解答(下午去讲课,未听)。

我和王衍谈到，艺术是最无用的，而无用即有用。王衍在纸上写道："生存是人的最起码的需要，艺术是人的最高级的需要。"

## 四月十一日

星期五

从上月十一日至今有一个月未进城，使我想进城的是，这段时间书店可能卖了好书，而被我错过了。在车上我考虑着前两天《光明日报》登过的一条广告：《美洲华侨日报》和广东《人间》杂志联合举办"中国一日"征文，征文日期是一九八六年四月二十一日，一天中工作、学习、生活所思所想为主。我想写一篇散文去应征，内容是一直萦绕在脑子里的感想：故乡的变化对人的影响。我思索着如何构造这篇文章。

都乐书屋关闭半年后又营业了，柜台上的《中外产品报》上有顾城的两首小诗：《富兰克林》《瓦特》。我买了一份，出于什么似乎就是它是顾城写的。在科学书店买了有关保健的书《营养抗癌》《营养与饮食疗法》《自我保健》《家庭饮食卫生顾问》，这是热爱生命，为着将来的表现。

美术馆的《当代画展》《智利风情摄影》。

下午去北京铁路分局找张建文，他去杭州疗养去了。在王府井书店买了《四个四重奏》，这是裘小龙译的艾略特诗集，

《诺贝尔文学奖史话》，一本很轻松有益的书。

晚去张金起处，他父亲意外地来了。在住宿上又出现了意外和麻烦。我在刘大光的小屋盖着褥子睡了一宿。

## 四月十二日
### 星期六

上午去找索杰，他没来上班，将《美国现代六诗人选集》放在他的办公桌上。

中山公园在搞降价书展，其中有一批商务的汉译世界名著，排了一会儿队（主要是大学生、研究生），买了《塔西佗〈编年史〉》《马布利选集》，八折的价。

## 四月十三日
### 星期日

天气很好，下午去北山。从远处看山坡干枯一片，矮小瘦弱的洋槐树，稀疏地分布着，它们刚刚抽芽，和镇上的绿色对比，仿佛已死去。星布的坟冢上撒着新土，白纸已从顶上被风吹落，清明刚过，这些死去的人还活在亲人心里。枣枝也刚发芽，它们都是耐旱植物。鸟在草丛中鸣叫，有一只长尾紫蝴蝶飞来飞去，像已开放的小花。大地上很寂寞，偶尔见过蚁穴，蚂蚁们在筑巢,有蚯蚓吐出的新土,无论什么花都是五瓣。一个林业工人叫住我,说为防火,正在封山,不让人随便上去,他农民模样,口讷,朴实,我和他谈了几句,他说坡上这些就要枯死的洋槐种上已有三十年了,因为土质不好,旱,总长不大。

## 四月十四日
星期一

爱伦堡在《人·岁月·生活》里谈得多的是这样一些人:毕加索、聂鲁达、希克梅特、阿拉贡、艾吕雅,他和他们是接近的,都是左派艺术家,歌颂和平与进步。

## 四月十五日
星期二

下午文化馆开诗会。郭建华主持小说组。高淑敏主持诗歌组。人数不到十个,几个人分别念了自己的诗,然后大家谈意见,好或不好。我谈了这样的看法:人们使用的语言,在不同场合有不同的功用,当你在告诉对方一个信息,或作科学论述时,要求语言具有单一性,不能模棱两可;当你从事诗歌创作时,要求语言具有多义性,每一句都是一种象征,在文字后面有无限丰富的东西供你感受领悟。显然这里有萨特的思想。

## 四月十六日
星期三

看《大地的成长》。因为作者获得过诺贝尔文学奖，因为他是北欧人，因为这本书的内容，我买了它。

读《诺贝尔文学奖史话》，谈到一九二〇年的获奖者挪威小说家汉姆生。

## 四月三十日
星期三

傍晚吃过饭出来，看到几只低飞的燕子，在楼间掠过，不知它们的巢筑在了哪里。这是今年第一次见到它们，而且似乎越来越很困难地见到它们。

# 五月

## 五月一日
星期四

早就想在春天步行回老家，也并不是没有犹豫，担心的是身体消耗过度，虽然已有过一次先例。

我一直相信，大自然给了人各个器官，并不是为了让它闲置起来，用人工器械来代替，而人类被一种力驱使，正向这个方面迈进，人类自己将使自己的肌体退化。

今天天气温暖、明媚、无风。上午九点进行这次行程，出城后，忽然有了这样的想法：如果平日，你步行只为出城，你会感到路很长。但当你的目的地非常远时，那么出城这段路程便非常短了。做什么事应先把它想得非常困难，做起来便容易了。

麦田边上有一排年轻的杨树，喜鹊飞来飞去，一只落在了杨树的顶部，当它喳喳叫时，尾巴总要一翘一翘的。似乎不如此便发不出声。麦苗将要孕穗，农民在地里种玉米。"榆钱落，柳絮飞。"枯黄的榆荚，淹没在绿叶中，它们随风飘落下来，落在哪里都是大地。柳絮在空中漫天飞舞，落在田里也如一层稀薄的雪。槐树嫩绿的叶卷曲着。到处可以看到蚯蚓吐出的土和筑巢的蚂蚁。两只黑蚁合作拖出一块石子，在过群体生活的动物中，人类是最卑劣的。

中午十二点到家，晚看电视《边城》。

## 五月二日
星期五

长距离漫行周身很松快。村子丰满起来，树荫像阳光大片投下来，蹚上去像一洼水。

准备走回来，但有车来了，还是舒适诱惑大，坐车返回。

## 五月三日
星期六

定好上午去医院补牙，在路上遇上高若虹，他正来家找我，手里拿着一袋香椿叶。我让他先去家等我。在医院，学员边红帮助找大夫，故很快就回来了。

## 五月四日
星期日

上午局领导和团员开了一个庆祝"五四"座谈会，我忽然意识到该退团了，并写了退团申请。人们就这样度过岁月。

## 五月二十五日

星期日

　　长时间在小城里生活，长时间把眼睛埋在书页里，灵魂如囚在笼里，渴望出去。上午八点半出发，步行回老家，带着一支笔、一个笔记本。这是第三次徒步去乡下。

　　没风，麦田静静，麦穗的针向上耸立，它已进入成熟期，绿色的麦秆上一片浅黄。喇叭花朝向太阳。这时只有椿树在开它金黄的花叶。

　　我坐在一个树墩上休息，马车在运沙子，泥土路上尘烟滚滚，农民的腿埋在麦田，浇地的水溢到田间路上。

　　我看着树林，地面上有许多早落的叶子，干枯了也不改变绿的颜色。我想树把两脚站在土地里，所以它们从不倒了，即使死去也站着。

　　在一个蚂蚁的大家族面前，你要想盯住从一个穴里爬出，然后进入浩荡的大军向另一穴走去的一只蚂蚁非常困难。它们之间几乎没有区别。它们长距离往来于两地，并不是视觉好，看得远，来往的蚂蚁会面时都要用触角相碰，交换信息，或主动或被动。它们是群体生活的生物，平安相处的典范。

## 五月二十六日

星期一

现在很难看到日出,因为太阳出来得早,每当我醒来已日上三竿了。屋舍间还没有张上蛛网,因为蚊虫还未滋生。

吃过早饭,步行回昌平。穿过东河边上的小杨树林,林间有许多游丝,那是昆虫的道路。

麦田垄上有许多开放的牵牛花,荒地上到处是花朵,它们为了区别各自穿着不同颜色的衣服。我注意到即使是小米粒大小的花也是五瓣,没有孩子来采摘。

我听到了布谷鸟的叫声,夜里稻田里有蛙鸣。

我在本子上写下黎明:天边红了。

## 五月二十七日

星期二

上午高若虹来,带来了今年一至三月的《诗歌报》。

去年创刊的《诗歌报》,由于它是第一家诗报,也由于它的富有生气,容纳各派,倾向创新,而俨然成了全国性的诗报。稍后创刊的《华夏诗报》《黄河诗报》《中外诗坛报》《琥珀诗报》则如月夜的星黯然失色。

从去年它介绍王小妮后,我写了《童话诗人》介绍了顾城被刊出，随后从年内起，发表了老木写的介绍江河、北岛的文章，并开了《创世纪》栏：青年诗人论诗。已有顾城、雪迪的短论。

谈了有必要去旅行的问题，他说准备在八月回山西他的黄河上游畔的老家。我们约好明天进城并去顾城家。

给顾城挂了长途电话。

## 五月二十八日
星期三

和高若虹约好八点在汽车站会面，等到八点四十五分他还未来，这是最进退两难的事：上车走怕他随后来了，等下去又担心他不来浪费更多的时间，但不来的可能性大，故我适时上了一辆有座位的车。

昨天和顾城定的是上午到他那儿，中午一起吃饭，他们夫妻双双无工作，总使我觉得不该轻易在他那儿吃饭。先去安德路中学买资料。

我在新建成的国际艺术展览大厅看了《坦桑尼亚艺术展》，它的绘画和乌木雕塑都是震慑人心的。艺术不必杰出，只要有特色就能存在。展厅的东侧是人民文学、外国文学两家出版社的读者服务部，买了新出版的遇罗锦《春天的童话》。

在王府井书店买了《二十世纪音乐概论》下册，上册两年前已出版。另一本很厚，和动物相关，这是亚里士多德的著作，了解动物生活的愿望使我买下了它。

下午四点敲响了顾城家的门，每次去似乎他总在睡觉。他穿着一件睡衣出来了，谢烨陪着他，他们总是形影不离。

他谈到了生命问题，并拿给我看一篇未写完的短文，中心意思是讲：亚当、夏娃明恶善以后便失去了乐园，象征人类最初创造文化本意是想解放自己，却给自己准备了束缚自己的绳索。古代思想家也提到过这个问题，老子的弃圣绝智，卢梭的反文明。

他的诗集出版了，也是人民文学出版社，书名《黑眼睛》。他将签了名的书给了我。

他从什么地方搞到了弗洛伊德的书《释梦》《图腾与禁忌》，这是台湾原版的，由中国民间文艺出版社翻印，书很贵。他转给我两本。

张金起结婚了，我送他一个挂盘，让顾城转给他。

## 五月三十日

星期五

在人的直感中，我相信有那种神秘的预感存在，有几次事情证实了这点。

我邮订了《外国文学动态》杂志，这是月刊，但我刚收到前两期，一直想打电话问问。我找出了社科出版社的电话号码，到单位后，桌上却摆着它寄来的三、四期。

# 六月

## 六月二十四日
### 星期二

进城去北京站,和张建文通电话。晚上出来交谈,沿着街走,汽车不断驶过,噪音一明一灭,灰尘则久久不散,没有地方躲,这是城市令我讨厌的地方之一。他写小说,也稍写诗。

## 六月二十五日
### 星期三

在东四小街的科学书店,我买了《昆虫知识》《大气中的声、光、电》《机会之源——水》等科普读物,这是我早就想读的书,它帮助你认识周围,认识你生存的这个环境,而我在这方面非常无知。

还买了《艺术原理》《西方的丑学》。

## 六月二十七日至三十日
### 星期五至星期一

下午与郭建华一起去虎峪的机械部招待所,通往南口的公路在拓宽，一路上坡，骑车很困难。北京作协在二十七至三十日在那里开会。

开会的人已经到了，显然顾城不知这个招待所离昌平太远，去昌平住是不行了。这个会是"新诗潮研讨会"。

晚饭后在大饭厅搞了一个联谊会，殷之光做主持人依次让大家自我介绍，然后他大声传达给众人。第一个自我介绍的桌是我们这个桌，第一个人是顾城，而在我之后的是宋垒，方知周新京的父亲坐在我旁边。

来开会的人有：谢冕、丁力、宋垒、刘湛秋、任洪渊、宴明、丁慨然、赵日升（《青年文学》诗歌编辑）、王陈容、顾绍康、荆其柱、雷达、晓晴、芒克、顾城、林莽、牛波、雪迪、老木、江枫、周志强、杨榴红、初军等。作协人员：赵金九、郑云鹭、陈予一、李青。

晚同室人是：丁慨然、周志强、初军。

《诗刊》的王家新、唐晓渡。北大的李黎。

会期前半部分是年老者发言，他们在报刊上是对立的，在会上也仍然表现了出来。主要是丁力与谢冕，宋垒为中间者。后半部分青年们开始发言，顾城第一个讲，似乎是在背诵一样，他不动声色地把一些玄妙的语言扔给人们。

顾城的开头话令我难忘："说话难，说诗更难，因为诗一直在诉说一件无法诉说的事情，我们用日常语言来说诗很困难，至少对我是这样。现在的语言就像手一样，可以去拿筷子、拿勺，也可以写字，但当我去摘取玫瑰的芳香的时候，就无法把它采来，只能采来玫瑰。"

几个青年诗人林莽、牛波、雪迪也相继讲了，很不错。在别人发言时，坐在我旁边的芒克在往纸上写着他的发言稿。他是这样一个人，他不必做什么，便可以是引你欢笑的源泉，他的人像他的诗一样自然。第一天他便在招待所外买了三个大西瓜，共三十多斤，招待顾城几个人。他做任何一件事都认真，极容易被人开玩笑，他似乎在生活上缺少一根弦，他可能会被任何一个心术不正的人算计，他身体瘦长，天生的诗人仪表，他的善良和不设防可能被人利用。他还买了烟与酒公用，钱在他手里和在别人手里不具同一种意义。他三十六岁了，还具有一副小孩子脾气。

芒克的发言只是念他稿上的不连贯的句子：

"人应该给语言以生命，诗是语言生命力的表现。

"诗不断产生，像孩子不断呱呱坠地，谁也不能阻止它产生，谁又能阻止它产生呢？"

会议期间和北大的李黎交谈了两次，他就要去美国攻读博士研究生。也可能同具学者气质，我们很谈得来。

# 八月

## 八月一日
星期五

上午开监考会。

这是我的痛苦时期，已经很长了。我常常有一种不知如何度日的感觉，从本质上讲，我是一个喜欢读书的人。书架上满满的，都是经过我挑选买来的，几乎有一半我还未正式读过，但我常常看着它们发呆，不想去碰它们。我有的是时间，应该是书不够我读。似乎是交替进行，如果我不写出点东西，也就再也读不下去书。想写又不知写什么，这最痛苦。

## 八月二日
星期六

上午读完汉姆生《大地的成长》，这本书断断续续读了半年。记得中学时代，读书很快，但又找不到好书。轮换读房龙的《宽容》。

下午去局里，进门看到桌上有两封信，都是《诗歌报》寄来的，想到是否采用了我一个月前寄去的短文《你们的悲剧》，但只是两期邮订的报。

## 八月三日

星期日

白天在局里监考,这是高中班的入学考试,学生年龄较小,纪律很好。语文题的作文为《记值得我学习的人》《盛夏趣事》,两者选一。

## 八月四日

星期一

一直在阴天,电台预报有雨,而且为中到大雨,但这一天伞是白带了,昌平这个地区,由于它的临山地形,使许多雨该下未下,跑到别处下去了。气象站的一位学员说,常常是从雷达上观测到延庆地区在降雨并做出预报,但雨被这道山梁挡着或从山后绕到门头沟降去了。

## 八月五日

星期二

两天的阅卷工作完成了,今天阅的是作文,看这一篇篇文章,时常会忍不住笑出声。我想在考场上,当考生们突然见到作文题后,人人都会有一种措手不及的感觉,他们要镇静下来想出对策,如同人们遇到意外之事时一样。

## 八月六日
星期三

电视台在播电视剧《安娜·卡列尼娜》,这是英国制作的,我感到英国人的表演会比俄国人自己更出色。托尔斯泰的这部书,买后一直未读,因为我更爱读那些表现自然环境的小说。现在拿起它来,则吸引了我。

## 八月十三日
星期三

今天去青岛。天气很好,仿佛预示了此行一定是顺利的。上午十点,我们坐出租车从局里出发,十一点后到北京站,离开车时间还早,王衍和我去了王府井书店。看到几本已脏皱的纪德的《刚果之行》,我讨厌脏书如讨厌那些不爱惜自己身体的人一样,但纪德的魅力还是促使我买了一本。另外买了一本一九七六年诺贝尔经济学奖获得者弗里德曼的著作《资本主义与自由》。它有助于我理解这个世界上的不同制度的优劣。

火车一点五十分启程,十四日早晨六点二十分才能到达,这让你充分放松下来,考虑如何度过这段漫长的时间。

此行是我第三次走出北京。第一次是与毛宏生去天津塘沽，另一次是与周新京、李宝瑞去白洋淀。这次最远，每经过一地都是新的，所以途中不会乏味。

车过天津，窗外两侧视野开阔，高大树木很少，远远地看到地平线，这是典型的华北平原景色。一路上，村庄稀疏，田野上很少见到人，仿佛这满地庄稼，这一望无尽的绿野，都是自然生成的，只等人们在成熟时来收获。这条长长的绿色客车，在这碧绿的大地上行驶，无法不使你想象它如同是一条昆虫正在一片巨大的叶子上蠕动。

黄昏了，大部分路程要在夜里经过，这是令人惋惜的。坐在窗旁可以一直望着太阳降落，我盯着隐没下去的夕阳，忽然想到它就像一只鱼饵被轻轻抛到了水里，它能够钓到什么鱼呢？而那个垂钓者，你可以想象就是你自己。

在这盛夏未消的车厢里，要入睡几乎是不可能的，污浊的空气令人欲呕，人声嘈杂，列车员不时来往叫卖汽水、鱼干片等物。乘客们用各种方式消磨着这难熬的长夜。我们一行十五人分两摊打扑克，或下棋、聊天打趣。无论多么难以度过，也是要过去的。

晚十点半，列车在济南停下，在这个间歇，大家纷纷走出车厢，吸吸新鲜空气。虽然想看看济南，但只能见到车站的灯光，闪光的钢轨，在夜里不会忘记望星空：我看着北斗七星的位置，和在家乡看着的一样，似乎走了很长时间，依然是在家乡里。

## 八月十四日
星期四

　　这一天对于我来说，是从子时开始的。我有一种习惯，过半夜很难再入睡。睡后也如失了眠一样。现在在火车上无论如何是无法睡着的，后半夜最难熬，怎么待着也痛苦不堪，如果可能，真想从这世界上消失。

　　夜色稀薄了，树木现出了轮廓，天空开始发蓝，我在列车里走出白天，钻进黑夜，现在它像已驶过隧洞一样，又露出头来。

　　今天是阴天，看不到日出。从铁路边的房群望过去，起初我以为是烟雾，那是黑黝黝的海湾内海。见到海似乎就兴奋起来了，而且青岛终于到了。

　　汽车从市区穿过，我们住在了燕滨旅社。上午睡觉，下午去八大关。八大关是青岛海滨最秀丽优美地域上十条以长城关隘命名的街道。

　　青岛给我印象最深的，是它的房子。红色的房顶，并且街道狭小，建筑玲珑小巧，各有特色，保存着昔日德国殖民的风格。青岛市区总的来讲还属山丘地形，它的道路两旁的法国梧桐并不茂盛。蝉也算是很普遍、分布广的昆虫了，它的叫声淹没了鸟鸣,也没有看到鸟。

青岛街道凌乱弯曲,它不能像北京那样按设计建造城市,它只能根据地形决定自己的面貌。

## 八月十五日
星期五

安排去崂山。汽车沿海而上,公路不宽,大多用石块铺成,该地的车开得都很野,颠簸不止。青岛的房子没有纸窗,地基墙壁都用石块垒成,因为海边潮湿会润湿窗纸,盐碱会侵蚀砖块。

崂山距青岛三十多公里,在山脚,从太清宫上去。太清宫是道教的寺院,院内有距今一千多年的耐冬和银杏。正殿内有众天王的尊像,一位道士坐在里面,虽然与世隔绝,但每日注视着进来的游人。有的信徒会烧上几炷香插在桌上,这时道士敲几下器具。

今天是阴天,游人连绵不断向山上走去。山姿、崂山的气势、神韵都遮掩在烟雾中。这些烟雾不像庐山的雾那样纯白,而是灰蒙蒙的,迅速从山腰山顶飘过。崂山的山色仍像北方的山那样,林木低矮,岩石裸露。我们从上清宫返下,上清宫因修理未开放,只有一个院子,生有几株高大的银杏。下午两点已返回。

休息片刻便与王衍去海边。青岛海岸线长，但目前只有三个浴场，第一浴场是公共使用，规模最大，另外两个浴场供来青岛疗养者使用，持证件入内。海一月两大潮，一天两小潮，这是海的生命。海即使在无风的情况下，也会有波浪涌向岸边，连续不断，就像生命的呼吸。海无论在涨潮或是在落潮，它的波浪总是冲向海岸，退却时也要保持着冲锋的样子。

我们在一个自然浴场下水，浪涌来打在身上，溅起水星，第一次尝到了海水的味道。这里只有两人在游泳，我向海深处游去，一会儿在浪脊，一会儿在浪谷。海水浮力比淡水大。当我试着用脚着地而未到底时，望着眼前无限深远博大的海，我产生了恐怖感。这是我第一次在海中游泳，第一次亲身体验海的神秘。

## 八月十六日

星期六

在下雨。这给了人们一个理由，上午心安理得地在住所打牌休息。这是事后令人后悔的，因为时间宝贵。

下午大家去港口，想看看船的家。和想象的不一样，没有一个敞开的地方供人观看，无论大港、小港、客运港都无法靠近。只好返回去第一浴场。这是交费便可游泳的浴场，虽然已是初秋，青岛依然是阴雨不断，偶尔天晴，气温骤然上升，来游泳的很多，人们称在这个浴场游泳是煮饺子。但今天气温低，人不算多。

青岛是咸腥味的，洗了衣服不容易干。

## 八月十七日

星期日

在外时间观念强，日期观念弱。今天是周日，但和出去旅行的人无关。上午去海边，独自一人，眼睛就会说话。青岛年轻的父母们带着孩子来到海边，他们在休息日不会想到田野，海边的居民没有田野的观念。子夜涨潮，清晨正好是落潮，被海水送到岸上的属于与不属于大海的余物与污物，裸露在海滩上。早起"碰海"的人，捡拾了一些海菜和贝类返了回来。

坐在礁石上，好像面对着一个知道名字但不认识的人，这个人巨大莫测。不过没有理由怕它，因为它总是后发制人。海滩上有清晰的涨潮线，在它与落潮后的海水之间，有无数圆润的卵石，即使瓦块、玻璃碴的边缘也很光滑，这是经过无数次潮水冲刷形成的，它们令人想到老人，老人是从来不偏激的。潮水不断涌来又退去，它没有送来什么，也没有带走什么，它的涌动是和人的脉搏一样的。也只有这样它才没有死去。远处有几只渔船，海上很静。几个下海摸海参的男子，筋疲力尽地游回来了，这是典型的山东汉子。

下午与王衍、陈宇去第一浴场，游了很远。海滩上游泳者密密麻麻，孩子在堆沙堡，几个青年掘了一个沙坑，在坑内用沙塑了一个俯卧的健壮的男子，第一眼看上去很像一个尸体。我想起了上午，一位领着孙子的老人，用手杖在沙岸上写下了"天下为心"四个字。

## 八月十八日
星期一

这是在青岛的最后一天。上午由旅行社组织，集体去乘海上游艇。它的码头在一个很狭小、肮脏的地方，进去的路只能行驶一辆车，但人们的目的是去海上，谁也没有计较这样的地方。

游艇不大，上下双层，近一个小时游览一趟。与乘汽车、火车、飞机比较，我觉得乘船最独特、最舒服。汽车、火车在静止的大地上行驶，是它们自己在颠动，飞机在空中飞行也是自身在摇晃，只有船是在起伏、涌动的大海上航行，它不能决定自己动或不动，它似乎也是大海的一部分，与大海一起在起伏晃动。这时站在甲板上或走动，都如同是踏在一块厚厚的海绵上。

游艇始终没有远离海岸，为了感到是在海上，只远望面临大海深处的一面。艇在海面上行驶，它的尖端划破海面，如同一匹马在犁地。

下午与李德仲去青岛最繁华的街道——中山路。我觉得它并不比王府井大街逊色多少。在新华书店买了两盒磁带。这是北京不易见到的柏林爱乐乐团演奏,卡拉扬指挥,作为音乐教学参考资料发行的,贝多芬《第六交响乐》。还买了一些海产品,价钱都比较贵。

晚七点四十分火车发车。

## 八月十九日
星期二

普里什文说旅行的第一个好处是:在旅途中,习惯会像冻坏的叶子那样脱落下去。是的,你无法在火车上睡觉,你不能在早晨洗脸、刷牙、做早操,你不能讲究饮食,不能寻求安宁,你过去的一切习惯都被抛掉,你只有一个最基本的要求:活着。

火车行驶了八个小时以后,凌晨三点半在济南停车,王衍、陈宇和我下了车,为了去泰山。候车室内的长椅上、地上躺满了旅客,人们不再讲究举止、姿态和尊严,在这样的环境中也没有人奇怪。很不易找到椅上的一个空躺下,等着六点半去泰安的火车。

这是慢车,走了三个小时到达泰安,转乘公共汽车直达泰山脚下的红门。在火车上已经下起了雨。一直担心会像登崂山那样，视线被囚禁在烟霭中，不能识泰山真面目。

我们走的是中路，这是登泰山的主路，人人都要走。西路已开通，而东路不知会从何修起。我们买了三根竹竿做手杖，我想起了芒克的诗句："好像我老了／我拄着棍子／过去的青春终于落在我手中。"想起了宝瑞（重九）的诗《老人》："我多想让手中的拐杖／变成一杆枪／去重新杀回／人生的战场。"游人稀稀疏疏，不断有人从山上下来，而我们的后面也不断有人走上来，这里已经是公共场所，大家就像在大街上一样，彼此看一下，无言地擦肩而过。

中路两侧几乎都是松树，不像崂山的树木那么多样。雨淅淅沥沥，它的声音被一直跟随在中路右侧的一条溪水的流水声淹没了。到壶天阁已是一半路程了，这时我们已置身在云雾之中，看不到下面是什么，但有这种固定的阶梯路也不必担心什么。路上看到有年轻的父母携四五岁的孩子一起攀登的，这一定是山东本地人。中午十二点后到达中天门，人们习惯将此看成是泰山的中部。在这里吃过午饭，前面的路更艰难，从中天门到南天门用了将近四小时，在南天门的心情只有登上去的人才知道。

这是泰山顶部，气温显著下降，人们租用大衣穿在身上，旅店是一个低矮的简易房屋，床铺双层，被褥破烂、污浊。登上泰山顶部的人都会住一宿，以便明早观日出。

黄昏了，雨不知何时已停，山顶西部白色云雾滚滚涌动，变幻不定，这是云海。灰暗的天空似乎在飘移，西部天边露出了一道宽宽的蓝天，霞光普照，云海色彩缤纷，这是人间仙境，在泰山顶的月观峰观看日落是一种幸福。

## 八月二十日
星期三

被一阵摇铃声惊醒，这是旅店工作人员在唤醒人们去看日出，时间五点整。显然有起得更早的人，已经从外面回来了，他们说月亮时隐时现，有百分之五十的看日出的希望。王衍和陈宇说不去，我独自一人随着人流朝日观峰走去。

天仍然黑乎乎的，不能看清月亮，但知道它在什么位置，偶尔探出头来，像一张躲在门后的孩子的脸。山下灯火璀璨，一片珍珠的海，那是泰安城夜景。昨天在山顶看不到下面，黄昏时的晚霞预示了今天的晴朗。六点钟到达日观峰，好的地方已被先行者占据了，我在下面一点找到一个无人遮挡的地方，注视着已微微发红的东方。

在朝阳升起的地方始终有一层薄薄的云，一动不动，它们令你担心。山下有一片片不规则的水洼，如积雪，也如屋顶的白色铁皮，闪着幽光。那是河流的水库。天边越来越亮了，起初东方的天边都是红色的，很均匀，现在两端渐渐发白，红色集中到中心，那是太阳将要升起的地方，人们目不转睛地注视着它。天空的云被镶上了红边，这是一片云，很像一只烤红的虾。突然天边露出了一点鲜红，人们一声惊呼，如同过去领袖出来一样。希望没有落空，已经有近十天没有见到日出了，这真是天意。我发现太阳并不是紧擦着天边升起的，而是钻出了云层，它的背后仍有灰色的云絮，衬托着它，这新生儿一般新鲜的太阳。人们纷纷拍照，与泰山的日出合影。

七点钟，我们早早赶到了空中索道站，王衍、陈宇坐前一辆缆车走了，七分钟后我进了缆车，到达中天门，已不见了他们。这里是通向西路的起点，临时决定走西路，因为重复是令人遗憾的事情。

西路僻静、冷落，一般游人上山都会走。中路这时太阳升空，这里则被巨大的山影笼罩。遇到一群学生在林木采集植物标本，然后送到教师那里去。我很羡慕他们，因为我眼看着的草木，都不知它们的名字。因为是雨后，有人在采蘑菇，但我无暇去寻找。这条人工路总不离一条溪水。我注视着流水，它本是无色的，但它在河床中流动却呈现着多种色彩，黛黑、碧绿、雪白不断变幻着，令人感到美。但人们往往把这一切都归功于河水，而忽视使河水变幻呈现色彩的河床。河床中常常裸露出平滑的岩石，它的纹脉如同乳白色的胶流淌下了一样自然。

西路比较自然，人工痕迹少，有黑龙潭、冯玉祥、范明枢墓。到达山脚下，进入普照寺。它的大门东侧悬挂着一口铸钟，西侧悬着一具鼓，分别在两个小楼内。这就是晨钟暮鼓了，但鼓似乎是后来制造的。正院内中心有一尊八卦炉，主殿为大雄宝殿，听到有音乐声，原来殿内有一老和尚在闭目听收音机。而香案旁则立一牌"心诚则灵"，真有意思。

冯玉祥被蒋介石贬后曾在此寺隐居，西侧有一旁院，一块平地上，正中立着周恩来的题词巨碑，四周是几十个小石碑，上有图与配诗。这是冯玉祥与赵望云合作的诗配画："泰山生活组画。"内容都是农家、山民生活。冯玉祥的诗有《高粱地》《牧羊人》《割谷》《石匠的野炊》《采野草的妇人》等，画是单线条的，朴素、淳厚，看了很喜欢。左右对称，东侧也有这样的石碑。普照寺的奇物是后院"筛月亭"内有一方桌大小的五音石，掌击有声，圆润悦耳，亭西为"一品大夫"松，亭东为"六朝松"，均为六朝时植。

去王母池，进院西侧有口铸钟，八脚上印八卦，并有八字"风调雨顺，国泰民安"。不知晨钟怎么放到了暮鼓的位置，东侧无鼓。王母泉用栏封住，泉清见底，有许多银亮的镍币闪着幽光。

在泰山的最后一个游览地是岱庙，泰山也称岱山、岱宗。岱庙是历代皇帝在泰山祭祀的地方，主殿天贶殿前有两株高大的银杏树，灰白的果实挂满了枝丫，人们通常称银杏为白果树。很奇怪的是要想见到银杏树必须要去寺庙，而几乎每一寺庙院内都生有郁郁苍苍的银杏树。

下午四点左右在泰安车站转乘去兖州的火车，傍晚到达兖州。在车站总有接站的人说服你去他的旅店，我去了济宁市民政局开办的一个招待所。坐在它的三轮车上看着兖州市容，它虽然是一个县城，但它的街道要比泰安市的街道宽敞、整洁得多。

## 八月二十一日
### 星期四

　　一早找汽车站，从兖州到曲阜，车费七角，据说两年前是三角。这次出来有一个很深的感受是游览区的门票费成倍增加，票上原印一角，改用油印三角。

　　车站都是相同的，旅客往往狼狈不堪，各色人汇集到这里，大家都是坐车，一个近五六十岁的男人拦住我讨钱。汽车七点二十发车，我注意到每发一辆时，值班员吹一声哨，然后扩音器中播放《运动员进行曲》，汽车在这令人振奋的乐曲中启动，如同出征的战车。

　　早晨坐在敞开的窗边，风疾速吹进来。公路两旁种植的都是玉米，在玉米田中相距不远套种着泡桐树，树株不大很茂盛。泡桐是喜湿耐涝植物，把它种在玉米田内，一定像河南兰考地区那样为了抗涝。田野里很难看到粗壮高大的树木，当地人说搞个人承包后，老树都放倒了，小树都是后来种上的。

曲阜镇并不大，由于孔府的缘故，现已改为市。曲阜养育了孔子，孔子使曲阜和他的名字连在一起。在"三孔"中，孔庙规模最大，是历代帝王祭祀孔子的庙宇。庙内大成殿为我国著名三大殿之一，殿内正中是孔子像，牌位写"至圣先师孔子神位"，上有两匾"万世师表""斯文在兹"，左有"圣集大成"，右有"德齐帱载"。孔庙东侧是孔府，这是典型的深宅大院，建筑左右对称，四平八稳，在后堂楼有一大门，门上列有清帝圣旨，大意是后院为孔府女眷住室，外人不得擅自入内，违者严惩。担水者将水倒入墙外一水槽，然后流入墙内。为炫耀显贵而把自己囚禁在这里。

孔林距孔府两三公里，从私人手里租了一辆自行车，曲阜的自行车都是倒轮闸，骑着很不适应。通往孔林的路不宽，但很直，两旁是古柏。这条路称为神路。孔林由高大的围墙围着，里面有一条环林路，这是一片树林，有松柏和另一种叫不出名的树，树木品种单调，并不稠密，青石碑到处耸立。林内人很稀少，群蝉齐噪，间杂着鸟鸣。孔子坟在进门后左前方，有庙宇建筑陪衬。

下午三点后坐车返回兖州，买好回济南的票，票是直快的，两个小时可到，但却上了慢车。也好，慢车人少，有空余座位，在车上也可记日记。这一带的庄稼很低矮，大多为高粱，也偶尔有花生和玉米。在这初秋时节，高粱秸上呈现着多种颜色：根部为褐色，秆是青黄，叶是翠绿，穗是赤红，非常美丽。

晚到济南，随接站人员到了北园立交桥招待所，房间总是住最便宜的，或一元五角或两元。

## 八月二十二日
星期五

在外旅行，即使很疲劳，醒得也早。今天计划上午去黄河边，下午逛济南市区。

很想站在黄河大堤上看日出，吃早点耽搁了点儿时间，下了汽车还有五百米的路程，我看到东方，街两旁的房屋挡着地平线，但东方天空的红色光辉已表明太阳已出升。我跑上大坝，太阳已离地而去。

黄河在济南市区北部，大坝似乎就是用它的泥沙筑成，临河的一面垒着石块。一台扬水机把黄河泥水抽上来了，为的是让泥沙沉淀以巩固大堤。和我想象中的差别很大，眼前的黄河似乎除了它的黄沙之外，只是一条并不宽阔、汹涌的普通的河。河上没有船只，沿岸有几艘机帆船停靠。沿通向底部的台阶，走上一个船员。和他谈了起来，他说每年四五月份是黄河的枯水期，这时河窄水清，有人在里面游泳。九月是汛期，因为上游的八月洪水流到这里已九月。黄河在逐年生长，他指给我看大堤垒石的痕迹，两米高的是近两年垒起的。河南岸是人工大堤，为防卫济南市区，河北岸是自然地形，北岸是农村。

我走下堤岸，来到水边，用手掬水，感觉水很温暖，捧在手里的河水浑黄，手心上沉淀下一层泥沙。泥沙很细，这是任何筛子也无法筛出的。水流很急，从这里看北岸，河大约有二百米宽。坐在堤上凝视湍急的河水，仿佛大堤是一条船在动起来。这时正是早晨上班时间，这里是一个渡口，渡船是两条铁船并列焊在一起的，这使它的甲板面积很大，既渡各种车辆，也渡行人。北岸人多，大多为去城里上班和做买卖者，渡船一刻不停往返两岸。我乘它到了北岸，买了五分船票又返了回来。

约十点进市区，去趵突泉，据说它是泉城济南七十二泉之首，名"天下第一泉"。内有李清照纪念馆。在一涌泉处有许多人围观，人们将分币贴在水面，竟不沉没，像一片叶子。当将分币推入水中后，分币非常缓慢地、左摇右摆、晃晃悠悠坠入水中，如同风静的秋天，一片树叶从枝上飘落下来一样美观。

济南的大明湖类似于北海，未多停留。

每去一个城市，必定要进它的新华书店。它的书店规模不小，很高兴地买到了《垂暮之年》《叶芝诗选》《苏联现代散文欣赏》。

晚坐九点半的普快298次列车，第二天六点一刻到达北京站，又是一夜未眠。三夜未眠都是在火车上，虽然睡意很浓，但无法入睡。这是旅行中最使我怵的事情。

## 八月二十三日

星期六

上午八点后到家,母亲说她下午五点启程去西安。

睡觉、洗澡。理所当然应该休息,但我总在想一件事:把这几天的观感记下来。在青岛我就感到,到一个新地方会有许多东西想写,而总待在一个地方是不行的。

## 八月二十四日

星期日

又劳累了一天。昨晚,将大姑父、大姑接来,今天整理西环里那间房子,粉刷、擦洗,劳动量很大,他们都感到疲劳不堪,山东之行后的我,身体感觉还良好。

## 八月二十五日

星期一

天气虽然爽快了,但并未有秋天的迹象,仍然烈日炎炎,蚱蝉嘶鸣,只是不再有阴雨。墙脚下阴湿的地方以及墙头上的青苔已褪色、消失。树叶满目苍凉,不断有枯萎的叶子坠落下来。

在那间房子做扫尾工作。

## 八月二十六日
星期二

读《苏联现代散文欣赏》，书中收集了普里什文、帕乌斯托夫斯基、索洛乌欣三位作家的作品。前两人已经熟悉，已经读过普里什文的《林中水滴》和帕乌斯托夫斯基的《面向秋野》，并且非常喜欢。他们三人虽然各具风格，但有一个共同的特点：描写大自然。而与西方作家相比，这一点是俄罗斯人的传统。

## 八月二十七日
星期三

这段时期对我来说，似乎是散文热。之所以这样是因为在散文里可以看到与社会分离的没有人参与的大自然，这是从普里什文的《林中水滴》开始的。

读新收到的《世界文学》第四期，这是散文专辑，使我觉得这一期比前几期更可爱。在这二十多位名家的作品中，从篇名上就能看出三位苏联作家，再一次印证了他们的热爱大自然的特点。我是怀着震慑、折服、钦佩的心情，读完谢尔古年科夫的长篇散文《五月》的,这是从他的中篇小说《秋与春》中节译出来的。可惜屋里没有外人,否则我会让他分享我这种心情。谢尔古年科夫是当代作家,大百科全书的外国文学的分册内还没有收入他的名字,我是第一次读他的作品,从而知道了他的名字。

我现在对苏联文学的看法转变了。以前我不读苏联文学。从此我将留意它们。

## 八月二十八日

星期四

去局里,一下子拿到许多邮件,都是订阅的书刊。有诗刊社寄来的《诺贝尔文学奖获得者诗选》《诗歌报》《外国文学动态》《文艺报》等。就像儿童突然得到很多玩具,不知拿哪件好,我也不知先看什么了。

## 八月三十日

星期六

常常感到对文字的陌生,有许多漂亮的文字,似乎远在天边,在我需要它们的时候,不能将它们召来,我不能做它们的主人。

我感到写诗或写小说都不必然需要所有文字，只需你有力量能召来的那些便可。但散文不同，如果你写散文不能驾驭所有文字，不能做它们的主人，那么写出的肯定不是理想的散文。

成语似乎只是为政治家准备的，不用一句成语却能写出一篇好散文。

## 八月三十一日

星期日

在这个小城镇生活，丢开和得到什么一样容易。走出镇子便到了北山的坡上。从季节上看已是秋天了，但散布在四外和镇内的树木，绿意不减，郁郁葱葱，除了天气的爽朗和草丛中繁杂的虫鸣，仍然感到这是茂盛的夏天。

有少年在摘酸枣，这是这里唯一的果实。早晨富有生气的牵牛花缠绕在草棵和杂木上，各种颜色的花开向太阳。乳白色的，粉红色、浅紫色、淡蓝色、鲜红色的，好像一群迎宾的少女。

秋风已经吹过了，所有结满籽粒和果实的植物都把身子躬向太阳的方向，这是一种无言的敬仰和感激，一种收获后的报答。它们的头垂向大地，大地和太阳给了它们一切，成熟后的植物和阳光、土地具有同一种颜色。

我坐在草木丛中，看着一本植物的书，它讲花的结构，摘来一朵牵牛花,它谈牛膝的种子的传播,我看到牛膝的图谱和不远处的一种植物很相像,那是小时称为坦克秧的植物,它的籽粒常常挂在我们的裤脚上被带到别的地方。还有鬼针草、猪殃殃……

一只像天牛一样的褐色大甲虫,从我脚前爬过,我小心地抓住它,因为它长着一对咀嚼式口器,很蛮横地将我伸来的纸咬穿。回去查看《昆虫知识》,知道它叫步行虫,为鞘翅目昆虫。

在草坡上行走,四周一片虫鸣,它们就在你身边,仿佛你向前走,会把这声音踩灭。但无论你走到哪里,你的脚下都是寂静,你仿佛是投入潭中的一颗石子,虫鸣的波纹已向四处涌去。

在一条光洁的小道上有一块拳头大小的石头,它的一面上筑着一具小小的泥巢,出口像瓶嘴一样朝上张开,这一定是某种土蜂的家,虽然我很想看看它的里面,但我实在不忍做出这一家毁子亡的举动。当然也许土蜂的孩子已长大成人,已奔向四方,弃下这个养育过它们的家。

# 九月

## 九月一日

　　王衍看我在泰山和曲阜的日记，和我议论起日记来。在作家中有人反对或不记日记，前者如马尔克斯，后者如毛姆，他们都是不记日记者。也有人自意识到要做作家后天天记日记，在他们的全集中日记往往占绝大部分，如卡夫卡、纪德从二十来岁开始直到生命终止都记日记。

　　日记的内容似乎也多样，有人只记所思、所想、所感、所见，内容多为思想录、随笔、游记，它们本身就具文学价值。也有人天文地理、吃喝送迎都记，内容也包括生活琐事，如鲁迅。

　　是的，日记应该每篇都具文学性，应排斥柴米油盐等琐事，这使我过去记的许多东西都觉多余，从现在起要改变记日记的方法。

## 九月三日

　　劳动人民文化宫在举办第二届社科书市，这次比第一次似乎规模小些，观者不多。买了德富芦花《自然与人生》《美国散文选》《现代抒情散文选》《台湾诗人十二家》《尼采》《雨王亨德森》。后两本是在王府井书店买的,《尼采》是勃兰兑斯写的,《雨王亨德森》是索尔·贝娄代表作之一。

一进书店,便不能控制自己。

## 九月五日

《北京晚报》在搞《难忘一事》征文,每天刊一篇。每天看报都见到这个题目,也触动我想了想:我回头看了看走过的人生之路,如果问我的难忘一事,那么可能终生我都要首推这件:

那时我大约十岁,正在读小学二三年级,时间是一九六九年或一九七〇年。小学校坐落在村边,那是冬天,教室里都生着一具高脚煤球炉,由于中午休息时间短,上午放学后,路远的学生便不回家了,他们将带来的红薯、馒头、窝头等干粮通通放在炉台上,便算是午饭。我家离学校很近,放学回去后,奶奶早把饭做好,每次我吃过饭后,早早便到教室去玩。

教室内有两三个女生吃过干粮后,正在自己的位子做作业,没有人和我讲话,我望着已经擦干净的黑板,忽然想去写点什么,是出于无聊,或出于表现一下什么,反正我走上了讲台,我想起了刚刚学过的一课,课文的题目是《打倒刘少奇》,课文大意是刘少奇要复辟资本主义,想让我们工人阶级吃二遍苦,受二茬罪。也许我是想默写一下这篇课文,我写下了它的题目:打倒刘少奇,而且为了表示革命,我将"少"字倒写过来,并在名字上打了"×"字,因为当时我见到反革命的名字都是打"×"的,结果写成了这样:打倒刘少奇。但是我无法将课文背诵下来,只记住了课文中有两句顺口的句子,是按诗体排列的:我们工人阶级一千个不答应,一万个不答应。这两句的上文本来是这样的:刘少奇搞复辟倒退,想让我们工人阶级重吃二遍苦,受二茬罪,我们能答应吗?

干净的黑板上被我写上了这样的字:

打倒刘少奇
我们工人阶级一千个不答应
一万个不答应

我得意地欣赏着我写下的字,这时我的脑里只有课文的内容,完全没有想想将它们连起来读会出现什么后果,我没有马上擦掉它,我想将它保留到上课前,让同学都看看它,仿佛我是写下了一首诗。

谁首先发现出了问题,我不得而知,黑板上的字保留到了上课,上课后同学们都安安静静地坐着,挺得很直,教室内一下子肃静起来,仿佛在等待着将要发生的什么重大事情。

几个大人进来了,是班主任老师、校革委会主任和副主任,背着手的贫下中农管理学校代表。他们的脸都很阴沉,看着我们,仿佛在找什么人。我不知道今天发生了什么重大事情,过去只有打防疫针时,才会在上课时进来几个大人,但今天的气氛不同,同学们和我一样都很紧张,教室内鸦雀无声,连平时一上课就忍不住连连咳嗽的那个男生,也不再出声。

是班主任先开的口,她的声音已有些变了:"同学们,今天咱们班发生了一起政治事件,有人在黑板上写了一条反动标语,大家想想,有没有看到什么外人进咱们班,或者是不是咱们班哪个同学无意中写下的?"没有人出声,这时我才认认真真往黑板上看,才看出将它们连续念下来时的意思,我无法用文字表达出我这时的震动,前边他们说了些什么,我没有听见,但我知道我和其他同学坐的一样,一动不动。

班主任拿来了一叠纸,要查一下同学的笔迹,她在黑板上写了几个字,然后让同学们写下来,我不敢用右手去写,几乎是用左手将字描了下来,为了不让他们查出。

然后老师叫走了几个中午常在教室的学生,其中包括我。在办公室里,他们开始询问,老师问做作业的那个女生(她是班长),中午看到谁在黑板上写字,她说出了我的名字,说看到我在黑板上写字,但写什么没看清楚。这时事情似乎清楚了一半,他们都转向了我。对他们的追问,我既不敢承认,也不敢否认。我想为自己辩解,但仿佛已没有一丝力气将嘴张开,只是一声不吭。仿佛有意给我一条脱离绝境的出路,班主任忽然问我:"上边的话是你写的,还是下边的话是你写的?"为了证实我是革命的,我选择了前者。

为了调查这件事,那天下午没有上课。最后开了一个班会,班主任教育大家:"大家要吸取这个教训,现在阶级斗争形势复杂,学会了写字,不要在墙上乱写,以免被阶级敌人钻了空子。"

事情似乎就这样过去了。我经历了许多事情,还要经历更多的事情,但我肯定,像在许多日子中会记住生日一样,这件事会令我永远难忘。

# 九月十日

今天是教师节。进城,一路上想着散文《旅途》的构思,感觉如写出来会很满意。在汽车行驶的节奏中,思绪如水,而车停止后便中断了。在一种特殊环境中,是利于思想的。

在都乐书屋,买了《北岛诗选》《人类知识新水平》。进中国美术馆看美国女画家爱迪娜·米博尔画展。她是美国最负盛名的女画家,有以她名字命名的美术馆。她的画渗透着女性的善良和母亲的博爱,多以孩子、母亲、食草动物为题材。她说:美的最主要表现之一是,肩负着重任的人们的高尚与自豪感。我发现这一特点特别地表现在世界各地的生活在田园乡村的人们中间。

一进书店便控制不住自己,仿佛我已由另一个人支配,我只能听他的命令。在王府井书店耽搁了很久,买了《十九世纪文学主流：法国的反动》，维柯的《新科学》。赶到北京展览馆时，北京国际书展的票已售完。和守门人说了好话，他放我进去了。望着琳琅满目的外文图书，我有一种渺小、自惭感，因为我学过外文，但竟一点作用不起。很快，一个小时后开始闭馆，而我有许多部分没有看。

# 九月十一日

国际书展有一种特殊的魅力，吸引我又跑了一次。下午一点半卖票，十二点已排上人，队伍越排越长，弯了几圈，如果混乱，会不堪设想，但来这里排队的，都是知识分子，担心还是不必要的。

发达的民族其富庶体现在各个方面，书籍华丽精美。我想订一本外文书，但价钱高得惊人：《现代美国诗歌》$9.95，《惠特曼》$9.95，《诗人詹士·迪奇》$8.75，《超现实主义的语言》$29.75，《爱默生诗歌札记》$71.50，《颓废的风格》$33.00，《我的灵魂和我》$20.95，《毕加索全集》$18.75，（美国出版公司）。如按美元与人民币比率则将加四倍。

英国英伦出版公司有：《堂吉诃德》£18.0，《失败的艺术》£20.0，乔伊斯的《都柏林人》£25.0，庞德的《长诗篇章》£20.0，《伊利亚特》£15.0，《荒废的土地》£5.95。

我羡慕那些单位有条件有理由购买外文图书的人，我想寻找一本诗集，但所翻之书没有按诗体印刷的，又苦于对外文的陌生。订购一本诗集可以自己译译，投投稿。没有找到，订购的念头终于作罢。

## 九月十二日

市文联书记赵金九、作家浩然、理由在县委宣传部会议室做报告。时间不长。浩然谈了他的经历。他的性格是传统农民式的，天性纯朴、憨厚，心地慈悲、善良。他像叶赛宁一样从乡村拿着笔走进城市，他在作家中，用他的话说是混在"人精"中，人的劣根在无知的人里他看到了，而这种劣根在借助于知识、文明鼎助的人中他也看到了。他具有前一种人的劣根性，他是他们里的一员，因而他能容忍，能在他们中心态自然地生活，更多地看到、享受到他们的优良品质。他不习惯于在后一种人中生活，这个世界对他来讲是全新的、陌生的，他与他们说的不是同一种语言，心不是用同一种方式跳动，因此他始终要痛苦地、惶惑地摸索如何与他们协调一致。他的性格在另一种人看来是软弱、雌化，他做任何事都不忍加害于人，如果让他说一句讽刺、挖苦人的话，也会于心不安。他这样的人与做官无缘，不仅不想去做官，也永远做不了官，做官要求的是另一种人。他是中国人，这一点很重要，所以在他把人生、社会、文明的那层纸点透以后，没有像叶赛宁那样，绝望地自杀。但并不是没有绝望，他绝望了，他想尽快逃离那个地方，返回他最初走出的那块土地，但他没有像西方作家中所施行的那样，去隐居，去过田园生活，因为他是一个中国作家。他写了肖长春、高大全，但他在人里找不到这两个人，不免让他失望，但他学会了在失望中生活。张洁说，他的悲剧，是性格的悲剧。

听他谈他的性格，我想到了我。

## 九月十三日

秋天，大地上的果实等待人们（当然还有其他动物）去收获。你想到这一点，你便想到无私的贡献，你便不能不感动，在这世界上时时呈现出的崇高的品质。

我应当走到里面去看看，我应该和所有的人一起去得到启迪和熏陶。艳阳高照，我将又步行二十几里。我是走在几种声音中的，蚱蝉的哑声，在路边的树上时起时落，草棵里的蟋蟀长鸣不休，远处田里已有犁地的拖拉机的喘息声。如果在这时寻求宁静，只有走进我的内心。

沿路我观赏着各种植物，在结籽的草丛中不时会浮现出花朵，鲜艳夺目，令人愉悦，仿佛在人群中看到了笑脸。春华秋实，在秋季开花的植物什么时候结果？我辨认着它们，金黄的向日葵花盘一般的菊花，浅蓝的瓷碟似的还是菊花，多种颜色的牵牛花，生在低洼的沙渚上的粉红的水蓼花穗，阔叶的曼陀罗吐出乳白色的花冠,旋扭在一起,还有不知名的米粒大小的黄色花朵。它们似乎把春天带进了秋天,似乎在提醒人们秋收时节应缅怀春种,在收获时思念播种。

田地变得阔绰起来,裸露出高粱茬、玉米根、蔓草和褐色的土地,农民将收获物运进家里。农民们拿着家什一次次走进田里,仿佛是在帮助一头牲口卸下它背上的重负。我注视着已经收割了的土地,不能不联想起产后的母亲,它将休息,这是劳作后获得的恬静的歇息,它将在赖以它生存的农人的关怀和冬日融融的阳光的爱抚下静静地睡去。

我穿过开始泛黄的稻田,脚下像尘埃一样腾起稻蝗,又迅速落去。河沟和水塘里遍生着大叶的雨久花和结穗的水莎草。河岸上种植着几行北京杨,它们的枝繁叶茂,使我将它们想象成一片树林。在林木稀少的平原我常常向往行走在树林里,就像领袖人物喜欢行走在欢迎他的人群中一样。我钻了进去,踏着去年的残叶和蔓延的茂草,体会着在林中走路的心境。树木都很尊重你,它们欢迎你到它们中间来,它们摇摆的叶子比掌声真诚、优美,它们每个人都想和你握一握手,友好地拉拉你的衣襟,但是你不要忘记尊重它们。使我不得不离开它们的,是它们的一个邻居,它使我一惊。这是一只在林中结网、我从未见的花色蜘蛛。它的网并列有三片,网之间用丝联结,看起来凌乱,像一团丝球。蛛网在夕阳的金光中闪着多彩的色泽。这只蜘蛛淡绿橘黄相间,八只细长的足,它茸毛短疏,周身光滑，泛出金属的光泽。我在想着这个问题，鲜艳的颜色赋予花朵、小鸟、少女会无比美丽，但在蛇与眼前这只蜘蛛身上，却令我感到阴森可怖，毛骨悚然。

夕阳就要衔山了，在有着热爱大自然传统的日本人中，德富芦花观察过落日由衔山到全然沉入地表，需要三分钟。我想印证他的计算，但今天天气非常晴朗，天空干干净净，仿佛太阳的道路非常平坦，因此在它将要走完全程时，仍不是疲倦之态，依然光彩奕奕，耀眼夺目。它的强烈刺目的光，使我无法看清它的轮廓，判断不出它何时衔山，无法计算时间。但我感觉它隐遁得很快，大大少于三分钟。我不知被它照耀的其他生命是不是也像我一样，有一种被遗弃之感。太阳好像带走了整个世界，只留下了这个世界的影子。它平静、安详、死寂，我看到的仿佛是一幅静态的画。四周浮起雾瘴，海一样蔚蓝的远山腰部，笔直地拉上了一层淡淡的白色山岚，这是很少见的。一条条田间路上都有晚归的行人，仿佛村子在拉起它撒在田里的网。

## 九月十四日

《中国青年报·星期刊》登出了《星星》诗刊在读者中评选的"你最喜欢的中国十位中青年诗人"，结果是：

舒婷、北岛、傅天琳、杨牧、顾城、李钢、杨炼、叶延滨、江河、叶文福。

它和不久前《拉萨晚报》评选的"中国当代十大青年诗人"主要人物是一致的。

## 九月十五日

在秋天又一次走进山里。这是应曾给其上过课的空军二十三厂之邀而去的。树木的颜色还没有变,走到生长着栗树的山坡,山民已经收过栗实了。栗实包在毛森森的绿壳里,像团缩在一起的幼小的刺猬。山民收栗子时,先将树下的杂草锄净,然后刨上条条浅沟,为了容易辨认敲下的棕色的栗实并防止它们滚落。栗实在成熟时,它的黄绿色的壳斗会裂开缝隙,你盯着它看,你就会以为你在看一头含珠的狮子,它那样小,以至于你竟不相信。

## 九月十八日

中秋

我们一年中有一半的时间可以见到月亮,但仍把今天当作观赏月亮的日子,人们珍惜这一天。

盛夏刚过,溽气消散,天空像一池澄澈后的水,无论什么落在上面都是显明的。仿佛久阴后第一次晴天,人们纷纷跑出来观看。

晚去十三陵水库，我没有从月亮初出起观看，如同中途结识了一个人，我不了解它的过去，它的童年。这片天空是无遮挡的，月亮在上面的心情是与上帝一样的，它们的孤独产生在它们要照耀别人。但这种孤独与我们所常常体验到的孤独是不同义的，因此我们无法对它们表示出怜悯或幸乐。

给我最深的感受是有一颗星与月亮同步运行，它在月亮的身边，它们的距离从没有变。而月亮在有背景的地方，无论是树丛、山顶、凉亭，才显得完整。

## 九月二十三日

近来总在想再次旅行的事，这次要去看看草原、白桦林，要注视草原上的日出和日落，太阳怎样从大地上钻出又沉没下去，要在挂满金色叶子的白桦林中走走，树木在如何蜕变。我应当认出草原上长着什么植物，林区长着什么树木，否则我叫不出它们的名字便无法将看到的记述下来。

为此我去了西山的植物园。

这是中科院的植物园，院内的木本植物上挂着标出名称的小牌，在每一棵树前我都停止，看它们的名字，记住它们的特征：果实粒状的金银木，开着粉色花朵的木槿，蔷薇科的枝茎带刺、细叶似花椒的黄刺玫，第一次看到十字花形的花叶丁香，当作围障的小叶黄杨、云杉，皮似法国梧桐的白皮松，过去误称为马尾松的油松，长叶无针的罗汉松、雪松，豆科的紫藤，蔷薇科的花旗藤，国槐、侧柏、翠柏、龙柏，结三角浅绿泡形果的栾树，叶似桑片的构树等。

但这个植物园使我非常失望，它丝毫也没有帮助我，我想它和一些机构一样，它的安置一些无所事事人的作用，远远大于自身的职能。这是北京最大或许也是唯一的植物园，但它仅仅有一个热带植物馆培植着一些花卉，人们不能通过它而认识自己身边极普通的草芥树木。我不知原野上的那些杂草不该有名字，还是由于它们的平凡而不被重视，总之我见了它们，虽然觉得可亲，却无法称呼它们。

深思一下，我这个苦恼是自己寻找的。我童年时生活的地区，每一种植物都有它们的名字，这名字来自父辈们，人们称那样的叫法为俗名，如猪耳朵（车前草），而我为了写它们是想知道它们的学名，为什么要抛掉它们在生活之地的朴素的名称，而为它们换上研究者的书本上的称谓呢？

从植物园出来，我去了离此地不远的曹雪芹纪念馆。它坐落在香山正白旗村，在一九七一年被发现，一九八三年四月二十二日纪念馆建成对外开放。

纪念馆前耸立着三株古老的国槐，馆内是十二间房屋，这是清代制式营房，这就是曹雪芹生活和写作的地方。

# 九月二十八日

昌平—赤峰

离家远去是这么容易，晚上说一声，第二天早上就出发。仿佛到一个未知的地方去，并不需要多少勇气。火车是八点三十分发出的，行驶得小心翼翼，这是慢车，一路上它要躲来躲去，为各种快车让出单行铁路。

在秋天去旅行是幸福的，大地上丰富多彩的颜色，在这个冷暖交替的季节里，一切都在过渡中。你不能说它是绿色，也不能说它是黄色，你发觉人类的语言是非常简单有限的，而人类使用语言文字的目的，无非是想将自己看到的东西转达给别人。而这时你觉得只要目不转睛地注视着便可以了。

火车穿越的是整个燕山山脉，沿途穷山贫水，光秃秃的山，起伏平缓，仿佛一匹匹剪过毛的骆驼卧在那里。火车不断地在隧洞里钻进钻出，使车厢中一明一暗，像一只蚂蚁在斑马背上爬动。不时出现山谷洼地，种植着已经枯黄了的谷子、黄黍和矮小的玉米，也有棕红的高粱。这些都是一季庄稼，不用将地腾出再种什么，所以农民们收割得很迟。大地上哪里生长庄稼，哪里也生长房子，它们因地势散落在山间谷地中，如同一把种子撒落在地里一样。弯弯曲曲的河水清冽涓细，裸露出阔大的河床，夏季汛期的水痕依然清晰。

山地里没有真正的黄昏。有的地方，太阳过午以后便开始衔山了。被山养育的一切，早早落在了它的巨大的阴影里，如同谨慎的父母把自己的孩子护得过紧。我曾试图观看过早地落山的太阳，但它的光和正午时一样强，使你不敢正视它。也没有必要注视它，它落山的地方和其他地方一样。

晚十点一刻，火车到达内蒙古赤峰。天上有许多又大又亮的星星。

## 九月二十九日

乌丹

赤峰可能是一个新兴城市，让人觉不到历史感。边远地区的地域广阔，使赤峰城很舒畅，它的建筑松散，街道宽敞。北方的城市大都也像北方的人一样，建筑稳重、厚实，不精雕细琢，显得随便、豁达。处处裸露出泥土。街道两旁和庭院里种植的几乎都是杨树，简便、单调。早晨的城里，车和人都很稀少。

汽车站与火车站相邻，据说它建的时间和规模是全国第二大汽车站。在铁路交通稀少的内蒙古地区，公路自然要发达一些，也不奇怪。从赤峰往里走只有乘汽车。内蒙古纯粹的牧区是在呼伦贝尔盟、锡林郭勒盟和乌兰察布盟，那里的草原是一望无际的。而赤峰周围也是农区，离它最近的牧区也有五六百公里。我询问了几个人，他们都无戒备、无杂念地热心解释。

远离文明中心的地区，民风要淳朴得多。而且常常是这样的，人们对远来的客人要比对周围的人，更乐于相助。

汽车是八点开出的，目的地是乌丹，这是翁牛特旗政府所在地。那里并不是牧区，它是离赤峰最近的旗。车出赤峰，视野便开阔起来，公路的一边是低矮的油松林，另一边是小叶杨幼林，都是人工种植的。杨树林一片橙黄，呈现着秋天的色彩，仿佛是一群恭顺的孩子，站在那里，神态可爱。远处的地形起伏平缓，曲线柔和，似乎每块地方都不想突出自己，但它反而更能引起人的注意。在这里的沙质黄土地上，一切植物都是低矮的。树木零零落落，显得幼小纤细，几乎见不到一棵粗壮高大的，如同贫匮人家的孩子，还未成年，便被早早伐去，担起了栋梁之任。在这里，我第一次见到向日葵像玉米那样被成片种植，这是本地的主要农作物。结满籽粒的向日葵低垂着头，看着自己脚下的土地，显得谦逊、恭让，这是任何丰满、成熟者必至的姿态。

两个小时后到达乌丹。像所有县城一样，这也是个村镇相容、农工混居的小城镇。街上看不到一个穿蒙古族服装的人，如果不是政府机关的木牌分别用汉蒙两种文字书写，你会认为它是一个你在华北任何地区都能见到的小镇。通往内蒙古腹地的公路穿过小镇的中心，街道两旁种植着松叶梅，虽然它的叶子已枯萎，但它正是花朵盛开的时期，使它与周围的环境非常不协调。它的粉红的、乳白的花瓣属于菊科类的多瓣花，共八枚,这是在这个地区、这个季节见到的唯一的一种花。

我向镇外走去,为了看看落日。街上摆着各种货摊,它的蔬菜都是常见的,有圆白菜、菜花、芹菜、香菜、萝卜、土豆、红薯,而在泥土墙的院落里,鸡鸣鸭叫,狗追猪跑,和北京郊区的农村是一致的。每驶过一辆车,街上便尘土飞扬,我发现在夕阳光照中灰尘也是美丽的。

德富芦花观察太阳由衔山到沉入地表需要三分钟,这次我得到了一个印证它的机会。我是坐在一条河旁注视日落的,这里的泥土疏松,河道已经形成一条沟壑,使我觉得仿佛坐在了山崖旁。我看看表,落日由衔山到沉没用了两分半钟,我不知应该说谁对谁错,因为他在日本,我在中国。

# 九月三十日

海日苏

在乌丹了解到,去娜什罕、海日苏、白音他拉可以见到草原,那里是纯牧区。我看着这些地名,它们很富于诗意,它们不像内地的地名那样具有特定的含义,它们只是一个符号,一个标志,将它们放在偏僻、苍凉地区的身上,如同一个粗朴的乡村女人具有一个美丽的名字,听到这个名字你便想看看它所代表的那个人。

汽车在早晨六点发车。我担心睡过时间,但午夜刚过,便被惊醒，房里进来两个警察，将人分别叫起，详细询问了我从何来，到何处去，为了什么，并仔细看了我的工作证和居民身份证。当我说明来意，他们说了一句："你是来体验生活的？"事情便过去了，但我再也没睡安稳。这是"十一"前夜，检查旅馆可能是他们的惯例。

汽车开动时，太阳还没有出升，早晨的气温很低，车窗被人的气体的水汽严严蒙住，当车奔驰起来后，它们马上被冷空气赶得干干净净。

大地在转动，我忽然觉得汽车本身并没有行驶，而大地仿佛像一个巨大的轮盘，在为前来观看它的人们展示着自己，这并不因为它自己有什么值得炫耀的地方。这里干干净净，什么也不生长，我想如果土地不能生长植物，它的心情一定和不能生育孩子的女人一样，她们都会认为除了这一点，再不具备什么可夸耀、自豪的东西。因而它表露得卑微、平平坦坦，起伏有序，将自己的一切都谨慎地藏起，甚至拒绝人类来这里定居。

沿途经过了处于内蒙古农牧交替地区的农区，我看到了一种和华北地区不同的村庄。他们房屋不多，却铺展得大，因为这里有的是土地。房屋和院墙的颜色都和泥土一样，几乎看不到砖石瓦片，仿佛像蘑菇那样也是从土里长出的。每个农户院子都是长长的，用并不高的土墙围住，这种土墙不是坯垒的，而是两边夹上长木板用土砸出的。泥土房子坐落在院子正中，略靠后。前后都有很深的院子，后院一般都种着杨树，前院放着农家所需要的一切，他们要走很久才会迈出自己的院门，似乎如果他们想做，还会将院子扩大。院子一般没有门，只是一个不整齐的豁口，宽宽的大街，空空荡荡。我相信，我再也看不到和土地结合得这么紧的村庄了。它们的色泽，它们被这广漠的沙地衬托得微小，你可以想象，它们只是种子发芽时拱起的土包，你看到了它们，你便会理解生活在它们之中的农民，理解这些农民为什么会有那样的外貌、品质、秉性、习惯。理解了这一点，你一定就会谅解他们那些你所不能容忍的东西，一定就会爱上他们。像沙地里的植物一样，生命力真正地是体现在他们身上的。

到达红山，路途已走了一半，再往前行，便进入了牧区。汽车在一片戈壁上行驶了一个多小时，这条公路只是一条和华北农村的田间马车路类似的小道，两条略凹的发白的辙印，但它也许从未走过马车。在这条路上，只是每天从相反方向对开过几辆长途客车，偶尔也会有一辆运货的挂斗汽车，笨重地隆隆驶过。我第一次体味到了旷野、荒原、一望无际、渺无人烟这些词语的含义，如果不是这条路，不是那条同路一起延伸的电线，我无法想象，在这戈壁的深处，那看不见的地方，还会生活着和我一样的人。这里并非寸草不生，也有寥落的树木和点点丛数，呈现着戈壁地区独具的特色。树木主要是榆树和一种叶小的杨树，弯扭着枝干仿佛是一个个被重负压过，挺不起躯体的汉子，很少见到它们会两个站在一起，似乎在向我启示，只有像它们这样永不需求帮助的人，才能在这里生存。那些灰绿色的一丛丛灌木，可能就是抗旱耐碱的怪柳了，当地人直称为"柳条子"。沿途见到的最多的鸟类是乌鸦和喜鹊，它们常常是数只或成群在一起，还有雀鹰，在偶尔出现的低洼水泽地，也可见到行鸟。

是的，这里不是死寂的、生命湮没的沙原，把我们所说的"生机盎然"用在这里，才恰当，才更富于真意。我们在这样的环境里，在这样的环境里看到生命，才会感到我们过去以及将来所遇到的一切，都不算什么，和这里相比，我们都应当感到幸福。我们从这里经过，不仅带走了对它的印象、感觉、领悟，而且也使我们的精神里注入了真正的顽强、抗争、不屈，使我们蜕变、充实，使我们修正了过去所认识的生存的意义。

我们有限的视域，常常给我们一种错觉，这种错觉在童年时感受最深。我们往往把地平线之内的这片天地当成整个世界本身，我们对地平线之外有一种恐惧，我们害怕走出去，因为我们走出地平线，不仅会失去太阳，而且会认为已被排除在世界之外。但是在这里，天地似乎在不断变换，汽车爬上地平线处的沙坡，便又展现出一片新的天地，我们失去了一个世界，又获得了一个新的世界，没有什么值得留恋和对未知的不安，我们获得了对世界、对宇宙、对无限的体验。

黎明时东方渐渐发白，周围逐渐显出了人烟。零零散散的牛群独自啃着草木。天已近正午，日光强烈，不时见到卧在树荫里的牛，不停地反刍，它的眼睛看着远方。看不到牧牛人，似乎这旷野就是牛栏。转过一个弯，便会出现一座房子，用栅栏围着，这时汽车停住，会下来或上来一两个人，沿路两旁不时见到这样的住所，汽车已进入牧区。汽车重新开动后，远远地将那座住宅抛在了后面，刚刚下去的牧人提着采买生活用品的袋子、包裹，走进自己的院子，而且常常有人在汽车来到时便等在外面迎接外出的亲人。我想象着这些一家一户孤零零地在旷野生活的人，他们一定不会理解村、镇的含义，他们认识的人一定没有他们的牛羊多，他们了解人也一定不会比了解自己的牛羊全面、透彻，他们一定不会具有群居之人的私欲和自利，就像他们不知什么是互相帮助一样，他们也一定不懂什么是损人利己。这条公路为什么会钻进来，他们要求了吗？他们想到在遥远的地方生活着与他们不同的人吗？这条公路使他们体会到了联系的必要，使他们将自己的生活方式与不属于他们的做了比较，他们会羡慕由这条公路让他们认识的那种新的生活方式吗？他们的内心会告诉他们哪一种生活方式更适合于人的本性。

　　五个小时后，汽车到达海日苏，它将在明早六点返回。海日苏是一个村镇，这在蒙古族人居住的牧区很不多见，汽车往往行驶一两个小时才会经过一个居民点。奇怪的是在这样的地方，我没有见到一个着蒙古族服装的人，好像我到的是一个普普通通的村子，如果不在外貌上仔细分辨，他们似乎都是汉人。他们穿着普通的汉装，只是喜欢穿一双长筒胶靴，他们如果和本地人说话，便用蒙古语，只是和远来的陌生人讲话才用普通话，而且讲得也很熟练。他们说这里的孩子上学从三年级开始学普通话，我听他们的蒙古语，似乎比汉语发音要好听。我想作为人，由于国家、地区或种族、民族的不同，却讲出不同的声音，这也和蟋蟀由于种类不一样而叫声各异是相同的。这里也有少数汉族人居住，他们大多为调动来的干部、教师、职员或其他原因定居在这里的人。

在这样的荒野、草原深处，里面的一切都是微小的，坐在汽车中，我仿佛还是一个身居它之外，观看它的人，而走出汽车我便被投入进来了，我忽然产生了一种被发配、被遗弃的恐怖感，这里好像处在世界之外，如果让我终生生活在这里，我不知我的心理会产生什么变化，这时我的潜意识只是在暗示我尽快离开这个世外之地。一群孩子在无忧无虑地玩耍，不时发出阵阵欢快的嬉笑声，在这样的地方生活，他们的快乐之源是什么呢？我想对于孩子们来讲，他们一定不会有离开这里的愿望。远方对他们意味着未知和恐惧，他们的世界就在他们出生的地方，他们不会以为会有另一个地方比这里更好，这就是他们的好坏观，孩子们都是树，从栽下起，便不会向往离开脚下的地方。他们和生活在任何地方的孩子一样，生活本身就是他们的快乐之源，他们的幸福一定不会比任何的孩子少。

岂止是孩子们，其实，当人们无法再改变自己的生活环境，不能再改变自己的生存状况后，那么无论他生活在哪里，无论他处在什么情况下，人们都会找到欢乐之源，找出幸福所在。如同无论生活在哪里，人们所面对的都是同一颗太阳一样，所有活着的人面临的都是人生中同一基本问题，都会有幸福与不幸，欢快与苦痛，希望与失望，梦想与现实，都无法拒绝或奢求。看到了这一点，理解了这一点，我们就会变成另一个人，这时才会觉得和生活的真实靠得很近。

在这样的秋收季节，牧民们收获牧草。这里的草场与牧场是分开的。草场用铁丝网拦住，受保护的牧草长得很高，大部分都已打完，一垛垛堆在里面，和收割的庄稼一样，牧民们开始用牛车、驴车往回运草，做畜群的冬天饲料。因为已分畜到户，广阔的草场被一块块分割开，像自留地一样，分属每一户。这种瓜分的现象破坏了草原整体的美。牧场则是放牧牲畜的场所，它的草如同被割过的一样，短而齐，贴着地面，是牛羊没有使草长起来。问一运草牧民，他说这里牛居多，每户有几十头，养到七百五十斤才达到卖的标准，以供出口。一户一年可卖出三五头，九角一斤，可获三四千元。

日行西天，我走在草原上，蚊虫很多，只有不停地挥动手臂，才会免于叮咬。草原的颜色是枯色的，没有一朵开放的花，到处是枯槁了的蒲公英一类植物的绒球，如果蹲下向西望去，在阳光下绒球点点闪光,仿佛盛开的白色花朵。仔细观看草原的每一个地方都是平淡的,和别的事物不同,晚秋的草原美不在局部,而在整体。

# 十月

## 十月一日

海日苏—赤峰—围场

六点似乎是一天开始的时间,汽车大部分在这个时辰发出。从这里去赤峰大约要走六个多小时,如果是经常往返的旧路,时间不知该怎么度过。还坐在车中来时的那侧,返回时便朝向了新的一面,但一路的地形,公路两旁大致是相同的。

汽车快速地行驶在牧区的简易公路上,常常会有一头牛犊或一匹马驹在汽车开近时,撒蹄和汽车并肩猛奔一程,然后仿佛受到了惊吓,突然拐向草场,那里有它们的母亲。看着它们可爱的神态,真像孩子一样。幼小的都是美丽的,天真的都是可爱的,但人们不能容忍追求天真。

过了红山通往赤峰的路,便与返回乌丹的路岔开,沿途是赤峰郊区的农业区。它很像北京的郊区,村落密集,地质肥沃,显得比较富庶。地里种植着玉米、谷子、高粱、黍子、豆类等作物,也能见到已被削去转盘的向日葵林。路边的墙上贴着收购葵花籽的广告,每公斤九角多。这里的房屋已很讲究,地基用石,边角用砖,结实精致,它们使我感到里面体现着一种和它们主人一样的摆脱土地的愿望。而院墙仍显出主人生活在土地上的世代性，简陋、残破，只是一圈低矮的土围子。让你觉得这里起了变化，但它是边远地区。院中大多是坐北朝南的三间正房，中间开双扇门，门两旁各是一扇玻璃窗，没有窗纸。配房很少见，使正房显得孤零。院子零乱地堆满了收获来的庄稼，木架上挂满一串串耀眼的黄玉米。因收获而满身尘土的农民，忙碌、疲惫，但面露喜悦、踏实之态。秋天是劳作在土地上的人们的幸福的季节。

在我走过的内蒙古地区，常常在公路及田里见到一头驴拉的小车，这是承包单干后的农民唯一的运输工具。这是一个很滑稽又令我感到悲哀的画面：一个粗壮有力的男人坐在小巧的车上，一头弱小的毛驴拉着默默地行走。我想到的并不是相助或共生，它使我想到奴役，想到奴役是人类的天性之一，而这种天性源于人类最初试图借用自己身体以外的工具来帮助自己。从这一时刻起，人类便给自己制造了一个悲剧，它变得离开那些身体之外的辅助工具便无法生存下去。其实受奴役的正是人类自己。

中午到达赤峰，去围场的车只有一趟晚七点二十分的火车，但我必须在今天赶到围场。等车的时间，使我有暇在赤峰市区走走。这是个中小型城市，它的里面和附近都没有什么名胜古迹供人游览，它是寂寞的，仿佛像一个人不被人喜欢。在新华书店，我买了一本五十页的小册子，它是被降价销售的，书名叫《"昆虫汉"法布尔》，读到关于法布尔的书是我近年的夙愿，竟在这里碰到了它，被降价处理。但我孜孜以求的还是他的著作《昆虫记》。它十大卷，几百万言，介绍其主人的书却几十页。法布尔被雨果称为"昆虫世界的荷马"，他大半生生活在他在旷野买下的昆虫乐园"哈玛司"里，像长寿者大多以自然为伴一样，他活了九十二岁。

晚乘火车西行，到四合永下车，换乘一辆私人客运车到围场，已是夜里十一点一刻。

# 十月二日

**围场—机械林场**

围场县城坐落在一条狭长的山谷里，因此在整体上它无法讲究。它的市容是破旧肮脏的，一条主街道像河穿过中央，每辆车过便腾起满街烟尘。实物都向两极发展，它的破烂，使人无法产生促使和保持它清洁之感，人们可以随地、心安理得地在它里面吐痰、弃污物，这和人们站在干净的地毯上的感觉、心理是完全相反的。去林场的车下午一点才开，我上了围场的南山。它或许不能称作山，没有岩石，只是隆起的高大的沙丘。坡上种着一些油松、白杨，还有野生的黄栌。不能走小路上山，因为它已是一条松软的沙带，从植被上走才会有坚硬感。在这已近虫声偃息的时令，还能听到两种昆虫的声音，一种是蝈蝈的鸣声，一种是沙沙之声，辨别不出是什么昆虫发出的，我只以为是纺织娘，它和蝈蝈同是螽斯种。我发现了这沙沙之音的歌者，它是一种体型很小的蝗虫发出的。现在正是它们求偶的时候，雌蝗体略大，雄蝗颜色鲜艳，头部、腿部呈红色。雄蝗正在追逐雌蝗，当它接近雌蝗时，便主动停住，仿佛是为征求意见或表达它的尊敬、爱慕之情，用它的大腿快速上下摆动摩擦复翅，这沙沙之声便是这样响起的。这只雄蝗已失去了一只大腿，所以它的声音不如附近的响亮，也许正因为这点，雌蝗每当它接近发出求偶的信息后，便又快速向前爬去，它们总保持着一段距离。这种方式和人类的恋爱是那么相似，生物的求偶形式体现在它的一切种类上。可能由于天气已凉，我很轻易地抓到了一只蝈蝈，它的身体柔弱、松软，毫不反抗，它有一对很硬的翅膀，但却不是为了飞翔，失去它，蝈蝈变成了哑巴。坡上的蚁穴，土粒很大，都堆在下坡的方向，这样蚁穴周围便形成了一个小小的平台。

通往机械林场的车是林场自己的，每天只开出一辆，早晨六点在林场发车，下午一点从围场返回。围场地区在承德北部，是清朝皇帝行围打猎的场所，不知后来是否发生了变化，我看到的只是山体裸露，草木稀疏。公路两旁搭杨树是近年种植的，只有碗口粗，在不断的空缺上又补上了细小的树，人们在它们的腰部都涂上了一圈红漆。它给我这样一种感觉，仿佛是一匹匹马被套上了笼头，而那幼小的也同样被剥夺了自由。

因为是在山区的简易路上，汽车行驶得很慢，仿佛是处于闭塞的，山里的一切，在恳切要求你仔细看看。生活在这里的人们是艰难、贫困的，大山养育不起他们，光秃的山地没有鲜果或坚果的树木，人们靠山却吃不着山，不得不择地种植一些作物。沿途我看到了谷子和莜麦，刚刚收割，堆放在田里。大概鸟类也不多，因为人们在谷堆上插上吓唬鸟的标帜。没有天空，也无太阳。

路程走了大约一半，汽车停下了，上来一个女人，高声提醒车内乘客，再往前行便进入林区，要注意防火，并称以后进来要领防火证。我看到了山麓挺拔的白杨和亭亭玉立的白桦，它们仿佛是林区的前哨，仿佛是特意从林中跑来，受大家委托迎接我的，因为它们和我的心是相通的，是我对它们的怀恋之情。我感激它们前来欢迎我，它们的代表穿着我最喜欢的橘黄色的衣服，它们说这是大地馈赠的，还要交给大地为它们保存。但我没有想到，这是它们来时临时穿上的。

随着山势的缓解、松弛，视野开阔起来，出现了大片大片的橙色的人工落叶松林。它们的年龄都不太大，林场工人说，它们的每一层枝丫是一龄，只有十几年。它们的枝丫还没有修剪过，像无数只手臂交叉着，紧紧围护着这个集体，似乎因年小还没学会信任，不肯放任何一个人进去。但我寻找的还不是它们，它们和不时出现的翠绿的樟子松、云杉一样，它们的典雅、脱俗、贵族气息，都在拒绝人们走近它们。我寻找的是像白杨树一样朴实挺立又洋溢着艺术气质，在秋天具有金色阔叶的白桦林。

但是我来晚了,可爱的白桦林!你们已经赤条条站在那里,你们银白色的树干在阳光下格外耀眼,上面闪烁着点点乌斑。我曾想象着走在你们金叶摇曳的林子里,你们感动得向我撒下了落叶的泪滴,我望着你们,把你们当作一个忠诚的人。你们敏感地响应着季节的召唤,即便是一只鸟飞来,落在了你们身上,你们的叶片也会纷纷扬扬,仿佛你们自己就是一群栖落在大地上的鸟,抖落下了金色的羽毛。我知道,为了不给我遗憾,你们曾经等待着我,当你们金黄的叶子迫不得已不得不坠落的时候,也是像一步一回头的告别的亲人那样缓慢,企望着我的出现。我辜负了你们,但这使我将来还会来看望你们。

# 十月三日

### 机械林场

围场人称这里为坝上。这里原名为塞罕坝,"塞罕"是蒙古语,意美丽,是清朝皇帝行围狩猎、肄武绥藩之所,为"木兰围场"的一部分,每年都要在这里举行木兰秋猎活动。它地势平缓,土质肥沃,林草丰沛,禽兽繁集。据介绍,这里过去有豹、野猪、狼、狍、黄羊、鹿、狐狸、猞猁、野兔等兽类;有天鹅、鸿雁、雕松鸡、山鸡、地凫、百灵、画眉等鸟类;野生植物五十余科,五百余种。盛产蘑菇、黄花、蕨菜、金莲花、芍药、黄芩、苦参等草药。一九六二年建立机械林场，种植人工林六万公顷，主要为落叶松、樟子松、云杉等珍贵树种，间杂着自然白桦林。

林场人一致说我来晚了，来得不是时候。但他们不知我来看的是什么，我遗憾的只是白桦叶子掉尽了，我甚至恨他们把大片的野生白桦林伐光，植上了针叶乔木。在我离开家前，我一直注意树木的颜色，它们的夏天一样的丛绿的色泽，使我担心这里树木的颜色也还未改变，所以我把这次之行的最后几天放在了这里。但这里的气温不仅比北京低得多，也比赤峰内的牧区低，它的秋天来得很早，这个时候夜里已结冰。候鸟们大都飞走了，花草已凋敝，阔叶树木的叶片或枯槁或像离巢的幼鸟一样飞去了。针叶树木中落叶松一片金黄，细小、柔软的黄金般的针叶也在渐渐坠落。

在我生活的地区见不到白桦树，但我的灵魂使我感到，在所有树木中我最喜欢它。我无法说出为什么喜欢它，它作为一个整体存在，是有无限个方面构成的，如果我说我喜欢它的这个或那个，这些或那些，也仅仅提到了它的某几个方面，这必定意味着排除了诸多的其他方面。我可以提到一点的是，它挺拔但不野蛮，朴实却不失伟岸，它是我做个什么人的一种象征。

穿过一片干涸的草泽地，我走向白桦林。旷野寂静，听不到一丝虫鸣，微风拂过，枯草的骨节咯咯有声，在这广漠的枯色中，忽然浮现出一朵醒目的花，五瓣浅色的花冠像孩子的手掌一样展开，我不知它要求着什么，但它一定也和我一样，是个爱寂寞、喜欢独处的人，否则不会到这里来。白桦林生长在山坡上，我抚摸着它圆润的身躯，像我触摸的黄河水一样温暖，仿佛它也有体温。在它银色的韧皮翘起的部位，显露出古铜色的骨骼。白桦的叶子积满了山坡，踩在上面，便溅起一种美丽的声音。踏着落叶爬山，脚下很滑，但每在关键时刻，白桦都会伸出手臂拉你一把，它们喜欢你到它们中间来，它们明白拿着笔和纸走向它们的是它们的真正朋友，它们只是歉意不能也去看望你。我在坡顶上躺下来，这是比任何地方都干净的落叶层和草丛。林中很静，时而幸存的叶子从枝顶上坠落下来，在密集的枝柯间因摩擦发出窸窣的声音，仿佛远处有人向你走近。

我在林中随意地走着，漫无目的，行走本身就是目的。我想着这些树木，它们的种子落在哪里，便一生定立在哪里，它们不会比较此地彼地，不会有因比较而产生的羡慕与自卑，它们的所有愿望只凝聚成一个：向上。因此它们是单纯的，它们因单纯而从来都是成功的，它们想做什么，便没有失败过，除非它们已经死亡。春天它们顺利地长出叶片，秋天又从容地献出去，周而复始（它们因单纯而永远胜利）。

这个时节在林中走，你不必担心什么，仿佛万物的准备工作已就绪，只等冬天来临。你不会碰到草中的蛇，也不会撞在张在树干间的蛛网上，只是有时前面会突然响起扑啦啦的声音，使你悚然一惊，但真正受惊的是一只肥硕的山鸡或榛鸡，它们不等你走到近前，不等你发现便惊慌飞走。也许它们不动，你反会看不到它们。白桦树大都喜欢长在阴坡，到处可见伐后留下的树墩，它们大多已腐烂，滋生出一丛白桦木，看到这一点，你首先想到的是前赴后继，想到不屈，在树墩上可以见到残留下的木耳和蘑菇，使你想起雨季。

在返回招待所的路上，我几乎被困在那片草泽地里。草滩上被拱起一个个松暄的土堆，我知道这是蝼蛄们丰满的仓库，往草泽深处走，渐渐低洼下来，枯萎的茂草下有一片浅濑的流水，它无声无息，我绕了好久，竟怎么也走不出去了。但我知道它最终一定会让我过去，它把我留在这里干什么？但我必须和它妥协，我想人在自然面前学会妥协，是人类与自然得以共生的前提。

在夜晚，我感觉仿佛到了极地，星空很近，北极星就在眼前。我对自己对星宿知识的贫乏感到悲哀，我除了能够认出北斗星，对星空便一无所知。我想去林中走走，但我不敢，因为林场养着许多野性的狗。

# 十月四日

机械林场—承德

早上六点从林场发车，九点以后到达围场，换乘十点的长途，经隆化，下午三点半到达承德。

这一天几乎是在车上度过的，眼前的景物不断转换，承德地区的地形仿佛是在和我周旋。

# 十月二十六日

在做这件事时，我想到了北岛这句诗"摈弃黑暗，又沉溺在黑暗之中"，就像梭罗热爱自然而钓鱼一样。昨天回到老家，今早去粘鸟。

天刚亮，捕鸟人带网就出去了。我穿过已经陌生了的村子，过去熟悉的路已有很大变化，盖起了许多新房，迫使街不得不绕开。在村北的一片脱尽叶子的桃林里，捕鸟人在喊着我的名字，刮风的早晨，使他无法自己支起三片网，风不断地把张开的网吹向树枝，他顾此失彼，叫唤着，因为使他性急的是早早醒来的鸟群已在他头顶飞过了。但我一直是想以一种可有可无的旁观者来的。

太阳出升了，橘黄的颜色映照在树梢和隆起的土块上，飒飒秋风使路边钻天杨金色的叶子如斜雨撒落在田地上，这可爱的一切都在得到的秋天。

我们把三片网支成三角形状，将一棵桃树围在里面，然后把带来的"油子"挂在这棵桃树上。我辨认不出笼里都是什么鸟，但八九个笼中只是两种鸟：一种是比麻雀体小，有色泽的鸟，似树鹨；另一种比麻雀体大，有宽阔、短扁的嘴，似翁鸟。捕鸟人称它们为"燕雀"和"老稀子"。它们不是本地留鸟，在夏冬都很少见，只是一种迁徙鸟，秋天从这里经过。它们因此就如异乡人落脚在这里一样，呆笨，对一切陌生，不谙世情，很容易被捕捉。

"油子"被挂在树上，它们不会知道在四周已设下了网，它们在笼中本能地跳跃，转换方向，在不可能中不懈地寻找自由的出路。每当同类鸟从空中鸣叫着经过，笼鸟便竭力鸣叫，为自己不能和它们一起飞走而万分焦躁。它们的呼救一般的鸣声，召唤了空中已飞过的同类，其转过来便来解救，或直接撞在网上或落在附近树上再飞来，它们似乎看不见网，或为了使同胞解脱是网也往上撞，这里呈现着一种精神，一种微妙的不能以人类准则和尺度言说的东西。我想起了丰子恺的随笔中的一则：某渡口为了把当地的羊装船运往屠宰场，养着一只特殊的老羊，每次羊群轰来，便由这只老羊在前走进船舱，待群羊随后跟上船后再将老羊牵下船，由于老羊的作用而保全性命，为此被称为"羊奸"。如此这些"油子"也可称为"鸟奸"。

但我并不因此而憎恶它们，鸟的求生、求自由及搭救同类都出自它们的天性，而被驯服的羊只知在做，但决不会知道在做什么，可憎的是人类用其智慧对它们的利用。

# 十月三十日

从赤峰回来后,将见闻、思想写完。

第二辑 日记

# 一九八七年

# 一月

## 一月一日

像在一棵树上找出一片特殊的叶子,我们没有发现这一天和与其相邻的日子有什么不同,我们没有从生命深处体验出这是一个新的开端,因为我们没有变化。我们不相信在另一年出现的时候,我们会变成另一个人,我们发现周围的事物丝毫未变,只是身边多了一年。

为了庆祝这一天,其他地域的民族早早起来去看日出,或跳入池水洗浴,我们缺少这一点,我们还在盘算昨天。

## 一月二日

午后,纷纷洒洒降下了雪片,给我们一种均匀感。这种均匀感来自纷纭之中,就像安宁的愿望来自动荡一样。我无法说明是雪在向大地索取纯洁,还是大地在向天空要求一种不属于自己的东西。不属于它的东西只存在于愿望之中,如果把这种愿望化为现实,便会受到它的排斥。大地如托盘,雪使一切归为天地。

## 一月三日

晚去《中国交通报》副刊编辑苗木家，他拿出了去年十二月三十一日的该报，我的一首诗刊在了上面。意想不到的事情时时都会发生：原诗二十三行，而刊出的删改成了十二行。如同你按自己所希望的样子造出一件物品，被人改删了便不是你的创造物了，修改别人作品为写者之大忌。但我忽然想到《荒原》被庞德删去一半后，艾略特感激地把这篇巨作题献给了庞德。这首诗叫《黎明》，我曾改为《黎明颂》。

## 一月五日

向北走，远离太阳，称向上；向南走，临近太阳，称向下。不知上下之称依什么而定，但人们从感觉上的确体验到了这点。就像人们从城里去乡村是感觉到向下，而从乡村进城是感觉到向上一样。故人们习惯用语"下乡""上城"，它反映了人们文化积淀上的一种心态。

生长在北半球，人的特有感觉便来自于此。南半球的居民向南极走是感觉到向上或向下呢？

# 一月十一日

天上落着雪,在昌平六街小学监考。以阴历为依据,还是说今冬雪频像今夏雨频一样。当然这是近年中的比较。已经降了有几场雪了,但仍不能感受出童年冬天时的情景。现在的雪量小,雪在地面上融化得快。现在的孩子没有机会在积了几日的雪地上滚雪球、堆雪人、打雪仗,他们失去了那种童话般的游戏,他们一定也不知雪可以滚成球、堆成胖娃娃,他们享受不到这创造的乐趣。

生活在城镇中的孩子们认识几只鸟儿、识别出几株花草呢?他们每天在和人的制造品打交道,但他们疏远了大自然的制造品。他们知道哪个牌子的产品好,哪个级别的官高,穿什么衣服不自卑,拿出什么玩具便自豪。他们每天听机器发出的声音,汽车发出的声音,但听不到鸟儿的乐音,树林在风中的声音。他们生活在房群中,生活在建筑物中,每天都能看到电视,但无法看到日出与日落;每天可以看到钱,但无法看到地平线;每天都有糖果,但看不到悬在树上的果实;每天有电动玩具,但没有活生生的昆虫。孩子们学会了看大人的脸色行事,却忽视了变化中的季节的颜色;孩子们更多的是被灯光照耀着,而躲避着日光;他们从这个家庭到那个家庭,却看不到蚂蚁的家庭、鸟雀的家庭;他们得到的道理都是从大人那里听到的,而不是从自然界的启示中获得的;他们表现出的勇敢是摔家里的东西,而不是爬树、夜里走路;他们的创造是按图拼积木,而不是造出一把木刀或枪;他们为家里做的事是给大人增一些乐趣,而不是去田里挖野菜、拾柴火;他们每天上学去认识字,而不是到自然中认识事物。羊吃草,他们再吃羊。

这个发展方向很难说是人类愿意去的方向,但他们在走的确是这个方向。

# 一月十四日

去年十一月同海子在新街口书店,买了一部奥维德《变形记》。

在《变形记》的扉页上我写着"热爱人类的童年"的纪念文字。但丁下到地狱中见到的"四大幽灵"是荷马、贺拉斯、鲁卡努向斯和奥维德,使十四行诗成为一个诗体的彼特拉克、《十日谈》的作者薄伽丘的启蒙读物是《变形记》,乔叟读得最多的书是《变形记》,蒙田从小就读《变形记》,莫里哀晚年床头常放一部《变形记》,歌德常重读《变形记》。

纪伯伦说:野蛮人从树上摘果实吃,文明人从摘果人手里买果实吃。他们读奥维德写的书,我们读他们写的书。

博尔赫斯不读中世纪之后的书。

小提琴天才海菲兹携老子《道德经》和他的小提琴走遍世界。亚历山大行军时,在他的一只宝匣中带着荷马《伊利亚特》。梭罗在他的瓦尔登湖中读的也是《伊利亚特》。

# 一月十九日

仿佛亲友之间有了隔阂,冬天使村子彼此疏远。空旷的田原并不能使人精神舒展,混沌的雾霭使天空失去颜色,遮蔽着远山,不知它来自哪里。道路僵硬地向前伸去,仿佛是一只手,有着什么要求。和流水一样,没有人愿意在半路停留。冬天使万物的表情冷淡,冬天的河岸是一根木桩,拴着流水的马匹,冬天的大地扛着一杆杆树木的旗,注视着热闹的风,默默无语。

在一丛树中,响起亲切的声音,但它不是来自什么鸟的鸣叫,在鸟鸣稀少的冬天,这种声音也是罕见。它不同于僧人敲击的木鱼声,而类似更夫的梆声,我知道这是啄木鸟连击枯木的声音,它的频率之快,使我无法数清,仿佛是簧的颤响。这使我感到这种声音不是来自啄木鸟,也不是来自赤裸的病木,而是来自一种还未命名的鸟的喉咙,是这种意念之鸟唱出的声音,而这只鸟儿正是这声音创造出的。这声音让我想起马蹄踏碎路面积水的声音,想起新冰在重压下的爆出的声音。我抬头朝这声音望去,想观赏啄木鸟像一个木匠一样,举着它的小锤朝空洞的树茎敲击,即使冬天了,还穿着它那身花衣。但它如同有隐形术一般,在这丛光赤的树上,就是找不到它的身影。近正午的太阳,像散开的一朵花,光辉四溢,迫使我放弃了寻找啄木鸟的愿望。我想，我已经享受了这声音，这时我已经是世界上最幸福的人了。

# 一月二十日

去邮局取回中国大百科全书出版社寄来的十卷本《简明不列颠百科全书》。这是去年十二月二十七日在该社订购的。

《简明不列颠百科全书》，历史悠久，声名卓著。自一七六八年，它的初版在爱丁堡分册发行，装订为三卷。它的历史可分为五个时期，从一部一般性的文理科词典发展为一部学术性和工具书性的巨著，执笔者都是英国第一流学者。以后还约美国人和欧洲人撰稿，因而提高了此书的地位，比任何现有的百科全书更具有广泛的国际性。

一九二四年以后，该书出了第十五版，它由三个部分组成：《类目》（一卷）是知识的概览，《简编》（十卷）是便捷的参考和索引，《详编》（十九卷）是知识的详解。它在二十一世纪初，版权转让给美国。

买来的这套全书是由《百科简编》译来的，而中国的条目，按邓小平的话，"由中国人自己来写"。全书价格一百五十六元。

# 一月二十一日

树木并没有因为每天金黄的太阳照耀而接受黄金的色泽,因为树木一出生便是绿色的。而人类不同,人类出生后需要外界一种色泽,因为他的心灵这时没有颜色,仿佛一张无色的纸,任何一种颜色的笔落在上面,都要留下踪迹。

人接受了各种观点,它是对各种事物的看法。看《简明不列颠百科全书》发现我过去所接受的观念很多需要改变。

# 一月二十三日

今天是本学期最后一天。

学校搞了一次写论文活动,我写了一篇题为《试论成人教育中教师的主导作用和学员的主体作用》。写得很认真,我怎么能对这样的事也认真呢?我问我自己。没办法,一个认真的人,没有任何一件事,他不认真对待。

# 一月二十五日

进城。买了一些书。我想,如果在我居住的附近有一大书店,我肯定缺少钱。在美术馆看了"当代作家书画展",看到了他们的手迹,仿佛听到了其声音一般,都来自他们。很想在留言簿上写下"大象无形，大音希声"，只是已撤走。

在中国这是一种奇怪现象：把有文化之人看成一个类或一个阶层。无论在知识分子之内或之外的人，都将知识分子看成与其他职业的人有很大差别。知识分子本身努力使自己具备那些成为知识分子的条件，而这些条件被知识分子之外的人看成是不属于自己的。知识绝没想到自己会分裂人。知识的初衷是人都能获得自己，都通过获得自己而成为完美的人。

# 一月二十六日

去西峰山高若虹家。

这里已是山区。山里人的体验与山外人的体验的区别，正如乡下人的体验与城里人的体验之区别一样。山里人的愿望是到山外去生活，乡下人的愿望是到城里去生活，城里人的愿望是比邻人生活得好。比邻人生活得好也是山里人与乡下人共有的愿望。山里人的愿望多样而简单，城里人的愿望单一而复杂。山底下的人只是想登到山顶，山顶上的人却想得很多。

众人的愿望像流水一样，都遵循一个方向。

# 一月二十七日

年将近，近日为过年奔波。感觉我已消失而与社会融为一体，或仿佛把自己支给了一无形之物，受其支配，被其牵动，或像一失去自我的肢体随人流走动。

繁忙中的人，一定感觉不到自己。

# 一月二十八日

回老家过年。带着《瓦尔登湖》《蔷薇园》《蒙田》。

《瓦尔登湖》是海子推荐给我的，书从政法大学借出，顾城看后转给我，现在早已到还期。《瓦尔登湖》是第二本深入我灵魂的书，它比《林中水滴》更富思想性，不仅令人感受，还让你思想。因为梭罗首先是哲学家，而普里什文是纯粹的艺术家，他们一个生活在美洲，血液中沉淀着欧洲文明的成分，一个生活在乡村与城市结合得很好的俄国，但并不妨碍他们具有同一梦想，并英雄性的将梦想化为现实。

# 一月二十九日

中国人把春节看作一年中最重要的节日，这是旧年结束、新年开始的时刻，过年自古至今丝毫未变，如何过年却有很大变化。我将童年时过年与现在相比，已找不出相同之处了。那时人们聚在一起，便有了欢乐，孩子们做游戏，听老人讲故事。现在在人们中间出现了一个分离人们的创造物。那时无电视，人们需要相聚,以摆脱寂寞、孤独。现在有了电视,人们不再有相聚要求,因此孤独。

## 一月三十一日

这个月是入世之月,应付了一次考试,工作上做收尾的事情,迎接春节。

只读完了《瓦尔登湖》。《回忆苏格拉底》《大海:美国黑人诗人兰斯顿·休斯自传》《印象派绘画史》则只读了一些。

# 二月

## 二月一日

澳大利亚汉学家白杰明在谈中国"新时期"的个性散文一文(《潜在的传统》)中,提到了三本个性散文:巴金《随想录》,杨绛《干校六记》,陈白尘《云梦断忆》。他认为这些作品体现了关于忏悔意识和民族自省的文艺思想。白杰明将《干校六记》译成英文。

阿城自称推崇中国两部作品:写女人的《金瓶梅》,女人写的《干校六记》。他称《干校六记》为当代的"性情之作",写得平淡、清秀,娓娓而谈。

两人的称道,我在都乐书屋买了《干校六记》。读了一点,想说的是:《干校六记》将从京城迁出的学者们在土地上的劳动作为苦难来写,但在土地上劳动的农民们却将劳动视为日常的、正常的,他们当作苦难的事情,一定是这劳动之外的,比这劳动更艰辛的事情。

## 二月二日

梭罗在《瓦尔登湖》谈到了萨迪的《果园》,我正在读他的姊妹篇《蔷薇园》。

萨迪是十四世纪波斯诗人。波斯实指伊朗，该名称起源于伊朗南部波斯地区。古希腊人第一次遇到这个地区的居民时，将整个伊朗高原称为"波斯"。伊朗人反感这个名称，但已广泛沿用，便只得默认。波斯文学是使用波斯语著述的总称，波斯语即伊朗官方语言，现代波斯语用阿拉伯字母拼写，最早出现于九世纪。

九世纪是波斯文学的开端，它的第一个人是"波斯诗歌之父"鲁达基（书架上有新疆人民出版社出版的《鲁达基诗集》，但还未读过）。以后是史诗《王书》，著者菲尔多西。菲尔多西是波斯文学史上最著名的诗人，他之后是《五卷诗》作者内扎米。离我们更近的，便是十四世纪诞生在伊朗南部设拉子城的萨迪与哈菲兹（我手里有过《哈菲兹抒情诗选》，现下落不明）。

无法确切说出萨迪的生平，人们从他的著作中推测他的经历。苦学是必然的，三十岁左右陪一位老师去麦加朝圣。此后作为一名伊斯兰教的行脚僧周游亚洲、非洲广大地区，在国外漂泊三十年，一二五七年重返故乡设拉子。他带回的礼物便是《果园》和《蔷薇园》，这两枚硕果产生在漫游之中。

# 二月三日

每当我看到秋天树上的叶子，当我想摘下一枚完整无缺的叶片作观赏时，我便发现，寻找这样一枚叶子是艰难的。所有的叶片在春天都是完美的，经历了一个夏天之后，它们有的早逝了，存留下来的很难一丝不损。由此我想到了人的健康。

健康与不健康是相对的。一切发生在人身上的病疾，都有可能发生在每一个人身上，每一个人都应该有面对任何一种疾病的准备，当某一种疾病发生在自己身上又将终生不灭的时候，那就将它当作自己生命的一部分，当作造物主特地用它来使我们终生警醒。人的生活有极大伸缩性，我们可以因疾病而将生活简化，让它更接近生活本身，丢掉浮华、虚荣、奢求、繁缛、热闹。人的幸福并不取决于舒适、闲逸、安宁，那么因疾病而带给我们的辛劳也不能阻碍幸福的到来。我们不必生活得像其他人们。这生活是我们寻找的，它属于我们自己。

# 二月四日

当再也读不下书的时候，翻翻《简明不列颠百科全书》是一种极大的享受。显然这部全书偏重介绍英语世界的情况，我试图查出波斯诗人萨迪和俄国散文大师普里什文，但未能如愿。而英美的牧师、教师，一些陌生的诗人却列入了。也许这不是部世界百科全书，它的立足基点就是英美。

## 二月五日

"写作的时候,我通常是没有计划的,有了第一个字,第二个字也就来了。""我向纸倾诉,就像我和第一个碰到的人倾诉那样。"

蒙田的话说得多好,遗憾的是在《蒙田》这本小书中,这样的话引的极少。这本传记是工人出版社出版的《外国著名思想家译丛》中的一本。这套丛书题材很好,只是简略化了。定价很高,书后还有数页札记空白,给人一种目的为商的印象。《蒙田》这本书,与其说是传记,更像是数篇学术论文凑成的,它谈了蒙田思想的各个方面,各自独立成篇,而他的生平、生活则很少提及,我不喜欢这样的传记。

## 二月六日

梭罗说,不管什么天气,都没有致命地阻挠过我的步行。我的出门,专为了践约,我和一株山毛榉,或一株黄杨,或松林中的一个旧相识,是定了约会时间的。

我们和朋友的约会,很少会无故践约,因为我们既要保住声誉,又要不伤害一个对自己有益的人。如果我们把这种心理扩大一下,我们会天天看到日出。我们把太阳当作一个超越了忠诚与背叛之界限的终生之友,它给我们带来的益处大于一切,它从不向我们要求报偿和索取,我们每天早晨都应到田野的车站去迎接它归来,像我们到车站迎接阔别的亲人一样。这种约会是默定的,但我们谁做到了按时践约呢?

太阳日日出来,与它从不失约的,是黑夜。

# 二月七日

西方人的血液里总有一种摆脱宗教的东西,因为他们更爱认识事物,更爱真理。西方的宗教在西方人之外就像华丽的衣服在肉体之外。西方的诗人是单纯的诗人,他可以站在宗教的对立面。西方人比爱上帝更爱自然,比爱天堂更爱地上,比相信上帝更相信自己。

从鲁达基、哈菲兹、萨迪的诗中,我看到另一种诗人,这是一种复合的诗人,集诗人、思想家、哲学家、圣徒、先知于一体,即使在现代诗人纪伯伦的诗里仍然能找到这个传统。他们那个世界的宗教不是外加的,不是被赐予的,它与那个世界同生同在,因而不会被屏除,也不可能屏除。

《蔷薇园》与其说是一本诗集,不如说是一本寓言集、箴言集、格言集、哲理故事集。阿拉伯人将自然与社会结合在一起,没有区别这两者的界限,因而看不到他们要去爱自然。

## 二月八日

星期日

一个人在西环里六号楼居住,已经有三个月了,并且像圣雄甘地那样在饮食上体验真理,因为多数是我自己在这里做饭,这是婚前的独身生活。房子很干净,因为里面还什么都没有,除了一张床、一张临时的圆桌。

昨天将两个书柜从家里运来,我整理了一下图书,约四百五十册。

## 二月九日

有三种现象因它们共同的寓意,使我把它们联系在一起:

涨潮,海水涌进岸边的岩洞;退潮,海水从岩洞退出。岩洞似乎什么变化也没有发生,但正是海水在使岩洞变形。

早晨,阳光伸进房间;黄昏,阳光从房间缩出。房间似乎什么变化也没有发生,但正是阳光在使房间变色。

翻开书,文字的光辉映进我们心中;合上书,文字的光辉在我们心中消失。我们似乎还是我们,但我们的确已不是我们。

## 二月十日

一片枫叶在我的写字台玻璃板下放了两年。我将它取出，它的外形仍保持着放进时的形态，但它的颜色变了，仿佛红彤的黎明因白昼的到来而褪色一样。人的衣服褪色是因为这种颜色并不属于衣服本身，而是外界加给它的，所以它也不能与衣服同在。难道枫叶的颜色不是来自它自己吗？为什么也像早晨夜色从房间逝去而消失呢？

枫叶是绿色的，它的红色是秋天给的，正如它现在的泥土一样的颜色是死亡给的。

## 二月十一日

对于男人，不可原谅他的懦弱，但可以原谅他的鲁莽，因为他往往把鲁莽与勇敢混淆。不可原谅他的自卑，但可以原谅他的傲慢，因为他往往把傲慢与自信混淆。特别是在一种特殊的场合，特别是在他恋爱的时候。

## 二月十二日

梭罗在《瓦尔登湖》"经济篇"的最后说：我在设拉子的希克·萨迪的《花园》中，读到他们询问一个智者说，在至尊之神种植的美树中，没有一枝被称为 Azad（自由），只除了柏树，柏树却不结果，这里面有什么神秘？他答道，各树都有自己的季节，柏树不属于这些，它永远苍翠，具有这种本性的得称为 Azad。你的心不要固定在变幻的上面，如果你手上很富有，要像枣树一样慷慨；可是，如果你没有可给的呢，做一个 Azad，像柏树一样吧。

这段文字我在萨迪《蔷薇园》一百〇五篇（倒数第二篇）看到了，是梭罗记错了，或是《花园》与《蔷薇园》中有重复的文字，不得而知。

## 二月十三日

萨迪《蔷薇园》第二十八篇中说："父亲对他的欲要旅行的儿子说，旅行只适用于五类人：商人，有学问的人，美貌的人，好歌喉的人，手艺人。因为他们都有旅途上谋生的手段和取乐的资本。"

商人的资本在袋子里，学者的资本在头脑里，歌手的资本在声音里，美人的资本在脸上，匠人的资本在手上。头脑里的资本保存得最久，袋子里的资本最容易失去。

## 二月十四日

当第一枚雪片在眼前飞速坠落时,我不知它来自什么方向。它使我想起秋天,被风从树梢吹散的榆荚,它们因成熟已失去了金黄,它们的颜色更接近雪,而从空中飘落的形态与雪相同。雪也许是更大的一株树上的果实,因成熟被不属于这个世界的风催落。当雪密集地降落后,这时就把它们变为一个整体,如同把向日葵果盘或阳光视为整体一样。

雪只落下了一层,雪层下的土地还能露出棕色的躯体。太阳升起后,巨大的楼房的阴影,便缓缓收缩,把广场留给了阳光。在整齐的阴影后,留下一道雪线,它仿佛是阴影的影子跟在后面,也仿佛像日光与月光不能并存一样。

## 二月十五日

《瓦尔登湖》使我爱不释手,读完了两遍。它给我带来的激动,在我读普里什文的《林中水滴》时发生过,读谢尔古年科夫的《五月》时发生过,但哪次都没有这一次强烈,它深入到我的灵魂之中。

美国十九世纪超验主义文学运动产生了两位具有世界性影响的作家,是爱默生和梭罗。在《简明不列颠百科全书》及《中国大百科全书·外国文学》中都未查出超验主义条目,而我手里又没有《美国文学史》，因此，我无法知道超验主义的详细含义。

亨利·戴维·梭罗，一八一七年七月十二日生于马萨诸塞州康科德镇，为此他颇为自豪。因为他"生于全世界最可敬的地点"之一，该城是美国独立战争的爆发地点，而一八三四年爱默生定居这里，这里便成了美国超验主义的圣地。梭罗中学时，就对希腊、罗马古典作品产生兴趣，并终生进行研究。从哈佛大学毕业后，他当过小学教员，家庭教师，重要的是他是个动植物标本搜集者，及做过大地测绘员。一八三七年与爱默生相识，一八四三年他住到了爱默生家里。一八三九年与兄在两河上航行，写出《在康科德与梅里马克河上一周》旅行记。一八四五年七月四日居住在瓦尔登湖畔，过起和大自然融为一体的自种自食的简朴生活。写出《瓦尔登或林中生活》（《瓦尔登湖》）。

梭罗一生写了三十九卷日志，记录他的观察、思想，在死后以此收集成书：《旅行散记》《缅因森林》《科德角》。他因患肺结核于一八六二年五月六日逝世，未满四十五岁。

梭罗的伟大在于他的思想：人必须不顾一切地听凭良知来行动；生命十分宝贵，不应为了谋生而无意义地浪费掉，自然是好的，城市世界是坏的。

谈到梭罗便不能不想到爱默生，正如谈到美国现代诗人赖特便不能不想到布莱一样。爱默生一八〇三年五月二十五日生于波士顿。哈佛神学院毕业后，像梭罗一样，一度教书，后任牧师。脱离教会后前往欧洲。他在欧洲会见了华兹华斯、柯尔律治和卡莱尔。在巴黎参观"国家自然历史博物馆"时，他觉得人本身和自然物有着种种神秘的关系，这种体验导致他认为人和自然存在着一种精神上的对应关系，使他的超验主义得以萌生。回美后，便开设讲座介绍他的理论。一八三四年，定居于康科德，这一年梭罗十七岁，三年后两人相识。爱默生三十四岁，梭罗二十岁。爱默生认为，真正的智慧是通过"自然"领会神旨。人可以通过道德本性和直觉认识真理。他的最成熟的作品是《人生的行为》。他与梭罗都是散文作家，但两人相比，爱默生是理论的，梭罗是实践的。爱默生一八八二年四月二十七日逝世，享年七十九岁，他看到了梭罗出生，也看到了他的死亡。

爱默生的陶冶内心世界的主张已被集体主义和物质主义的社会所忽视，但他的影响不仅在梅特林克、伯格森那里得到体现，在美国的诗人中特别被传递下来；比梭罗小两岁的惠特曼（一八五五年《草叶集》第一版出版，深得爱默生赞扬），比爱默生小一岁的霍桑一八四二迁居康科德，是该提到的第一个人。

在美国现代诗人中：

弗罗斯特（一八七四至一九六三，八十九岁），生于加利福尼亚，因肺病中断大学学业，一九〇〇年举家迁往德里农场，其最著名诗歌大多是在德里创作的，一九一二年，三十八岁迁居英国，一九一五年返美在学院执教。他对植物学感兴趣，大自然对他来说跟宗教一样重要。

林赛（一八七九至一九三一，五十二岁），憎恨现代工业，歌颂深厚淳朴的乡村生活，步行漫游美国，"提倡美的福音"。自杀。

杰弗斯（一八八七至一九六二，七十五岁），早年游学欧洲，一九一六年与妻子移居蒙特利海滨。十年后出版诗集《塔马乌》。他说，"排除社会，融化于自然，人才能找到自己的价值，找到生命存在下去的意义，甚至可能性"。他在海滨悬崖上的花岗岩房子中写作。

（克兰，三十三岁投海自杀。贝里曼五十七岁，从桥上跳入密西西比河自尽。）

雷克恩洛斯（一九〇五至一九八二，七十七岁），原是城市中人，旅游美国西部使他震动。成为一个"大自然诗人"。一九六八年起隐居于加利福尼亚西部山区。

斯奈德（一九三〇至今），一九四八年离开大学，去做海员，林业工人，一九五六年去日本，居住十多年，曾出家三年，专习禅宗佛教（金斯伯格曾遍请名僧圣人，惠伦五十岁去做禅宗和尚）。回美后，定居于加利福尼亚北部荒僻的山区，"抛弃腐朽的现代文明，走向自然"。

（普拉斯三十岁吸煤气自杀。塞克斯顿四十六岁自杀。）

勃莱（一九二六至今），哈佛大学毕业后，定居于明尼苏达州马迪森市附近一个农场。

赖特（一九二七至一九八〇，五十三岁），开始以弗罗斯特为师，热爱大自然，善于捕捉大自然景色中最有意义的细节，终身在大学教书。

霍尔（一九二八至二〇一八年），哈佛大学毕业，长期在密歇根大学执教，四十七岁辞去教授职务，回到新汉普郡农场老家，专事写诗。他的诗向自然意象深层意义中开掘。

## 二月十六日

早晨常常有使我们惊喜的事情，这出现在我们看外面的第一眼。今晨外面湿漉漉的，依稀下着蒙蒙细雨。冬天尚未结束，见到第一场雨，如同见到第一只燕子、听到第一声蝉鸣一样激动，这激动来自我们爱新鲜的心理。

这雨似乎来不及渗入地下，或者大地凝冻着的缘故，雨在地面结成一层冰凌，这冰凌是逐渐形成的，雨滴如堆积在一起。有许多事物往往是一种事物向另一种事物转化时的过渡，如早晨是夜向昼的过渡物，春天是冬天向夏天转化的中间阶段，而今天天空降下的是雪向雨转化的混合物了。两个事物中间的过渡物由于其既不属于前者，也不属于后者，便具有了独立意义，成了一个有自己价值的存在。

看着像濡湿的雨地，踏上去却很滑，有许多上班、上学的骑车者滑倒，引起了幸运者的开心之笑，在这上面不发生同情。

## 二月十七日

我手里有一本书，书名叫《怎样欣赏英美诗歌》，似乎这是中国人写的，但著者是美国诗学教授劳·坡林。只看书名，会认为这是一本普及诗歌知识的通俗小册子，但看它的内容却吸引了我。它给诗下了这样一个定义：诗比普通语言表达得多些，而且更有力些。它分析了普通语言与诗歌语言的区别，用于传达消息的普通语言是一度的语言。它只诉诸听者的理智，这一度是理解度。诗歌作为传达经验的语言，至少有四度：理解度，感官度，感情度，想象度。

书原名为《声音与意义——诗学概论》，这样一本书被改了的名字糟蹋了。先有事物，后有事物的名称，但一当名称确立后，便在很大程度上代替了事物本身，影响着人们认识事物的兴趣。

## 二月十八日

布满地球的人类，当初遇到的第一个问题，便是想知道大地与天空现存的一切是怎么来的，包括他们自己。没有谁从另一个世界走来告诉他们，每个民族的人都有自己的解释。西方人认为上帝创造世界，上帝第六天造人。阿拉伯人认为真主创造世界，真主两天内造了大地，又用黑泥造了亚当，并将灵魂注入他体内。中国人认为女娲用泥土造人。但他们都未解决上帝、真主、女娲是怎么存在的这一问题。美洲大陆的印第安人是文明的，他们认为，远古的某一天闪电将天空劈裂，鲜血纷纷降落，每一块凝固的血摔落在地上破裂以后就变成了人，人从鸟儿那里学会了觅食。

由这一观念出发，印第安人一定不会有感恩心理、报答心理、臣子心理而产生的奴仆性、牺牲性、敬服性，他们一定认为在人之上没有任何主宰者，无论是信念，还是统治者。

# 二月十九日

独自一人，无论我的精神活动多么丰富，仍会常常感到孤独。苦难需要一个人自己承担，但当欢乐来临时，我总需要身边有一个人同我一起分享。而这孤独感便来自我沉浸在欢乐之中的时刻。由一个人独自享受的欢乐，不是真正的欢乐。

# 二月二十日

今天与昨天有区别吗？就像你拉开电灯，关灭，再拉开一样，两次电灯亮起，之间并无任何差异。可人们对白天是有好恶的，人们喜欢节日，喜欢星期日，但人们爱的不是白天本身，如同人们爱的不是钱本身一样。

## 二月二十二日

进城。这是一月一次的我的节日，因为我将又要同许多人类中的杰出人物会面，将自己最喜欢的请到家里来，在高兴时，随时同他们讲话。他们从地上走进书里，从书里将步入我的灵魂。

书摊上到处都是《日瓦戈医生》。买了《日瓦戈医生》《浮士德》《黑眼睛》。还有一本 Textbook of Sexud Medicine（《性病医学教科书》）。

## 二月二十五日

没有一个诗人不喜欢自然。不喜欢自然的、不深爱自然的诗人就同不喜欢钱币的商人一样。为了生活不得不走入社会，为了灵魂欢欣地走入自然。

我在《阿尔谢尼耶夫的一生》中看到蒲宁这样讲："即使我缺胳膊断腿，只能坐在小板凳上看落日，那我也感到幸福。"而他的同胞谢尔古年科夫在《秋与春》中说："我愿意用链条把自己锁住，以便每天看着这景色，而这链条，这禁锢，对我来说将是最甜蜜的享受。"如果我知道得更多，我会举出许多例子来。

不爱自然的人，就是不爱美和纯洁的人。

# 二月二十七日

伟大的科学家的意义决不局限在科学领域，因为他无法只注视人类的事物，而无视人类自身，不能把这两者结合起来，不能将它们融为一体的科学家不伟大，至多像观测天体的望远镜或观察物体结构的显微镜一样。

爱因斯坦是伟大的，他甚至不在我们这个标准之列。他在谈居里夫人时说："第一流人物对于时代和历史进程的意义，在其道德品质方面，也许比单纯的才智成就方面还要大。即使是后者，它们取决于品格的程度，也远超过通常所认为的那样。"

# 二月二十八日

在这里我还要讲到一个人，他是住在美国明尼苏达州马迪森市附近一个农场的勃莱。他认为年青一代美国诗人在成长中，正在被学院生活的稳定、富裕所软化，因而主张接近基层普通群众和大自然，过艰苦的日子。他像梭罗一样，是身体力行的，他从哈佛大学毕业在纽约生活了几年，而后迁到了那个农场。

在农场生活的还有诗人弗罗斯特、散文大师怀特。

勃莱认为：诗歌的根本在于内心世界，诗人只有在孤寂中才能接近这个世界，找到精神或想象的深度。

在农场生活的诗人，唯一感到不利的是什么？"最近我认识到住在一个不需要你、不敬重艺术的城镇，就一定会产生自我怀疑。是的，叶芝有时和自己争辩：不知多少次好奇地想到自己，原可以在一些人人能理解和分享的事物中证实自己的价值。"

诗人只是为自己而活着，至多是为少数人而活着。

# 三月

## 三月一日

犹太人公认自己有五个伟大的哲学家：斐洛、迈蒙尼德、斯宾诺莎、弗洛伊德、爱因斯坦。他们未提马克思。

迈蒙尼德（一一三五至一二〇四），犹太人领袖，编纂了犹太教法典《犹太律法辅导》，著有宗教哲学经典著作《迷途指津》。

斐洛，耶稣同时代人，基督教神学的先驱，是中世纪哲学奠基人。

后三者是我们所熟知的人。

## 三月二日

艺术家是这样一群人，不仅因其天才区别于一般人，而且总是与酗酒、独身、贫穷、自杀这样的词相关。这样的例证举不胜举，相反的例证较难发现。

从酗酒看，美国文坛在本世纪的三杰，海明威、菲兹杰拉德、伍尔夫，他们的早逝都源于酗酒。菲兹杰拉德因酒而致心脏病发而死，四十四岁。伍尔夫因酒殁于精神病院，三十八岁。海明威，饮弹自杀，六十二岁。

## 三月三日

　　故乡是人的第二恋人。有了故乡，才有梦，思念，向往。诗存在于故乡之中，"没有故乡就没有诗人"。有了对故乡深沉的爱，世界才有了叶赛宁，有了叶赛宁为故乡的死。里尔克对一位年轻诗人说，即使你身陷囹圄，监狱的四壁隔绝了你对外部世界一切声音的感受，你也仍然是富有的，你不是依然占有着你的童年吗？（录一九八四年七月二十七日旧记）

## 三月五日

　　在海与人体之间有许多的相似之点，也可以说地球与人体是两个生命体。海水占地球总面积百分之七十，人体中体液占人体的百分之七十。海水成分主要是氯、钠，合成氯化钠。同人体各种元素比例基本相同。

　　都是宇宙的创造物，只不过我们自己认为人具有生命，而地球不具备罢了。

## 三月六日

　　诗要创造自己的说明，向我们提供人类的反应——即把围绕诗人的当道环境条件具体化，要从直观上和理性上抓住现象并表达它们的意义。这是诗人的任务。

今天大多数人,都缺乏探讨艺术表现、诗的表现能力,他们无法理解诗的存在,没有对诗做出反应的能力。

诗的挑战便是写诗,诗是诗人天然的命运(摘自何处已不详)。

# 三月七日

美国学者唐斯编辑了一本书——《改变美国的书》,他选出的二十五本"对形成美国文化与文明,具有重大的影响"的书。书名中有些较熟悉:

托马斯·潘恩《常识》(潘恩,生于英国的美国作家,被英国誉为"英国的伏尔泰"。《常识》宣称美洲人民的事业不仅是反对征税,而在于争取独立。他的著作销售成千上万,仍一贫如洗,他拒不从中谋利)。

亨利·梭罗《不服从论》(本文主要主张废奴)。

弗雷德里克·特纳《边疆在美国历史上的重要性》(本书观点:美国人的性格主要是由边疆的条件形成的。该书于一九三三年获普利策奖)。

厄普顿·辛克莱《屠场》(小说是自然主义的无产阶级小说中的一个里程碑。《屠场》反映的屠场情况,使政府通过食品检查法)。

亨利·门肯《偏见》(一本文学评论杂文集,共六卷,抨击美国时弊)。

## 三月九日

进步乃是源自原罪。由于堕落而有了救赎。好奇或求知的欲望,使人类的第一位母亲犯罪。

这是《圣经》启示给人们的伟大道理。但是它并未抑制住西方人认识外在事物的本能,他们使科学家像癌瘤一样在人类中膨胀。

"绝圣弃智,民利百倍。"老子是东方精神的象征,东方是轻科学重内省。在这一点上,无论东方或西方都相通。

## 三月十一日

我的窗外的屋檐下,一定有两只麻雀的家。我常常被它们在曙光中的叫声惊醒。我发现它们总是在日出前二十分钟发出叫声,它们也一定是刚刚睡醒。在冬天太阳出来得晚,它们的叫声响起得也晚,现在太阳将出门的时间提前,它们的叫声也提前,它们与太阳一样准时。我希望天天看着太阳升起,这一个简简单单的愿望却因为我的懒惰而不能完全实现。这两只麻雀仿佛了解我的愿望,仿佛在天天提醒我。

麻雀在日出前与日出后发出的鸣声是不一样的。日出前它们发出"呜、呜、呜——"的声音，这是年老的麻雀发出的声音，也是麻雀们在日落后发出的声音。而在有阳光的时候，麻雀发出的声音则为"唧、唧、唧——"，这是类似雏雀的鸣声。

# 三月十二日

从县图书馆借了屠格涅夫的《猎人笔记》。作为小说家屠格涅夫的成就在托尔斯泰与陀思妥耶夫斯基之下，这是《简明不列颠百科全书》下的断语。

印象中，似乎觉得《猎人笔记》应该是一部长篇小说，而它的人物应该是置身于大自然中的，是夺取动物生命的判官。但这部书只是一些特写的合集，题目《猎人笔记》是它们发表的杂志《现代人》加上的。

这本书当然已有许多人借过，有一个在几篇题目上圈了标记，而这几篇都是描写大自然较多的。那么这个不知名的人出发点和我是一致的。但不知他是喜欢描写大自然的文字，还是喜欢大自然本身呢？

# 三月十三日

我想，对苦难来说，北方人一定大于南方人。这是指生存条件而言。从充饥与御寒上讲，南方人比北方人优裕万分。南方人几乎可以不需要太多衣服，南方温暖的气候，使天下像一座屋子。南方人到处可以摘到果实，它的常青的植物，使每一天都像秋天，都有果实贡献。

所以，北方人冷静、沉思，南方人热情、幻想。

## 三月十四日

我看着窗外的院落，它的主人养着鸽子。鸽子飞出去，像拴在木桩上的牲口一样，围着院落环绕。它们飞回来便落在了院里的一棵较大的树上，使我意外，我仿佛第一次看到鸽子停在树上，这就像看到鸡栖在树上不协调一样。

## 三月十五日

读帕斯捷尔纳克《日瓦戈医生》已十余天了，但我并不急于将它读完，如同一只豹在捕获了猎物后，虽然饥饿，也要将其拖到一个理想的地方，然后慢慢享用。每天读数十页是一种幸福，如果读得多了，就和一个饱腹的人不会品味出佳品的甜美一样。

书中有一个人物，科马罗夫斯基，使我想起《哈姆莱特》中的大臣勃列纽斯，这是在话语的繁杂上。在无耻耍赖上，则想到《悲惨世界》中的德纳第。

## 三月十六日

"作为一个诗人,我依然把握着那最古老的价值观,它们可以追溯到旧石器时代晚期:土地的肥沃,动物的魅力,与世隔绝的孤寂中的想象力,令人恐怖的开端与再生,爱情,以及对舞蹈艺术的心醉神迷,部落里最普遍的劳动。我力图将历史与那大片荒芜的土地容纳到心里,这样,我的诗或许更可接近于事物的本色,以对抗我们时代的失衡、紊乱及愚昧无知。"

——[美]加里·斯奈德

《诗刊》第三期介绍了他的几首诗,他上面的话很好,但在诗里我未发现吸引我的东西。

## 三月十七日

日瓦戈的妻子冬妮娅,同他谈拉拉:"这个人虽然很好,但她与我不是一个类型的人,我喜欢将一切事物简单化,她则把一切事物复杂化,所以我不喜欢她。"

我的天性倾向于前者。

## 三月十八日

读了索福克勒斯的悲剧《俄狄浦斯王》。他是古希腊三大悲剧家之一,他的成就要大过前两位,在戏剧竞演时,他常胜过埃斯库罗斯,他只有七部剧流传至今。

## 三月十九日

读完《日瓦戈医生》,帕斯捷尔纳克胜利了。

他不是小说家,他的小说并不圆满,小说的开头和结尾都来得突然,仿佛是一条道路,进入村子,停顿一下,又走了出去,不知它从哪里来,到哪里去。他是诗人,不能不使小说闪着诗的光彩,如同一个女人做了一件男人做的事情,一定会使事情温和、细腻,富有女性气息。如果他生活在一个社会制度交替的时期,他的来自变动的感受是这样强烈,他必须将它抒发出去,这巨大的感受是他这种感情丰富又单纯脆弱的艺术型的人所无法承受的。诗在这点上帮助不了他,他只有求助于可以含污纳垢的小说,这是他的妥协,值得使他安慰的,是他的前驱,他这个民族的诗人有写小说的传统,普希金的《叶甫盖尼·奥涅金》,莱蒙托夫《当代英雄》等。一个有思想的人生活在一个无处表达思想的社会,是最痛苦的事情。他谨慎地将他的思想用书中的人物述说出来,在他写人物、写城市的时候,他始终没有忘记在人物身边的、渗透到城市中的自然,这和托尔斯泰、屠格涅夫是一致的,但他用的是诗的语言,里面有精彩的想象,像蒲宁做的那样。自然是生活在寒冷之源的俄国人民的温暖之源，无论是绿色的夏季或白色的冬天。俄国的城市是微不足道的，如同大海中的岛。抵制工业文明对自然的侵袭是俄国艺术家的本能，而马雅可夫斯基的未来主义背弃了这个传统。

# 三月二十一日

天空阴郁，生活在下面的我们情绪便不明朗。仿佛家长脸上呈现痛苦之意，家庭内便不会有欢乐。今春是气候变化无常的季节，仿佛元老院里元老们的意见无法统一，总在阴与晴之间犹豫。

会议室的窗外是一所庭院，高大的核桃树躲着房屋，避免它无法收回的枝条戳破窗户，它的光秃秃的枝干仍同冬天时一样，虽然已走出冬天，但还未来得及长出叶片，仿佛一个匆匆忙忙的人，走出屋子，手里拎着来不及穿上的衣服。从窗里望出去，它仿佛蹲在了地上，麻雀蹬着它的枝条蹦来蹦去，它们是在地上吃了食物后，飞上来的，它们把那短短的喙像农妇在缸沿上蹭刀一样，左右反复擦拭，仿佛拿了脏物的孩子在水盆洗手，一半为了干净，一半为了玩耍。麻雀蹲在核桃枝上鸣叫，就像骑在父亲肩上的孩子在高声叫嚷一样，这声音蕴含着依赖、幸福和安全感，蕴含着爱与信任。我想麻雀们在树上就和孩子们在地上一样，它们的蹦跳就是孩子们的奔跑，而核桃树伸展的愿望，是给鸟雀们送来一个广场。

# 三月二十二日

《现代物理学与东方神秘主义》将东方人与西方人观察世界的方式区分开。西方人的方式是分析的，主体与客体对立，将主体从他置身的事物中脱离出来，他们写物有一条鲜明的界限，这种观察是冷静的，与事物无关的。东方人的方式是直觉的，主体与客体合一，主体消融在客体之中，成为一体。主体不把自己看成独立于事物之外。这种观察是热情的，充满同情心的，与事物息息相关。

这个特征似乎仅局限在认识事物的科学范围内，在艺术范围我看到了相反的情况，这在散文中表现得很明显。在我读过的、知道的作家中，梭罗的《瓦尔登湖》，法国儒勒·列那尔的《自然纪事》，俄国普里什文的《林中水滴》，西班牙希梅内斯的《小银和我》，如果把这个行列延伸，还有法布尔的《昆虫记》，从这些书中，不仅可以看到他们的聪明，更重要的是能够感觉出他们的灵魂。他们的家是世界，亲人是万物，他们唯一的敌人是人类中堕落的人。他们关心动物胜于关心自己，他们与万物是兄弟。但在我国的散文中无论古代还是现代，都找不出这样的作家和作品。

## 三月二十三日

在我居住的楼前，有一块空地，被楼群围起，像一个盘子。它盛过面粉一样的雪，盛过破碎如水银一样的雨，但它总盛不住孩子们的欢乐。孩子们将欢乐撒在里面，仿佛奶汁溢到我的窗前。我看着男孩子与女孩子做着游戏，这游戏是属于孩子们自己的，我想，从他们身边匆匆走过的大人，一定也和我一样想起了童年的时光。这游戏是每一个大人在童年时做过的，当我们告别了童年，就像玩具一样被丢在了一边。这儿童游戏，在孩子们自己的手中传递。

## 三月二十四日

初读列那尔的散文，和普里什文那么相似，仿佛是同一个人写出的。但他们怎么能相似呢？一个法国人，一个俄国人。如果我不能分辨出东地的麻雀与西地的麻雀的区别，是由于我的观察力不敏锐。

虽然列那尔与普里什文都把自然作为描写的对象，都用诗意的随笔形式，但他们灵魂放出的光彩，是可以从颜色上区分开来的。列那尔用线形的方式，每篇首尾一致，完整和谐，含有法国人的幽默、讥讽的意味。普里什文用面形的方式，每篇作品仿佛是一整面中的裂片，随意、不规则，求一种全部作品中的完整。

## 三月二十六日

在一个地方生活久了，我便成了这个地方的囚犯，成了自己生活的囚犯。变动一下便获得一种疏松的解放感，这是我在车中的感觉。

在开往城里的345路车上，久违了的写诗的念头怎么也控制不住，构思了诗《谣曲》，在城中写下了《我的村庄》的雏形。

买了勃兰兑斯《十九世纪文学主流》第六分册《青年德意志》，布留尔的《原始思维》，胡克的《历史中的英雄》，莫洛亚的《雨果传》，北岛的小说集《归来的陌生人》，江河的诗集《从这里开始》。

我在美术商店看到了小挂盘上的毛驴，这是希梅内斯的小银，多么亲切，我把它买下，放在《小银和我》的身边。我见到了列那尔的小说《胡萝卜须》，这是一本法汉对照读物，如果是他的《自然纪事》，不看价钱也会买下。

## 三月二十八日

我所见过的水结冰时总是从水面开始，因为淡水在四摄氏度时密度最大，尚未冷却到冰点的淡水总是在结冰的水之下。海水正相反，它在冰点下密度最大，因而从海底开始结冰，冬天常常有毛茸茸的冰球从海底升起。

淡水与海水的另一差别在沸点上，淡水一百摄氏度，海水比它高零点五五摄氏度。

# 三月二十九日

华兹华斯说："童年是男性人的父亲。"童年是每个男性人的宝库，他在一生中可以返回、多次走入，去取自己不可缺少的东西，他的宝库愈丰富、充实，他就愈能成为个堂堂男子，他贮存的宝物愈稀奇，他的男子形象愈出众。

# 三月三十日

"缘木求鱼"，是说手段与目的背道而驰。在印度洋、太平洋中有一种鱼叫弹涂鱼，它能在水外攀行和弹跳，呼吸空气和鳃腔中的水汽。常攀缘树木捕食甲壳动物。它属于鲈形目虾虎鱼亚目弹涂鱼科。

凡事总有例外，缘木可以求鱼。

# 四月

## 四月一日

穆尔是二十世纪伟大的雕塑家,他并未像那些认为自己所从事的艺术是最具价值的艺术的人那样,他认为:"诗,艺术之峰,雕刻囿于自己。"诗是文学的诉诸思维,而绘画与雕塑是诉诸视觉的。前者超越了后者的局限性。

## 四月二日

帕斯捷尔纳克这样谈叶赛宁:他平时总是满脸微笑,是个鬈毛王子,可是当他朗诵的时候,人们就会明白——这个家伙会杀人的。

叶赛宁是从泥土中萌生的,他像一切生长在土地上的生物一样充满旺盛的生命力,这种生命力来自阳光、雨水、酷暑与风雪,他不同于那些城市中,生活在与泥土隔绝,生活在文化氛围中的温室中花草般的诗人。他的心灵像植物一样纯洁,有自然赋予的善与同情的秉性,他是大自然的一个表达自己情感与愿望的器官,他在阳光下歌唱,他也会在大自然为恢复昔日和谐、平静的秩序而努力时怒吼。

## 四月六日

昌平文化局在图书馆举行发奖仪式,奖励一九八六年在报刊上公开发表作品的作者。我获得了三等奖,证书与二十元奖金。

浩然与郑云鹭参加了会。

## 四月十二日

读了休斯的自传《大海》。我对顾城说,我是想看看作为一个黑人诗人在白人世界中的心理感受。黑人在白人世界里活得卑微,他们的文明化水准相对低,使之成为肉体上力量的体现者,像一切出身低微者一样,他们对社会的报复欲是强烈的。

休斯与白人诗人相比当然是薄弱的,但他与桑戈尔、索因卡等非洲诗人还不同,短少空旷带来的气魄和黑性的力量,他介于白人与非洲本土诗人之间。

林赛欣赏他的诗,给他写过这样的话:"别让那些把你当作名流崇拜的人毁了你。躲起来创作、学习、思考。"

## 四月十三日

我重新认识了雅姆,这个被里尔克称为"外省的诗人",称为"知道歌唱自然及少女的诗人",他还是一个同希梅内斯那样的热爱驴子的诗人。我发现他也是一生远离巴黎,在自己的故乡大西洋岸小城奥苕斯城度过。他独身终老,一手拿着拐杖,一手牵着狗在森林独自漫步,这是诗人的形象。

在我手里的载有他的诗的集子《法国七人诗选》《法国现代诗选》《戴望舒译诗集》中,我享受他的诗,"要是你觉得有用,就让我痛苦吧!""把我们得不到的幸福给予所有的人吧!"写出这样的诗句的诗人,我知道的极少,现代的诗人已没有这种情怀,生活在都市的诗人缺少这样一颗心。他爱驴子,因而我爱他,"我要对我的朋友那些驴子说,我是弗朗西斯·雅姆,我正到乐园去""我的上帝,让我和这些驴子一起来到你的跟前""我的恋人以为它愚蠢,因为它是诗人"。

莫里亚克说:"雅姆是不朽的,人们将不断地发现他。"

## 四月十四日

晚与海子谈到了雅姆,他拿出了《外国现代派作品选》指给我看里尔克的《马尔特·劳利得·布里格随笔》,里面谈到了雅姆。我见到并读过这篇摘记,但对谈雅姆毫无印象,因为当时雅姆还未走入我的心中。

他写道:

"一个诗人,他在山里有一所寂静的房子。他发出的声音像是净洁的晴空里的一口钟。一个幸福的诗人，他述说他的窗子和他书橱上的玻璃门，它们沉思地照映着可爱的、寂寞的旷远。正是这个诗人，应该是我所要向往的；因为他关于少女知道得这么多，我也知道这样多才好。

"啊，是怎样一个幸福的命运，在一所祖传房子的寂静的小屋里，置身于固定安静的物件中间，外边听见嫩绿的园中有最早的山雀的试唱，远方有村钟鸣响。坐在那里，注视一道温暖的午后的阳光，知道往日少女的许多往事，做一个诗人。我想，我也会成为这样一个诗人，若是我能在某一个地方住下，在世界上某一个地方，在许多无人过问、关闭的别墅中的一所。我也许只用一间屋（在房顶下明亮的那间）。我在那里生活，带着我的旧物，家人的肖像和书籍。我还有一把靠椅，花，狗，以及一根走石路用的坚实的手杖。此外不要别的。一册浅黄象牙色皮装、镶有花形图案的书是不可少的：我该在那里书写。我会写出许多，因为我有许多思想和许多回忆。"

## 四月十五日

今去文化宫书市。书市是读书人的节日，天下还有数不清的人不读书。买了《恶之花》、《神曲·炼狱篇》与《神曲·天堂篇》，略萨的《胡莉娅姨妈与作家》、《国际诗坛》第一辑（它比人民文学出版社《外国诗》编得好。有许多书是调价前的，价钱比现在贱一半）。买了安德森《小城畸人》，黑塞《在轮下》，拉伯雷《巨人传》。

顾城昨天来信，约我昨天去，但已不可能。今天去碰运气，但他家无人。给他在门上纸袋里留下富恩特斯的《阿尔特米奥·克罗斯之死》，两枚制钱和复印件。

## 四月十八日

在《信使》杂志上有帕斯的文章《论翻译》，他说："每一段文字都是独一无二的，但它同时又是另一段文字的翻译。没有哪一段文字可以完全称之为原文，因为从根本上说，语言本身就是一种翻译。首先，它是从非文字世界翻译过来的。其次，每一个符号，每一个句子，又都是从其他符号和句子翻译过来的。"

我将这段文字指给晏来，他看后说，刚有这么一想法，但一发现才知早已被别人说出来了。这使我想起梭罗在《瓦尔登湖》中讲的："那些扰乱了我们，使我们疑难、困惑的问题也曾经发生在所有聪明人心上。一个问题都没有漏掉，而且每一个聪明人都回答过它们，按照各自的能力，用各自的话和各自的生活。"

## 四月十九日

对围棋有了兴趣,看日本棋院编的《围棋入门》三册。这是一个新起的强盗,如果不削弱它,它将把我的时间抢夺干净。它又是这么可爱,对每个新学者都具有很大诱惑力。

## 四月二十一日

"诗人笔下的墨迹,就像殉难圣徒洒下的血迹一样圣洁。"

这条古阿拉伯谚语如果换一种说法,也可以这样:诗人使用文字应该像守财奴使用钱币一样。

纯诗人总比两栖诗人(他们又写诗又去做小说家或戏剧家)写得好,如但丁的诗比莎士比亚的诗好,波德莱尔的诗比雨果的诗好。

写得少的诗人比写得多的诗人的诗好,如叶赛宁的诗比马雅可夫斯基的诗好,雪莱的诗比拜伦的诗好,雅姆的诗比米肖的诗好。

## 四月二十五日

今日在昌平新建商业街开设的一家书店买了丘吉尔的《英语民族史》,但译者擅自将书名改为《英语国家史略》。后一书名唤起我的东西远不如前一书名唤起我的东西美妙。"民族"有一种历史感、源头感，使我想起最初，想起今日之果的昨日之因。"国家"是近现代的事物，它似一条无源之河或无童年时代的人。

我知道丘吉尔是获了诺贝尔文学奖的，这一点以及书中内容促使我买下了这上、下两册的巨著。我查了《诺贝尔文学奖史话》，他的获奖理由是："由于他精通历史和传记的叙述，同时也由于他那捍卫崇高的人的价值的光辉演说。"他的重要著作还有四卷本《世界危机》、六卷本《第二次世界大战回忆录》。

# 五月

## 五月十五日

进城。与张金起约在王府井书店见面。书店前，高校的学生设了一个大兴安岭火灾募捐点。大火仍在森林燃烧着。买了美国诗人考利的著作《流放者的归来》和《蒙田随笔》《意象派诗选》《金蔷薇》。

下午去《北京晚报》找高立林君未遇，同《北京日报·郊区版》刘志强谈了谈。

晚去顾城住处。

## 五月十八日

收到云南《滇池》米思及的便笺，通知留下两首诗备用，这两首是《谣曲》《我的村庄》，是海子寄去的。

## 五月十九日

傍晚海子来找关于大地的书，他说还未真正看到一本这样的书，《瓦尔登湖》沾点边。我提到了俄罗斯的作品，蒲宁的《阿尔谢尼耶夫的一生》，及北欧汉姆生的《大地的成长》。

海子指着书柜里的挂盘"小银",略带揶揄口吻,我信口说,不爱驴子的人怎能当诗人。提到大兴安岭火灾,说暑假应该去看看它的遗址。他说要去海南岛。我谈起护林人、养蜂人多么富于魅力。

他拿起了《大地的成长》和《爱鸟知识手册》。

## 五月二十日

晏来说今天是好日子,应该戒烟、戒酒、戒棋。

给周所同,未思即寄报。

## 五月二十一日

上午读了卞之琳编译的《西窗集》(中),保尔·福尔的散文诗《亨利第三》。

我是从《戴望舒译诗集》中知道福尔的,同雅姆、夏尔一道令我喜欢,里面的几首诗单纯、朴素。今天读到的风格大变,仿佛不是他的诗。百科全书介绍说,他是文学试验的革新者,主要作品是《法兰西歌谣》,有三十卷。以散文段落的形式印出,以强调节奏和押韵的重要点。他的本色是一个象征主义者,戴望舒的译笔将他单纯化了。

## 五月二十二日

陈宇君代买来汤因比《历史研究》。海子说有了维柯的《新科学》，可不必买《历史研究》。汤因比是二十世纪最伟大的历史学家，他的巨著《历史研究》是未完成作品。我手里的中译本出乎意料是节缩本，这一点与《新科学》写法相似。这个节缩本是英国学者索麦维尔编写的，但它只包括当时已出的《历史研究》前六卷，而后来《历史研究》已出版十二卷，仍未出完。

## 五月二十四日

今年雨水充沛。看着雨水，人们总要本能地、直觉地想到一个不属于这个世界的人。龙王由此而生，神由此而生。人们也能感受到一种被给予，一种获得，一种无法推脱的收获。雨水令人想到早晨，雪令人想到黄昏。

## 五月二十五日

陈宇君代买来《西班牙现代诗选》。令我兴奋不已。西班牙是个充满魅力的名字，西班牙的诗与法国的诗体现着一种纯粹。法国诗中蕴含着感情，西班牙诗中呈示着火力，这是两个民族血质的表现。

## 五月二十七日

晚饭后去北面的园子散步,采了一把野菜,它们的名字仍是童年所知的俗名,它们当然还有学名,它们像乡下的孩子一样有双重名字,俗名是农民的称呼,它们是涝涝菜、人人菜、猪毛草。这些野草在童年时我吃过,现在将它们做菜吃,仿佛又回到那童年时代。它们毕竟是野菜,所以有种难于下咽的味道。

## 五月二十九日

去美术馆看非洲艺术展览。

非洲的艺术展示给人的是声音与形象,这两者构成它的文化。非洲的历史被保存在语言里,这语言由于没有羽化为文字,使非洲显得没有历史。它的每一天似乎都是最初的开端。非洲的文明程度低,这意味着它为自己造出的、束缚自己的羁物还很少。这使它表现在歌声、舞蹈、造型艺术中的生命原始力为文明民族倾倒和仿效。它的活力还表现在一切体力运动上(体育、劳工)。为何非洲木雕独树一帜,这需要全面解释。有一点是无法忽视的:乌木在干旱的非洲最普遍,乌木的色泽就是非洲人乌亮的肌肤的色泽。

在五四书店买《非洲诗选》。去劳动人民文化宫社科节书市。买到《会唱歌的鸢尾花》(舒婷),显克微支《你往何处去》(读《英语民族史》对古代生活产生兴趣),苏联《大师与玛格丽特》(售书者说该书销售很快,海子力荐此书)。最使我喜悦的是《爱默生文选》。

## 五月三十一日

读完丘吉尔《英语民族史》上册,用了大约一个月时间。丘吉尔是政治家,他有英雄的胸襟,他的历史知识足以令专业历史学家相形见绌,他书写历史的文笔让人想到罗素,他们作为历史学家和哲学家分别从作家那里夺来了诺贝尔文学奖的桂冠,并且当之无愧。美国散文大师门罗说历史应由人类中的一流人物,如汉尼拔、恺撒、拿破仑来书写,遗憾的是历史往往是由那些做不好其他事情的历史学家来写的,这使历史失去光彩。丘吉尔如果在行动上不能列入一流人物,至少也是高于三流人物的历史学家们的。

他将对历史的宏观把握与微观的具体描写很好地结合起来,使该书富于文学色彩,他的幽默与政治也表现在文字之中。

历史让人思考、成熟、复杂,它本质上与诗是对立的。一个生活在幻想中的诗人应当逃避历史。

欧洲各国王室的通婚是引起历史动乱的主要根源。

# 六月

## 六月一日

  我的道路拴着白色村庄

  我的村庄是一只吃草羔羊

  我的羔羊由太阳看管

  我的太阳坐在兰石上

## 六月三日

  读《西班牙现代诗选》。发现国外的译文与汉文在诗歌上有一很微妙的区别，即译文的人名、地名写在诗里，与诗句结合得那么好，它用汉字表示出来便赋有魅力，而这在中国的汉字中人名、地名写进诗里便冲淡了诗意。就如面包与馒头在诗里的区别一样。

  例如："卡斯蒂利亚的大地，你把我升起""我对童年的回忆是塞维利亚的一个庭院""索里亚的春天，湿润的春天"。如果把这些地名换成中国的地名，会出现什么效果？

## 六月四日

　　我在阳台上看到一具雄蜂的尸体，它是自然死亡还是因疾病、敌害或误食毒物我搞不清楚。它的尸体是僵硬的，很轻，风能刮动它。它偃卧在那里，翅零乱地散开，腿蜷曲在一起，它的灵魂离体而去。它是昆虫世界的王子，它的家族无法不让我想到这是高贵的皇族。我见过马蜂巢、蜜蜂巢、土蜂巢及其他蜂巢，但从未见过黄蜂巢。它们是英雄，每次都单独行动。它们是穴居者，将巢筑在屋檐的椽子上、立柱上、枯树干上。老人们说它能蛰死牛，因此，它使孩子们恐惧，但我从未见过它蛰过什么动物或人。这只蜂体态不大，它可能是幼蜂，它孤零零地死在了这里，它的家也许还有母亲在等它。我用一根草梗触它的蜂刺部位，它的蜂刺依然在本能地射出，这是自卫、防御的本能。

## 六月五日

　　《爱默生文选》装帧素雅、高洁，是少见的。封面有爱默生侧面头像，即使我未在《美国十二名人传略》中看过梭罗的画像，我也会认为他很像梭罗。相貌决定了他们的灵魂、精神、血质是相通的。他们都是长脸形，有农民的质朴，学者的智慧，诗人的神采，而我热爱他们，热爱他们的声音，是由于我也具备上述的特征，当然差别是存在的。

爱默生年长梭罗十四岁，爱默生正是像对待儿子那样关怀、爱护着梭罗。他没有看着梭罗出生，但他看着梭罗死去，他写了著名的悼念他的文章《梭罗》，从这篇长文中我们了解了梭罗。中国不会有梭罗式的人物，中国有个陶渊明，但他归入田园是被迫的，梭罗去瓦尔登湖居住则是自己选择的，有本质的区别。

读了爱默生的两篇演讲《美国的哲人》《人——天生是改革者》，我最大的感受是人类定无拯救的希望，而人类的无望来自自己。

## 六月六日

读《世界文学》第二期上苏联诗人沃兹涅先斯基的小说《O》。郭建华和海子都向我推荐过它。

《O》是读成阿拉伯数字的"零"还是读成二十六个字母中的"欧"，我无法确定。这是一篇包容丰厚，内涵深邃，以谈艺术为主旨的小说，它涉及雕塑家、画家、诗人、作家、演员等。

在苏联，为语言树立纪念碑，以艺术家的名字为事物命名。举行诗歌与交响乐合作的诗乐会，诗人作家思索工业文明与大自然的关系，这种种现象都令人想到这是欧洲，这在东方很难出现。东欧与西欧本是一体,同是西方与东方有鲜明区别。社会制度的不同,东西欧与东西方的区别一样大。

## 六月七日

沃兹涅先斯基在致《世界文学》读者信中说:

"在我的中篇小说《O》里,标题'O'与其说是字母,不如说是一个象形文字。这是宇宙的视觉比喻。但愿它尤其能为你们所理解。"

很难说《O》是什么,它以一个诗人的想象为基点,形成一个包容艺术的宇宙空间,在这空间的任何一点都可感受到艺术的气息。它有情节、对话、人物,因而可以说它为小说,它的对艺术的思索与议论可以为随笔:

"诗人的民族精神最强,他的一切都在语言之中,同时他又和世界文化与智慧相联系。普希金是俄罗斯天才,却觉得自己与拜伦接近。"

可以看见俄罗斯人热爱自然的传统与俄罗斯作家用诗意的笔法对自然的散文式描绘:

"疲乏的太阳正要在田野的后边落下去,可是它时而举起时而放下拳头,仿佛是从小水槽里往外倒水。"

沃兹涅先斯基谈到了雕塑家穆尔,画家毕加索,诗人维索茨基,建筑师巴甫洛夫,及俄国、西欧、南美的其他艺术家,而中国是被排斥之外的。

## 六月八日

早晨湿漉漉的，早晨是雨后，那里的土地松疏，那里没有人迹。

> 天亮的时候
> 我就会走到大地尽头
> 为你采来那枚刚刚破土而出的红蘑菇

## 六月九日

麦田，多么丰富的词汇，它让人想到的不是青色的，而是像向日葵花瓣一般金黄的麦田，它是立体的，仿佛是一笔财富，是难于分割的黄金方块，铺在大地之上，它绝不是来自泥土，这样纯色的金属。它令人自然想到这是阳光千年的积聚，内含层层年轮。它被道路分割，将村庄围绕。生活在麦田之内就是生活在贫穷之外。

多么芬芳的气息，谷物的气息充盈天空，农妇在阳光之水中劳动。她们蹲在秧田里锄草，伟大的动作。布谷鸟单簧管似的声音，当我向响声的方向看去时，便无声了，又在更远的地方响起了"布谷"的声音,一年中听到一次布谷的声音便无上幸福。

田里的妇女在说话:"几点了?"

回答:"十二点了!不对,我的表戴反了。"

第一个妇女:"十二点多了,孩子都放学了,还没给做饭呢!"

我感受出朴实、憨厚,母亲的心。

## 六月十日

麦田,让我走到这个词中,塞林格为小说命名《麦田里的守望者》。麦田走入无数诗人诗中,而麦田是凡·高,麦田的颜色是凡·高的生命色,凡·高画《麦田上的鸦群》,凡·高走入麦田深处,他注定要在麦田的怀抱长眠,凡·高已活在麦田之中。"麦子呀,玉米呀,还有卷曲的葡萄藤,蔓延到蔚蓝的天边,这一片形成一片善良的海洋,在其上普照宁静的光芒。"我的雅姆。

## 六月十一日

又想起梭罗语:应该把一天最清醒的时刻献给阅读。而且应该献给诗。近日,每天上午第一件事是读《西班牙现代诗选》。西班牙与麦田一样令我想到黄金，西班牙诗人的声音都是金属清脆的声音。西班牙是男人、平民。没有虚荣浮华、繁文缛节。西班牙是世界之国，欧洲人、阿拉伯人、摩尔人、犹太人、罗姆人、北非人，融为一个民族，一个斗牛之乡。

## 六月十二日

孙君是国际政治关系爱好者，平素多读政权领袖之书，他由此失望之极，了解统治内幕之后的厌恶之心触动着他。他看着我案上的米莱的《拾穗》，谈到米莱生平之不幸，政治家脑满肠肥，艺术家贫困而殁。

艺术家是给人欢乐之人，留给自己的一定是痛苦。

## 六月十三日

电视台举办电视戏剧小品赛，小品《芙蓉树下》获得了经久不息的掌声和第一名。剧情是乡村路上，未婚妻送夫参军走到一株芙蓉树下，它是他们定情的见证。乡民的单纯、淳朴、憨实、真率、可爱被表现出来。

说明人内心深处喜爱的还是单纯、淳朴、憨厚。

## 六月十四日

六月是麦田摇荡的月份,麦田仿佛是新生的渐渐金黄的一天。幼鸟已出巢,它们稚弱的声音给世界带来新的音调。麻雀聚集在割了的麦田周围的树上,叫声使午后的山林无法寂静。

六月是叶子摇曳的月份,许多花期已过的树木结下了青色的果实。草地上,细小的花星星点点。枣树子在开花,它的花比早晨的阳光更金黄。蜜蜂在采蜜,蚂蚁爬到枣树上也在吮食花蜜。

路边晾上了脱下的麦粒,诱人的芳香令人难忘。

## 六月十五日

每天我能在住所听到鸟叫,鸟和我们生活在一起是一种幸福,有许多欢乐是鸟带给我们的。鸟的鸣叫只有在不为一个具体的实用目的时,才是美丽的,像人的歌唱一样。在生物中,除了一些昆虫,只有鸟同人一样能够为欢乐歌唱。没有歌声的鸟是丑陋的。

## 六月十六日

直升机从楼群上空呼啸而过,三个孩子跳着高喊:"飞机、飞机，你下来，带我们上动物园！"

孩子们不说去植物园、博物馆或中山公园，不说去大海、高山、草原，不说去找妈妈，不说去上帝那里。

## 六月十七日

蚂蚁喜欢把巢筑在硬质的土路上，这路必须很少有人行走。在北面走向山坡的路上，我看到了这样的现象：这是一支黑色蚁族，中等体型。工蚁在匆忙筑巢，它们迅速地将穴中土粒衔到地面，在穴口形成一个喇叭形状的土丘，仿佛泉水涌出的细砂。它们凭内心深处的忠诚竭力工作着，"懒惰"一词只能用在造出它的人类身上。为了防止细微的土粒滚入穴口，每只工蚁在它返回之前都用后面的四肢像土拨鼠掘土那样飞快地将土掘向远离穴口的方向，虽然效果甚微。在蚁巢的周围有几只兵蚁机敏地巡视着，它们目前的敌人不久前还是它们亲密的同胞，并有可能做它们的皇后，但现在它们必须殊死阻住这两只雌蚁，不让它们返回巢内。这两只带着白色羽翼，体型比兵蚁大许多的雌蚁，久久地在蚁穴周围周旋，企图再返回穴内。它们一定是被赶出另建家立业的蚁后，因为一穴不能容纳两后，它们多次被勇猛的兵蚁咬住，挣脱后仍不肯离去。当一只兵蚁与一只体大的雌蚁撕咬起来，兵蚁总是轻而易举地打败雌蚁。我观察，后来雌蚁几乎无自卫能力，它们的嘴很小，不具备那对锋利的颚，它们生来就是为了被保卫与供养的，做保卫者与供养者的精神领袖。

兵蚁一定不是像对待外敌那样攻击这两只无进攻与自卫能力的雌蚁，它们只是为了将雌蚁赶走。它们到了另一个地方也许各自都成为蚁后。一只雌蚁飞走了，它们之所以带翅，可能就是为了这一天。但它们的命运会怎样呢？真能成为蚁后吗？我不知道。在山路上我曾见到一只雌蚁，带翅的尸体，这是另一巢的。

当兵蚁与雌蚁厮打时，工蚁仍忙碌着自己的筑巢之事。即使兵蚁在外敌之前失败，工蚁也会袖手旁观。

（草棵中的纺织娘，树上的蝉，开始试着唱它们的歌。）

# 六月十八日

晏来读了《爱默生文选》，他觉得里面有一种东西令他反感，即说教之气，表现得煞有介事。太超脱了，共鸣者很少。他认为，人的精神之路应是纯洁、入世、超脱，不能省略中间一环。他虽然在谈爱默生，但显然在针对我的绝对纯洁信念。

在混浊之世保持纯洁的本色，需要牺牲，需要失去一些东西做圣徒。但对世人来讲，物质的力量总是大于保持纯洁本色的力量。

爱默生的全部努力就是在告诉人们做一个真正的人，这是历代艺术家，尤其是诗人的梦想。我想不出有哪位理论家的思想能够像爱默生与梭罗的思想那样，成为我的信念而深入我的灵魂。他们本质上就是诗人。这样的诗句，一生都不会忘的：

> 那风信子一样美丽的小孩，
> 早晨天亮，春天开花，
> 可能都是为了他。
>
> ——爱默生《悲歌》

## 六月十九日

近日读欧文·斯通的弗洛伊德传记《心灵的激情》。至今我还未对弗洛伊德形成一个完整印象，到目前他的拗口的著作对我的吸引力并不大。

他的作为一个犹太人的固执、任性、暴躁、喜怒无常、对事物穷根追底偏于钻研的性格在与玛莎的恋爱中表现出来了。

弗洛伊德三位令人起敬的老师，出乎意料的都很有艺术修养。布吕克把他收集的绘画挂在实验室的墙上，出版了《图画艺术原理》《绘画中的动态表现》等著作，他在美术界具有权威地位。比罗特热爱音乐，他的最亲密的朋友勃拉姆斯常常在他的家里演奏作品。诺特纳格尔是个理想主义者，他的格言是"只有先做好人，才能当好医生"。他的书室藏着德国古典文学，希腊文与拉丁文的剧本,英国小说。他们是医学家,一半是艺术家。

我想艺术家把握的是世界的整体,而医学家把握的是人体的整体,两者都需要想象。

# 六月二十日

手里的这支钢笔,它的帽子上的铁鼻儿上端的镌纹很像一穗麦子,但它常常使我想起椿象。

童年时,有几种昆虫给了我很深的印象,喜欢榆树的金龟子(乡下的孩子们称它为蟑螂;还有一种昆虫称它"枷子",因为它除了有一坚硬的外壳外,还有一对锋利的触角,孩子们常抓它们格斗);喜欢桑树的天牛,以及喜欢臭椿树的"花媳妇"和"老锁"。"老锁"就是椿象,因为它在树上或被人一触,常常将六肢紧抱,虹吸管贴在体内,这时便和死了一样,所以,大家都叫它"老锁"。孩子们抓到一只椿象后,便叫"老锁、老锁开门",反复地叫着,椿象便松动六肢,爬动起来,拖着象鼻子一样的吸管。

# 六月二十一日

进城。在书店未遇一本可买之书。书摊上有萨特的《存在与虚无》，很厚。我对萨特已兴趣不大，虽然对他的理论并不精通。现在我对纯思维、理论书籍已有抵触。

美术馆举办了"湖南民间艺术展览"，展品以实用品为多：服饰、窗棂、包物。也有许多木雕。散发着楚文化的气息。我觉得它与中国北方文化的差别要比南亚文化差别还大。

买了一块壁挂（七元五角），它的图案是大地、远山、太阳、一对男女，女人侧卧在大地上，男人向初升太阳走去，有两只奔走的大鸟，一只兔子。它的缺点在于，女人的形象由于有蓬松的衣裙，和翘着的发辫而显出是年轻的女性，这便失去了普遍意义并具有了现代绘画的气息。

# 六月二十二日

我观察了三种蚂蚁筑巢的方式，这三种蚂蚁的区别只表现在体型的大小上，它们的其他区别及名称都是我现有的生物知识回答不了的。小蚁筑巢时，将湿润的土粒在巢口垒成坟冢状、堡垒状或松散的不规则的蜂窝状，往往高出地面许多。介于大小蚂蚁之间的中型蚂蚁，它们的巢口，土粒散得很均匀，往往形成泉眼状或仿佛地面开的一朵黑色的花。蚍蜉筑巢时像北方人的举止那样，随便，粗略，不拘细节，它们将土粒远远地任意扔在什么地方。小蚁是南方人，大蚁是北方人。体型的大小决定了行为的方式。

## 六月二十三日

下午,照例在居室读书。间断地总响起小贩的叫卖声,这声音是对人类声音的亵渎,最令我厌恶。人类的声音是因交往而产生的,为表现他的欢乐与痛苦而存在。将人类的声音用于买卖犹如将花朵当作货币使用。

今天这叫卖之声却令我怜悯,这声音一定发自老妇之口,它淳朴、善良、从未有心计,她也许是因生活所迫来到这小城,也许是出于爱,为了减轻子女的负担。她的声音让我想起祖母的声音,显示着她劳顿的一生,她的声音带有乞怜与求助,也许奔走了很长时间,还未卖出多少,我听着她的声音想去买她的鸡蛋,以此给她一些安慰。当我隔窗向下望时,我发现她的声音与年龄有着很大差距,她并不那么老,声音显得是装出来的,这时我的怜悯之情荡然无存,尤其是当我看到她腕上戴着的发亮的手表时。

## 六月二十四日

将波德莱尔的《恶之花》和《巴黎的忧郁》对照着读。波德莱尔说:"我是在至少第二十次翻阅贝尔特朗的著名的《夜之卡斯帕尔》的时候,才想起也试写一些同类之作。"这是他写散文诗《巴黎的忧郁》的契机。读它使我自然又想到另一本书。

《小银和我》是天堂的，是爱和美，是上帝，是村庄，是人类的理想，是和谐与安宁，是植物与阳光，是欢喜而快乐。《巴黎的忧郁》是地狱的，是恨和丑，是魔鬼，是都市，是人类的现实，是紊乱与喧哗，是动物与肉，是厌恶而痛苦。

希梅内斯和波德莱尔的灵魂都是纯洁的，他们的区别在于一个生活在乡村、天堂，一个生活在都市、地狱，他们不能不用不同的声调歌唱。

## 六月二十五日

晚下课后，晏来君来，谈到了人类的前途问题。他说确实像我读了《爱默生文选》后说的那句话：人类无望。他从电台中听到了世界人口发展的预测。

人类仿佛是一个经过千辛让自己中毒，再想方设法为自己解毒的人。人类的发展与自己的小目的方向一致，但与自己的最终目的背道而驰。人类的每个行为都在追求幸福。但人类得到的总是痛苦。人类创造的一切东西都是为了帮助自己，但这一切东西又是唯一束缚自己的东西。

有一句俗语能很好地形容人类：木匠戴枷，自作自受。

## 六月二十六日

骤雨与蝉噪永远是夏天来临的标志。那时,乌云滚滚而来压向地面,闪电像地图上的河流或猛兽的爪子,雨点噼噼啪啪砸在地上,泥土的气味漫入屋内。雨下的一切都是渺小的,雨像一个复仇者挥动无数拳头打击着逃难的无辜者。所有动物都逃离了,躲在遮挡物下面看着雨。外面很静,前面的房子上,雨从房檐坠下来,像水银柱一样摔在地上。这时一只麻雀飞来,雨帘后的檐下是它的家。这是一只成年雀,它一定是去远处为子女觅食,中途遇雨,但它冒雨也要赶回,它的雀儿比它的生命更宝贵。在它从空中降下飞进巢里的一瞬,它的身姿就像蜂鸟在花朵前一样。

## 六月二十七日

植物或动物的过去,我们只有去想象。人类用自己的创造物构成历史。

如果不去历史博物馆,单凭书籍不能真正认识一个民族。我国有文学记载的历史从夏朝开始,尧、舜、禹的时代是神的时代,夏、商、周的时代是英雄时代,春秋战国便进入了人的时代。神的时代除了给我们留下了一些传说外,然后便是一片空白。英雄时代出现了创造物品,夏代是陶器,这时可能还没有金属，商代是青铜器，这是创造的高峰，周代是这一高峰的延续。人的时代便充分使用文字，将思想用文字呈现，这是民族的创造性从实物到文字作品的转化，这是中华民族创造力的顶峰。（去历史博物馆的启示）

# 六月二十八日

近读荷马史诗的一些材料。现在没有什么能证明荷马是一个真实的历史人物，在《伊利亚特》与《奥德赛》的写作年代及写作风格上却可说明这两篇史诗不可能出自一人之手。由于不能确定荷马这个人物是丰富的，对他的传说赞誉既可增加，也可减少或改变。

赫西阿德写有《荷马传记》，普鲁塔克有《荷马传》。维柯在《新科学》中确定，希腊各族人民自己就是荷马。荷马作出《伊利亚特》是在少年时代，当时希腊还年轻，因而胸中沸腾着崇高的热情，骄傲、狂想、报仇雪恨，这类热情不容许弄虚作伪而爱好宏大气派。因此，这样的希腊喜爱阿喀琉斯那样的狂暴的英雄。但是他写《奥德赛》是在暮年，当时希腊的血气仿佛已为反思所冷却，而反思是审慎之母，因此这样老成的希腊爱慕攸里赛斯那样以智慧擅长的英雄。

维柯认为荷马配得以下四种对他的赞词：

一、他是希腊政治体制或文化的创建人；

二、他是一切其他诗人的祖宗；

三、他是一切流派的希腊哲学的源泉；

四、他是流传到现在的整个异教世界的最早的历史家。

荷马在希腊人的英雄时代是一位文明无比的诗人，后来的一切哲学、诗学和批评学的知识都不能创造出一个可望荷马后尘的诗人。

# 六月二十九日

"成功"是所有人追求的对象，但我相信这时"成功"的载体绝不是高尚的。当人们有了某种确定的目标，即使这个目标是高尚的，也往往被实现这一目标的手段所污染。

"高尚"即意味着行动不以自己的得失出发。从自己的苦乐中思索事情总是渺小的。不摆脱这一点的人，绝不是对人类有用的人。

# 六月三十日

从克里姆的《考古史话》中看到，特洛伊古城址的发现开掘者是施里曼，他的不可缺少的有利条件是百万富翁。另一位对考古做出卓越贡献的人史蒂文斯在美洲买下了一座丛林中的古城。二十世纪最有名的雕塑家穆尔将自己的作品置于自然环境之中，是因为他自己买下了一块面积不小的自然地。我忽然想到，艺术上的作为是需要有财富做保障的。在财富公平分配的国家，也许很难有艺术上的大成就者，这至少适用于某些艺术领域。

# 七月

## 七月一日

夏季便失去了每天与太阳见面的机会。看见日出是非常难得的,因为偶尔晴天,又不能及时赶在日出前起床。在夏季就是孤独的日子。

如果在湿度较大的天气看见日落,那是一年中最美的日落了。找不出任何一件事物或任何一种颜色来比喻落日的色彩。

## 七月二日

弗洛伊德将"性"普遍化。到处是性器官的象征物,钥匙是男性的,锁孔是女性的;烟囱是男性的,门是女性的;蛇是男性的,盒子是女性的。当我们这样在宇宙中寻找下去的时候,最终会发现,包容万物的宇宙即女性的。我们不仅自女性而生,而且我们就生活在女性性器官之中。

男性是个别,女性是一般。

## 七月四日

读卡尔维诺《不存在的骑士》。骑士在欧洲是一种称号,经常用于出身高贵而未获得封地的人。出身平寒可以受封，但它需要条件。小说中的一个骑士是由于保全了一个女子的贞操而受封的，当有人揭露这个女子在其被救之前已非处女时，这个骑士便千里迢迢去证明这件事的正误。

## 七月五日

英语民族是人类中伟大的民族，这突出地表现在使地球表面改观上。当世界各民族闭塞地生活在各自的地域中，蒙眬地想象遥远地方的情景时，英语民族的祖先从北欧闯入大不列颠岛，他们接受了从大陆上传播来的罗马文化与宗教的气息，并随后将这种文明带到美洲、澳洲、新西兰和南非。全球的文明化进度是以他们为主推进的。对他们来讲遥远之地比故地更能为他们呈现幸福，就像他们容易接受相信来世的基督教一样。这种精神体现在西欧的民族身上，与东方形成鲜明对比。这是我们有人不能理解莱蒙托夫不朽之句"哪里爱我们，哪里就是我们的故乡"的原因。

## 七月六日

人类不能像植物那样，一春一秋，共生共亡。植物如果有知觉一定不会畏惧死亡，因为它们从未看到死亡，也不知等待它们的结局怎样。当死亡不可避免地来临时，它们一定会感到如开花期和结籽期那样自然与喜悦。

人类从出生起便与衰老生活在一起，他不断地经历着死亡，理解死亡意味着什么，他之所以惧怕死亡是因为他的生命刚刚开始，尚有许多喜悦或苦痛等待着他享受，他害怕这权利被剥夺，当这笔天造的、专为他而设的财富被他耗尽，他对死亡的惧怕一定会消失。

我们之所以畏惧死亡，是因为我们还未衰老。

## 七月七日

卢沟桥事变五十周年纪念日。

报上连载南京大屠杀的纪实报告。我把日本人在中国干下的事与德国人当时在欧洲干下的事进行了比较。

## 七月八日

"如果人类毁灭了／一切进步都是反动"，这是苏联诗人沃兹涅先斯基的诗。

自然界中有这样的生物，它们出生后便逐渐将自己的母体吞噬。我想到了人类，它自大自然孕育而生，又逐渐在蚕食自然，在近现代突出地表现出来。这个发展方向是导致自然的消失及人类自身的毁灭。在人类蚕食自然的过程中，自始便有卓识之士在奋力抵制，他们大都是艺术家与作家，在欧洲能够举出许多名字来。现在他们已有了"反科学的悲观主义"。

在这上面，中国不仅没有表露这种感情的文学作品，至今也还举不出这样的艺术家与诗人来。

## 七月十日

面窗的房檐里那窝麻雀一定已经出巢了，四周到处是雏雀清脆的叫声，使人想到花开和春天。我仿佛是不朽之人看着一代代麻雀出生，仿佛是一代代孩子，它们在我眼皮下奔跑、长大、生育儿女。

## 七月十一日

海子跑来告诉我，他买了一套《草叶集》全集，上、下两册。伟大的诗人要读他们的全集，而优秀的诗人只看选集便可以了。伟大的诗人荷马、但丁、歌德、惠特曼，显然是无愧于这个行列的。

## 七月十二日

学校准备组织去北戴河,我萌生了由此去小兴安岭的念头。东北的莽原和林地是最吸引我的地方,我一直想到森林中去,像梭罗与普里什文那样去体验。我甚至想在小兴安岭林区找个从业的地方,在那里干两年,如果说一个四季还不足以完整把握森林的话,第二个四季便是彻底的补充。我的心灵的本质是非城市的,而森林生活最深入我的灵魂,我为什么不能在这不可回复的一生中,按心灵的向往去行动呢?我只有二十七岁,而在三十岁之前做完这件事,还是来得及的。

## 七月十四日

买了一盆含羞草。它应该属于蔷薇科,它的茎杈间生玫瑰那样的刺。这是我的推测。它属含羞草科。

多么奇妙的植物,对外界的刺激迅速做出反应,仿佛总是躲着陌生人的女子。不仅是外界触动,光线的黯淡、温度的降低都对它作用,它的叶紧、合拢、叶柄下垂,如同已死去。人走后,它又恢复原状。这是一株智慧的植物。

## 七月十七日

去昌平新华书店。在旧书库中，得到蒲宁的《乡村》、司各特的《爱丁堡监狱》、格里耶的《橡皮》、福楼拜的《三故事》、凡尔纳的《从地球到月球》等。

## 七月十八日

一切有效的历史都是从那原始的阶段，即贵族与僧侣开始的，这两个阶段是自行形成的，把自己这样提高到了农民之上。

农民是无历史的。农村处在世界历史以外。农民是永恒的人，不依赖于安身在城市中的每一种文化。它比文化出现得早，生存得久。它是一种无言的动物，一代又一代地使自己繁殖下去，局限于受土地束缚的职业和技能，它是一种神秘的心灵，是一种死盯着实际事务的枯燥而敏捷的悟性，是创造城市中的世界历史的血液的来源和不息的源泉。

无论城市中的文化在国家形式、经济习惯、信条、知识、艺术等方面有什么想法，他都是狐疑地、踌躇地加以接受的；虽则最后他可能把这些东西接受下来，但作为一种类别他是永远不会因此有所改变的。他仍旧是他的老样子。农民今天所奉的信仰比基督教还老；他的神比任何高级宗教的神更古老。给他消除大城市的压力以后，他就会回复自然的状态，不会觉得有什么损失。他的真正的伦理,他的真正的形而上学是处于全部宗教的和精神的历史之外的。

——摘自《西方的没落》之《城市的心灵》

# 七月二十日

城市不但意味着才智,而且意味着金钱。乡村的不露声色的敏捷性和大城市的智慧是醒觉意识的两种形式。

土地是实在的和自然的,而金钱则是抽象的,人为的。

如果早期的特点是城市从乡村中诞生出来的,而晚期的特点是城市同乡村做斗争,那么,文明时期的特点就是城市战胜乡村,因之,它使自己从土地的掌握中解放出来,但走向自己最后的毁灭。

——摘自《西方的没落》

# 七月二十一日

俄罗斯精神和浮士德精神之间的巨大区别。

莫斯科的原始沙皇制度在今天也还是适合于俄罗斯世界的唯一形式,但在彼得堡,它被歪曲成了西欧的朝代形式。一个命定在没有历史的状态中生活几个世代的民族,就这样重又被迫生活在一种虚妄的、人为的历史中,而古老的俄罗斯心灵对于这种历史简直就是无法理解。

晚期的艺术和科学,启蒙运动,社会心理,世界城市的唯物主义都被介绍进来了,虽则在这种前文化期中,宗教是人们就以理解自己和世界的唯一语言。在无城镇的原始农民居住的土地上,外来形式的城市就像溃疡一样黏附在上面——虚妄、不自然,不能使人信服。陀思妥耶夫斯基说:"彼得堡是世界上最空虚、最人为的城市。"他虽然出生于这个城市,但是他感觉这城市终有一天会跟雾一同消失。

# 八月

## 八月三日

北京站，去北戴河的火车晚上十一点五十分开车。海子对我讲，外出旅游，白天走动，晚上乘车，这样可免花住宿费。我不喜欢这样，不仅无法观看，也睡不好觉。

夜里下了一场雨。

## 八月四日

晨五时到北戴河火车站。站台湿漉漉的，可见度很差。天还是放晴了。

像任何新建的城市一样，北戴河的市区很松疏。它的建筑外观漂亮，颜色醒目，主要为棕红与橘黄的暖色。它的树木葱绿茂盛，与内地的树木的一大差别是无尘。在植物的映衬下，整座城市显得和谐、得体，使人能体会出大度与宽容。它给你的印象，似乎天然就是好客的，但这仅仅是第一印象而已。

## 八月五日

北戴河毕竟是旅游城市，它的一切都是为游客而设的。建筑主要是中央或各省市机关的休养所及为普通游客而设的旅社，街上的行人几乎都是来避暑的游客。好客的地方一定是那些交通与联系都不便的地区，像一切以旅游为业的城市一样，北戴河不可能是真正好客的地方。商业是扼杀人类感情的职业，以经商为主的城市，你必定感受不到它的温暖，你与它的任何一种接触都不会不带着欺骗。这里人们唯一喜爱的是钱，你走进来，便仿佛是走进了一个旅店，它只对钱微笑。

## 八月六日

和青岛相比，北戴河的海滨更像海滨。无生命的东西只局限于人造物上。海就是一个躯体，它躺在那里，海岸起伏延伸，凸起或凹下，都是平缓的，质感的，你抚摸它绝不会生硬。洗海水澡是温暖的、亲切的、热情的，让你想到乡下的一个农妇。

## 八月七日

集体租车去山海关、堰塞湖、姜女庙游览。

滨海地区都是相同的，低洼、潮湿、地面空空荡荡，没有庄稼，高大的树木很少，路也拉着高压线，工厂破旧，建筑稀疏。

在堰塞湖遇大雨，这雨就像关中的人，降得迅速，不拘泥，利索、痛快，收得也麻利，不留痕迹。如同这样的人，他将事情看得比做事情的方式重要得多，并往往将方式简化或省略。

## 八月八日

至秦皇岛市。显然，它是工业的产儿。市区陈旧，建筑排列散落，以工厂为主，带着昔日创业的历史感，它的名字的美远远超过它自己。街道种植银杏和杨柳等树。它显然在努力改变自己，如进入城市生活的乡下女孩一样。它有一小书店给我印象很深，书质是高层次的，我买了一本袖珍本《外国现代诗选》。

下午，火车开往沈阳。大片的土地展示着关东风貌。

## 八月九日

### 沈阳

沈阳是这样一座城市，它使你想起一位老人，他的职业是工人，这是一位从少年时自乡下进入工厂的工人。从他的外貌上看，他不是一字不识的文盲，他的文化来自一种自尊与体面，这种自尊与体面要求他在处世与交往时，必须引起周围人的赞许，而不能是任何的非议。他的文化就建立在这种基础上，这是一种处世的文化，本质上是消极与保守的，它虽然不会失败，但也决不会成功。而这恰恰是社会的主流，我们可以从身边找出许多这样的人。

沈阳是这样一座城市，它使你想起一位老人，一位呈现历史与经验引起你丰富想象的人。他的青少年时代，一定是目光狭窄从而自信的人，一定是家境贫寒然而体质壮硕的人。他看着自己的现在充满骄傲与自豪，就像那些看着儿孙满堂的老人，这种骄傲与自豪来自成就的获得仅凭自己的努力，来自无视其他只将自己的现在与过去对比。这样一位老人，你从他的服饰、体态、气色能够看出他现在的生活的富裕与舒适，与过去相比的巨大变化，但他仍然属于过去，他老了，也许可以长寿，但决不能使自己年轻。

沈阳是这样一座城市，你走进里面，便会感觉出这是一座工业城市。它建立在广阔的平原上，因而触角伸得很长。它的工厂在市里密布，建筑疏松，城市气氛是机械的、烟雾的，建筑因空气污染已失去本色。市民的神态是现实的，这是缺少文化因素与经久生活的特有的神态，但它带着东北人的特色。这特色便是生活上的豪爽、真率，对今天与客人的不吝惜。尽管这特色随地域色彩的变化在慢慢消失。

故宫与北陵是沈阳具有文化与历史色彩的标志。昨晚十点到达沈阳，今天上午去北陵与故宫。

沈阳人介绍说，北陵是努尔哈赤的陵墓，这是百姓的不求甚解的习惯。北陵实际上是清朝第二位皇帝，太宗皇太极与孝瑞文皇后博尔济吉特氏的陵墓。崇末抑本，重形式轻内容，重体面轻内涵的陋习在陵区充分表现出来了，这是一种即使拥有无上权力也根除不掉的虚荣心。墓地是很简单的，只是一座比普通坟墓大得多的坟冢，生满杂草与木丛。它的附属设施是富丽堂皇的，构成一座建筑群，通过它表明这里是一座皇帝的陵墓。

沈阳是清入关前的都城，故宫便是皇帝的皇宫。尽管它的主人是北方的少数民族，如果它不入关也许会建起一个独立的国家，但从它的宫殿建筑的布局、格式上看，与汉民族的建筑非常相同，它灵魂上决定了它不能独立，虽然它具有自己的特征，它本质上仍然属于中华民族，仿佛大河的一个分支，最终方向一定是与母河融为一体。

傍晚，火车从沈阳开向哈尔滨。从一个城市到另一个城市经过了一夜，仿佛太阳日落一般。非常遗憾的是，我不能沿途观看到东北的大平原，它的面貌仍然要存在于我的想象里。黄昏的天气阴晴多变，东北的天空似乎有一片云要降下雨来，如果不仔细留意，你不知道雨什么时候下起来了，又停了。东边的天空出现了两道彩虹，在灰暗的上空格外醒目，任何有色彩的事物都令你想到生命，就像在冬天里的氛围中见到蜿蜒而上的蓝色炊烟。除了我的由于不能与人分享而表露不出的激动外，没有人表现出惊讶、喜悦来，人们的表情无动于衷。我将彩虹指给一个男孩看，但他更乐于在父母和周围人面前表现他的英雄性。也许人们对它已经司空见惯了，也许人们对与己无关的事情从来不作分外的注意。火车将要到达哈尔滨时，已经是黎明。天空出现了朝霞，这朝霞是一点点显现的，仿佛是一种化学反应，云层由灰而红。不远处，雾霭蒙蒙，这雾似乎发着亮光，使我总认为是看到了一条河或一片湖泊。

当天气暗得如车窗外挂起黑布，再也无法向外观看时，你最好不要用打牌、下棋、玩智力器或读武侠书籍、通俗小说来消磨时间，你一生中能有第二次再到这个遥远的地方来，再遇见这些同车的乘客吗？你应该静静地观察一下同车的人，每个人都带着一部自身的历史，并通过他的相貌、体态、气质、言谈隐约显现出来，观察哪一个人都不亚于读一本书。并且应该不失时机地与你的邻座交谈，这是最好的消遣方式，他给你带来他的经历、他的经验、他的家乡。

这个人是我难忘的，他虽然早已脱下军装，但你仍能感觉出他过去曾是军人。他的体态不是连长型的，是指导员型的，尽管他可能一直就是个列兵。这种体态是那些脑力劳动多于体力劳动的人所特有的。而在他身上知识者的柔弱与军人的坚韧是结合在一起的。他是辽宁铁岭人，五十年代参军，是第一批为进入大兴安岭而拓道路的铁路兵。那时大兴安岭是荒无人烟的，他们将铁路铺设进去，随之沿线迁入林业工人建起了各林业局、林场。听他介绍我觉得大兴安岭有一种大巧若拙的气度，它的林木间距并不稠密，但森林辽阔，动物品种较少更显单纯。他们见过浩大的狼群迁徙的情景，当时部队一个连的官兵进入一级战备状态，将机枪架在高冈上谨慎地注视着狼群的动向，没有一人敢主动开枪，狼群甚至连他们看都不看，浩浩荡荡扬长而过。他谈到那时铁道兵的工作热情，极高的效率，他认为将铁道兵集体退役转入铁道部的做法是一种失误，现在这些铁路工人的工作效率与铁道兵是绝无可比的。我没有问他叫什么名字，他的年龄在四十五岁左右，从他的表情上看，我相信这些年在社会中，他遇到的不顺心意的事情一定多于使他满意的事情，但无论如何他的身上依然留着军人的痕迹，特别是在你和他交谈的时候。他的谈话是热情的、真诚的，这是乐于助人者在谈话上的表现，它也建立在他对对方并不因为陌生而不信任的基础上，他是那种相信善多于恶、好人多于坏人的人。这里也有着人类对远方来客的热情总是大于对自己周围人的热情的心理。他在下车时（铁岭）对我抱歉地说："对不起，我们不能多谈了，真过意不去。"

## 八月十日

火车凌晨五点到达哈尔滨站。第一次来哈尔滨，好像会见一个陌生人，首先要看的是最能代表他的特征。出站我便乘公共汽车去太阳岛。街上人很稀少，那些早起的人，往往生活富有规律，能够支配自己，具有毅力并满怀对未来的信心，这是社会中容易长寿的阶层的人。松花江边，有一个小型广场，广场上有花坛和一座抗洪纪念碑。一个城市具有广场和纪念碑，标志着它的精神自主，意志完满。这是使市民从整体上意识到"我"，维系市民感情与精神的象征物。它不依赖于什么，它的特色是自生的，不是来自外界的影响，它应该予外界以影响。

　　登上江岸之前的心情和任何你将要见到的久已盼望的事物的心情是一样的。拿到一封来信或一张新报，一条即将发布的新闻，等待对某件事的反映，走出车站或机舱，等等。它马上用现实与你头脑中的想象进行印证，使你的未知变成已知。像去年在黄河一样，我想见到江上的日出。但是在城市是没有权利见到真正的日出与日落的，这个权利已被城市剥夺。松花江似乎比黄河还宽，无法准确说出它的宽度，估计有二百米，但我仍然感到我能够横渡过去。站在它面前，我感到有一种冲动，一种油然而起的力量在催动我去结束这件事情。这是你想象中的松花江吗？江水浑浊，水势汹汹，江面布满水纹的网络，肮脏的泡沫涌在岸边。这是夏季，是汛期，江河成了大地含污纳垢的容器。

　　早早起来的人走向江边，江里已经有一些人在游泳。江里有人在招呼江岸上的人跟上来。这是一支不约而同早泳的队伍，也许已经持续了很长时期，他们顺江而下。和跑步的人一样，早泳已成为他们早晨的一部分。临江的江城市民是幸福的，江对他们来说，和山对山城市民、公园对一般城市市民、田野对小镇市民一样具有重要意义。它与他们的关系，首先是一种奢侈，一种被剥夺后可造成痛苦但并不能危及他们存在的关系。这与农民和土地、渔人和大海、猎户与森林的关系不同。前者是欲望中的、消遣的、娱乐的；后者是生命中的、劳动的、艰辛的。

去松花江客运站须乘车绕市区到"道外"。我计划从松花江乘船到佳木斯，然后再从佳木斯乘火车去伊春。客运站的服务员态度很冷淡，这是交通客运人员的职业秉性。它不是天生的，这是天天与大量的流动人员接触所形成的在回答问题上的简练，它给任何想要得到详细解答的乘客的印象都会是这样。哈尔滨开往佳木斯的客轮每两天一次，晚上六点开船，二十四小时后到达。售票员告诉我今晚有船，票还未售完。今天走我一点准备没有，如不走就要等到后天。再有漫长的航行，夜里行船，都促使我改变计划，从哈尔滨乘火车直接到伊春。尽管乘船观赏沿江的风光对我的吸引力仍然这么大，我还是放弃它了。

## 八月十一日

哈尔滨临江，很像一座海滨城市。哈尔滨市民在湿润和煦的江水氛围中生活，一定富于灵性，性情温和。哈尔滨的少女具备北方和南方少女的双重特性：身高、水灵。哈尔滨的小伙不是文质的，但也并不粗犷。哈尔滨人看着松花江四季的变化：汛期、枯期、冰封、解冻，就像海滨人看着大海的变化：涨潮、落潮。他们可以随着江水的变化垂钓、游泳、撑船、溜冰。他们的无意识中一定具有宗教感情，一定不自觉地将松花江视为有灵的。他们与松花江的关系，就像一个孤独者同一条狗的关系一样，虽然不属于他们的肉体，但已深入到他们的精神里。

哈尔滨的市容是秀丽、圆润、光洁、水质的。它感染、触动、影响你的，不是像沈阳那样的焕发出力量，而是洋溢着妩媚。从任何一点，你都会感觉到它像一个处女，这是一个为自身而骄傲的、已过青春期、成熟且老练的处女，不，更像一个少妇。你可以感受她的温柔，可以在她的母性气息中生活，但不可过于亲近。她的生活愉快而自由，像牧神伴着她的仙子，她伴着她的松花少年。

哈尔滨的建筑主体是俄式的，虽然它近年增加了许多新建筑，仍未改变它的基调。这些俄式建筑似乎已同那里的土地融合在一起，使你感觉不和谐的是市民与它的关系。他们虽然已经在里面生活了许多年，但他们绝不会感觉到这些建筑是属于他们的，他们永远有一种客人与入侵者的心理，尽管他们自己可能并未意识到。这就像一只杜鹃借住黄鹂的巢，一个农民走进城市里，一支入侵者生活在异国的土地上那样。

在北方城市中，哈尔滨是出色的。有人在征婚时，专找青岛和哈尔滨的姑娘。哈尔滨无论在人的想象里，还是在人的视觉内，都是一座纯城、洁城、美城。尽管这样，在哈尔滨生活，你仍有一种偏远的、远离中心之感，一种文明薄弱的空旷，野性之感。你在报上、街头都能看到招领无名男尸的公安局公告，在偏巷能够遇上卖三角钱一碗的米粥，在江堤或其他地方可以看见公开的用玻璃球或扑克牌"押宝"的赌摊，在街上会碰到很快便聚起人群的殴斗……它意味着外省，它的居民与首都的居民很大的一个区别在于：首都市民具有国家意识，它的市民只有地方意识；首都市民的精神体现出开放与接纳，它的市民的精神体现出封闭与排外。

我在松花江租个体小船划了一小时，当我将被冲向下游的船划回时，用尽了全部力气，我担心送不回船了，手上磨起了水泡。

该离开哈尔滨了。我出来寻求的不是城市，城市在我的旅途中，只是像旅行中的客店。我的灵魂所需求的东西，城市是无法提供的。

相比较，哈尔滨火车站的售票厅并不算大，但买票的人同样很多，无论你去哪个方向。路警在维持秩序，我希望买一张午后去伊春的票，最好一两点钟。这样既有时间观察，到达伊春正好找旅馆睡觉。售票员给我的票是晚上开车，我坚持要下午的，她说："给你单开一辆车？"去伊春的车很少，一天两次，一次在早上，一次在傍晚。

## 八月十二日

伊春

伊春坐落在小兴安岭中部，一条狭长山谷里。与其称小兴安岭为山，不如称之为丘陵更恰当些。它的海拔高度都在一千米以下，多为五百米左右，地势舒展、宽坦，最宜形成密布的森林。像任何依地形而建在谷地的城市一样，伊春不会是规整的城市，发展前景也有限。它让我想起了河北的围场县城。

火车昨晚从哈尔滨开出。看着渐渐来临的暮色，我有一种深深遗憾之感。行程将要进入林区，而绵延千里塑造了东北人的性格、血质的广阔的土地，我并没有充分、完整地看到。我似乎不是在做体验旅行，而是匆匆赶赴某个目的地。现在，哈尔滨已经消失了，在柔和的夕照中的是泥土与植物的世界。这里裸露的土地泛着黑色，结粒秀穗的玉米与金黄而略显陈旧的春小麦同时长在地里，偶尔闪现的谷子、高粱及豆类显示着庄稼的丰盛。泥泞的土路伸进村子，在村庄的背后仍然是布满植物的土地，直将你的视线引向天边。你只想到泥土、植物与农业，你看到的是人与自然的融合。土地上劳动的人也许有着许多痛苦，但他们仍保留着一大幸福，他们仍是自然之子。

火车钻过黑夜，晨五时到达伊春。对陌生的事物来说，想象中的形象与眼睛中的形象，永远不会完全吻合。两者的差距莫大于伊春了。伊春既然被称为林业城市，一座森林城，它一定是座森林绕抱、干净、整洁散发着林木气息的小城，天空纯净，照耀在阳光中。实际上，它坐落在这谷地中，形状是狭长的，从它身上你体会不出一座城市的生命感来，它的建筑零零落落，似乎是拼凑在一起的，从高处看，仿佛像行走的羊拉下的粪蛋。它丑陋、破旧，那些随意建起的新楼还未住人，这是因地形限制而不能规划的做法，就像山区的梯田。新旧建筑混杂在一起，如同一个家庭在逐步更换家具。那些旧房子多为平房，零散地分布在市区，它们在建造时，主人显然还没有城市观念，只是为居住而应急。院子用宽厚的木栅做围墙，这在哈尔滨以北便很普遍了，像山里人用石垒墙。参差不齐的木板因多年的风雨侵蚀已变得灰暗，伊春的破旧感主要来自它们及它的道路。伊春的市区形状似乎使它无法具有主街道。火车站前有几路公共汽车通向市区，街道的路面以灰渣、砂石、泥土居多，还未来得及铺上柏油。道路的不洁是无法保持整个市容的清洁的，伊春给我的印象就是一个不大讲究的外省的县城，它的居民也并未因为伊春是市而使自己具有城市性。我搞不清楚这是因为什么，伊春为什么是这副样子，它应该具有自己的特点，应该成为一座精美的、植物与阳光相融汇的森林城。

　　伊春的森林在哪里呢？伊春城的诞生是以牺牲它的森林为代价的。它的蔓延就是森林的收缩。伊春四周的山丘，仿佛是剃过不久、毛发刚刚长起的头，密密生长的都是次生林或人工再生林，原始林已被赶走。我爬上山坡，林内植物茂盛，地面松软湿润浸透了雨水。踩下去，会有水漫上来，纵横着涓涓细流。在这种新生的林子里，很难钻进它的深处去。林木的下部未脱落的枝丫交织在一起死死拦住你。由于地面暄软，风刮过来，便有高大的树干倒地横在地面。它们倒下死了，只因为自己强大。这些森林的后代，紧紧地团结在一起，护卫着自己，它们的兄弟死了，就躺在它们脚下，它们没有生与死的区别，生死都在一起。它们主要是落叶松、樟子松的后代，也有个别红松、柞树、槭树、椴树、白桦的子弟。虽然别人能将它们区别，但它们自己从不区分彼此。它们共同接受阳光，共同承受骤雨，没有一个人说"我"，只说"我们"。在它们的脚下，生活着松萝、石蕊、苔草等植物，这些植物仿佛是在温室中长大，鲜嫩、体大，就像那些城市中的孩子。它们为了不伤着这些植物，从不挪动一步，即使猛烈的风推动它们，它们努力弯下腰来，而一动不动。谁见了这种情况，都会深受感动。既然它们不希望有一个陌生人进来，为了使它们平静，为了使它们生活在自己的世界中，我祝福着它们，向它们告别。

## 八月十三日

嘉东边防站

在我凭印象而定的原计划中，伊春是我的终点站。我将在伊春周围的森林中体验几天，到伐木场看林业工人操作，把森林小火车摄入镜头，带回一只很大的松塔，采集和辨认蘑菇……既然这里已没有原始森林，我将离开伊春。

当地人告诉我，伊春北部的五营有一片原始森林自然保护区，林内据说还有动物标本，已成为游览之地。当它已被精心看护，林内设置人工装饰物，游人慕名前往，它的原始性、纯自然气息还存在吗？这是我极力要避开的。我看着地图，铁路线通向小兴安岭的深处，它的终点在乌伊岭。那里已临近中苏界河黑龙江，有公路通向江边小镇嘉荫。我必须再往前走，看看小兴安岭的深处，并且要去嘉荫。这也许是我一生中唯一的一次机会，错过就是罪过。

还是昨天那次车，早上五点零五分到达伊春。火车向北行驶，便是向里行驶，向上行驶。可以听到火车因爬坡而发出的粗重的喘气声，就像炎夏卧在墙荫中吐着舌头的老狗发出的声音。从哈尔滨到这里，牵引客车的机头已换成烧煤的蒸汽机头，到底是因为我国内燃机头还未普及还是因为蒸汽机头比内燃机头力气大，我不清楚，但这历史最久的车头与这陈旧的普客硬座车厢结合是和谐相宜的。

铁轨伸向这小兴安岭的深处，沿途布下一片片房子，使人烟产生。可以想象，那时小兴安岭还是一座处女林，是这铁路糟蹋的它。铁路修到之处，人们便在两侧筑起房屋，人们永久定居下来，像蚕一样开始吞食林木。那些房屋有木制的、砖瓦的，也有泥土的，它们的形状是统一的，比华北地区房屋的样子好看。它们端正、和谐,给人以四方感,充分体现一种几何美。它的房顶前坡与后坡比例相同,两侧山墙上方房盖伸出,同房子的前檐后檐一样:房梁较长便增加了房子的宽度。这样,看上去房子四称、均匀,富于垂直感,伸展的四檐更具有居室的温暖性,房宽便趋于正方,使你体会出它因与大地更多地结合在一起而获得的牢固与安稳。我为没能摄下一张它们的照片(特别是那兀立于田园与山林旁的土制房屋)感到遗憾。

有人居住便会有田园与农业气息,无论他的职业与土地相关还是与土地无关。铁路两侧不时能看到菜田与庄稼,它们一定是林业工人与铁路工人种植的。蔬菜的种类主要是土豆、圆白菜、角豆、大椒等,并间杂着苞米、谷子、高粱、向日葵等庄稼。见到庄稼,我们自然地会产生一种亲切、温暖的感觉,会想起村子、家,想起亲人,会使我们在任何地方都不感到荒凉、孤寂、恐惧。火车在小兴安岭中弯弯曲曲行驶,已经驶进小兴安岭的深处,但我仍然觉得小兴安岭还在前方,因为沿途我还未见到一片真正的森林,甚至未见到一棵较粗大的树木。尽管这样,你还会感觉到这里是植物的世界,没有一块土壤会裸露出来,植物像覆盖一切的水。看着这些幼小、年轻的树木,使你想不起这是一次浩劫的结果,只想到小兴安岭丰盛的未来,而忽视了它莽莽的过去。我称它们为树木还因为它们中的多数我都叫不出名字来,就像我只有称陌生人为人或人们一样。我有一种喜悦与激动,这喜悦与激动来自对季节变迁的感受的获得。它在天空与云朵的色彩上，在树木叶子的颜色上，在路基与林地的花朵上，微妙地体现出来。很多次我想象着自己走下来，在我想驻足的地方火车不停，在火车停下的地方又是我不想驻足的地方。我想到了徒步旅行。在没有车辆的时代徒步旅行很普遍、普通，而现代却似乎变得不可能，我不知道它是一种进步还是一种退步。

将近十点，火车到达汤旺河，它的下一站便是这条铁路的终点乌伊岭。从地图上看，这里有一条唯一通向黑龙江江边小镇嘉荫的公路。汤旺河有一个名字叫"东风"，当地人仍这样称呼它，最初它是否就叫汤旺河，我没有询问。它现在的名字一定得之于贯穿小兴安岭的汤旺河。汤旺河从小兴安岭的北部逶迤而下，在汤原注入松花江。河道在一条山谷中，铁路与公路便溯河而上，沿途布下一片片大大小小的林业工人的居住区。汤旺河便是一个大的居民区，它在编制上就是一个区。它坐落在平坦的山谷中，密密麻麻的房子已漫上山坡，它的形状很像一个盆底。和沿途看到的一样，它的房子主要是平房，偶有商店或政府机关的楼房耸立在主要街道两侧。这是少砖多木的林区的特征。

通往嘉荫的，简陋的汽车站紧邻火车站，每天有两辆车开往嘉荫，开车时间在这列客车到达之后。在伊春和火车上我都听说，去黑龙江边现在比较容易了，不像前些年那么严。当我看到在售票口贴着的"去往边境地区，购票须持边境证"的通告时，一下子茫然无措了，心情就像笑话中胖子爬上百层大厦就要进家却把钥匙忘在了楼下一样。我向周围人询问到哪里去开边境证，他们说应该来时在当地公安局办理，或去汤旺河公安机关申请。有人解释道，只要有身份证就可买票，真是柳暗花明，我拿出居民身份证和钱一道递给售票员，她连看都未看一眼，便卖给了我票。我此行完全是试探着行进，但没想到这样容易，感觉仿佛已到了黑龙江边。

　　世上有许多事物与事情存在或发生在我们的意料之外，使我们喜而忘形或手足失措。汽车行驶了三十分钟，便中途停下了，这不是一个站，而是通往边境地区的边防检查站。我印象中的边防站应在边境附近，而这里离黑龙江还很远，至少有两个多小时的路程，没想到在这里设了检查站。很漂亮的"黄海"大客车停靠在红白相间的横杆前，然后上来一个戴着"检查"袖标的值勤人员，他的军服的式样与颜色和武警士兵的军服几乎相同。他从前向后逐一检查乘客的边境证件，有人因为证件不全或有疑点而被命令下车。我坐在后面，不知等待着我的会是什么结果，但我丝毫没有恐惧和惊慌之感，我很坦然地将工作证与居民身份证找出，等他走向我。这种心情同一个清白之人遭到误解或被当作怀疑对象时的心情是一样的。他的镇静来自他并没做出什么应该受到良心谴责或肉体惩罚的事情。他接过我的证件查看了，沉默了一瞬，说："你下去，到岗楼去一趟。"我问还能不能再上来，他说可以，当我起身往出走时，他让我带上所有自己的东西。这时，我有一种不祥之兆。

岗楼呈方形，两层，比较简陋。里面的设备很少，一副粗拙、破旧的桌椅，一张可睡两人的简易木床，未修饰的四壁空空荡荡。桌前坐着一位佩戴"值班员"臂章的下级军官，由车上下来的人乱糟糟地围在他前面。这些人多数为当地居民因各种原因未带边境居住证，有的只带了工作证。军官逐个问清每个人住的具体地址，工作单位及当地主要负责人，公安局局长的名字等，能证明他们是当地人的事情，让他们在出入边境地区登记簿上登记后，便回到车里。显然我不是最后下的车，但军官在处理完所有人之后才转向我。显然我的装束、外貌、神态在当地人中都是特殊的，一眼便可从他们中分辨出。完成任务的值勤人员都从外面进来了，军官在检查我的证件，他说："居民身份证只在内地适用，在边境地区不起作用。"他问我到黑龙江边去干什么，为什么没开边防通行证。我回答说，我利用暑假到小兴安岭林区来游览，到小兴安岭后看到离黑龙江很近了，便想趁这个一生中很难得的机会去黑龙江看看，因为听当地人说现在去并不困难。从家里来时并没有想到要去黑龙江，所以也没想到去公安局开边防证。他们开始检查我带的物品，将包里的物品全部掏出，任何一点都不漏过，分处装的钱掏出来了，夹在书皮内的一片纸，塑料水壶拧开，打开半导体收音机听听是否具有特殊功能。军官认为我回答的理由很不充分，并且带着地图、相机、收音机、水壶前往边境，行为反常。长途客车的售票员进来问：他能不能走？军官说不行。售票员走了出去。大客车开走了。

我被带进了检查站里，这是值班室。还是那位军官，他说同我随便谈谈，我知道这不过是审问我的代用词而已。他问我旅游为什么要到并无名胜古迹的小兴安岭来，我说我很热爱森林，很早就想到小兴安岭林区来。他说："长白山也有森林，还有天池，为什么近的地方不去，要跑这么远来这？"我说，长白山森林的格调同小兴安岭森林的格调是不一样的，而且我返回时准备去长白山天池。他说："旅游都结伴，到这么偏远的地方为什么独自一人来呢？"我说，我喜欢单独旅行，因为我出来并不是单纯玩玩，而是进行一种体验，为了写作。他问："你写的是什么？"我说主要写诗。他说："你出来几天了，为什么见不到你写的诗呢？"我说，写诗不同于其他作品，它不是纪实性的，并不是见到什么，就写出什么诗来，更主要的是一种积累。他说："那至少得记点素材吧，你怎么没写呢？"我说，我是要通过日记形式记下所见所感，但这需要安静的环境和充裕的时间（我的日记只记到从秦皇岛去沈阳）。他对我自费旅行，钱的来源表露出怀疑。我向他解释了一些情况及生活上的节俭等。他说，通过他的观察，觉得我的神情不大正常，并像有什么心事。他出去了，一会儿，随几个人一起进来了。其中的一位年龄略大，一定是这里的首长。他对我说："为了对你对国家都负责，在没有对你做彻底了解之前，你先留在这里。我们先给你的单位发封电报，等到回电报后，知道有你这个人，并不是因事出走，再放你走。"他又对一个年轻战士说："小张，你陪着他，可以看书，看看电视，到院子里走走都行。"我问："是不是把我拘留了？"他说："不是。"我说："那是收容？"他说："也可以先这么叫。"

检查站所在地，小山环绕，形成一个不大的盆地。公路从外面拐进来又逶迤而去，仿佛这里是河道上的一个湖。这条路从来不走行人，只驶车辆。这个近于与世隔绝的环境，只有偶尔经过的汽车才会将它的寂静打破。每天上午、下午各一次的长途客车，它的到来成了战士们盼望的时刻。这小小的检查站也因与外界接触而又重新复活。

设在这里的检查站，主要任务是防备外逃与内潜。从地图上看，这条路是通往界河黑龙江的几条道路之一。从这里到江边的嘉荫镇还有一段遥远的路途，汽车也需要行驶两个小时以上。因此，这条穿越莽莽林区的路，没有人步行通过，甚至骑自行车者也罕见。要想从这个地区去江边，即使步行也必须通过这条路，绕过它去穿山越岭是不可能的。从这条路经过的车辆，主要是里面林区采伐点，驻军和嘉荫县往来的车辆。检查站除了对每天往返的长途客车进行认真检查外，当地的货车常常是鸣笛通过，表示司机已与检查人员熟识。如果是货车司机室载客或当地某单位的小客车通过，则要停车询问，检查一下证件。

我现在仿佛已成了检查站的客人，没有人像对待收容者那样对待我，虽然对我的话还不能完全相信，但对一个北京来的客人，一个知识分子，一个因独自远游而具有英雄性的人，他们仍表示出尊敬与钦佩。我处的位置是微妙的：因为被怀疑，我的举止、言行不能做到自然，我的意识中总要使它积极地去消除这种怀疑；因为对我不能彻底放心，他们因职业敏感总会下意识地表现出戒备心来。关键在于中间这层纸，当它被轻轻捅破后，一切便真相大白，那时我们都会恢复本来面目，一切自自然然，敞开心扉交谈。这个时刻还需要等待。

站长中等身高，年龄在四十岁左右，他的适度、和谐的身材决不属于那种行动大于思想、力量大于智慧、情感大于理性的军人，他将先天的灵性与清秀同后天军人的气度与一种特定理论文化的修养融为一体。他的将领的气质与风度是可以被感觉到的，他的和蔼的相貌仿佛为他提供了一扇门，你即使还在很远便能感到他可以亲近。他是那种人们希望在任何地方都能遇见的人。中午我们一起吃饭，饭菜很简单，馒头与一盘芹菜、一盆汤（站里的伙食可能很差，晚饭是烙饼与菜汤）。饭后与站长同室午休。他喜欢下围棋，苦于在站里找不到对手，让我同他对局。我刚刚学围棋，但看得出他也是新手，几局我都输给了他，他说我未认真下。他让我谈谈对当前形势与政策的看法，我向来对此不为关心，我只是凭自己的直观感受与对整个世界发展的领悟谈一些诗人的看法：从人类精神角度看，我抵制这种进步；从物质财富角度看，各国相互制约，没有一国敢停滞不前，因此中国以改革促物质发展是有理由的。站长的看法，表现出他的思想能力与正统理论的修养，这种修养既反映了他成长中所受的熏陶，也是在这种制度中一个有所为者所努力获得的。它既可以使一个人伪善、狡诈，也可以使一个人虔信、认真，这取决于他先天的心灵。我在站长身上感受出的是后者。

我们的话题很广泛，站长让我谈诗，而这时我最关心的还是电报问题。据他说电报发回来至少需要三天，时间的长短我是不在意的，在这里待几天也是我意外的一个收获，我担心的是，边防站的电报发到单位后，不明真相的同事会以为我出了什么事情，当然还有家庭。当我提起电报之事时，站长仿佛刚想起此事，他命勤务员去找文书，我谈了我的担心，要求他写电文时，措辞婉转一些。文书来了，他忽然又想起了我的日记，叫人去取。日记，值班军官已粗略翻过了，站长仔细看了起来。当他完全看过后，对我又好像自言自语："没什么问题。行了，有你的日记，我看不用拍电报了，我们信任你。明天你可以去江边，愿意的话就住几天，然后再回来。"我说："您信任我，我当然万分高兴。"事情就是这样无法预料，而只有无法预料的事情才富于戏剧性。

检查站的生活舒缓、松弛、自在，它没有必要吹起床号和熄灯号，也不出早操。站长可以下棋，士兵也可以搭过往的车出去。它的人员也同经常过往的地方群众建立了某种关系（我见到曾有一中年人牵来一只小狗,要求站长允许让狗留在这里,以躲避这段打狗期)。但是,尽管这样你仍然觉得这里具有正规部队的气息,具有一种有别于社会的、纯正的军事部门的氛围。这种气息与氛围是与社会合流的地方公安部门所不具备的。我想,如果它真是地方公安机关,那么我在这里所受的待遇将会是另一种样子。

## 八月十四日

边防站—嘉荫

当早晨的阳光从窗子照进屋里时,我刚刚起床。我没能看到日出,在这里也看不到真正的日出,当太阳从检查站东边的山顶露面时,它早已走了一程,刺眼的光,仿佛大汗淋漓。

昨天我睡在了那个值班军官的床上,他二十六岁,为连级干部。同室的是昨天刚由伊春市边防局谢参谋陪同来这里报到的一名军校生,他毕业于石家庄武警学校。在他来之前,这里的战士可能已知道,他们将有一个新小队长。当他随我们穿过操场,一起去饭厅吃饭时,士兵们就在窃窃私语,他们的神情显然带着一种不敬,一种对外力加给他们的事物的无可奈何的接受,仿佛一匹新驹对待套给它的羁绊。他的年龄同我相仿,具有一副适合穿新式军服的高大身材,他将在这里开始他的路途。那个值班军官睡在了岗楼里,他有一种品质,这种品质的唯一缺点是缺少创造力。他可以将命令执行得非常完好，但他决不会根据实际情况将命令做些适当修正。他缺乏对艺术的领悟能力，他可以同上司搞好关系，但他永远会被上司视为自己的一部分。他是典型的结构型的人，也是在变化中难于把握的人。

上午唯一的一件事似乎就是等待那趟开往嘉荫的长途客车来，我同值班军官、贾站长、谢参谋分别照了相。值班士兵也在等待，他们可以在客车还未露面便听出它的声音来。检查的程序和昨天一样，今天也扣下了一个证件不全的可疑人，还是由那个值班军官带进站里审问。他说这样的情况经常发生，最近他刚刚遣送三个男女去武汉，这三人的目的便是越境。

告别的时候到了，我问站长，到江边还会不会发生麻烦，他说不会了，万一有，只要一提他的名字便可。

长途汽车仿佛是植物海洋中的一头鲸，在检查站露出呼吸一下，便一头又钻入这绿色海中，它的游动似乎没有尽头。这条道路仿佛来自冥冥世界中的一道刀口，留在大森林的脸上，在极地碎金般的阳光中闪着疤伤。它使道路两旁的树木相互想望，使一个家庭的亲人变成邻居，使一个中心分裂为两个中心，为两部分树木制造了合并的理想。马达声似浪在寂静的水面上滚动，它打破寂静又恢复寂静，一切都像什么也未发生。在森林里旅行和在海上航行一样，不同的是在海上航行见到的是一个整体——大海，在森林里旅行见到的是整体中的一个个小部分——树木，前者使想象丰富，后者使视觉丰富。有道路就总会遗下些什么：林场采伐点，公路道班，驻军营房。鸡和孩子向路边跑去，抱着婴儿的妇女站在院门旁，每个院里都堆起一摞桦木段，当作柴火。这稀疏的房落，在密林深处却散发出浓重的人烟气息，使旅行者有一种归宿感。沿途并未见到一棵原始林木，密密的树林只是它的第二代，它们仿佛是遭到洗劫后的村庄遗下的一群孩子，紧紧靠在一起，看着这庞大的家伙驶过。

林木仿佛是随车走动的送行的人群，渐渐稀少下来，远景呈现出另一种格调来。这是植物消失后的土地，延伸到地平线外面。大片的春小麦在等待收割，它们因成熟过度而失去光泽，黯淡的颜色与褐色的泥土协调地结合在一起，好像土地向空中的蔓延。每个人站在这里都会有一种冲动，这冲动来自面临着得以使力量尽情挥发的场所。这里的一切都带有粗略的痕迹：土地不平，麦田杂草丛生，收获延迟，过多的谷粒遗留在地里。就如多子女家庭的孩子，得不到父母的精心照顾。

临近嘉荫，道路靠向黑龙江。当一条有着大堤，宽阔的、缓缓移动的大河出现在车窗左侧时，我可以确定，这就是黑龙江。汽车停下加油，我走上大堤，江边几个加油站工作人员在洗澡，江水比松花江清澈得多，对岸只是郁郁葱葱的树木，都知道那是苏俄。水泥、柏油、砖墙、商店出现了，汽车在下午三点进了嘉荫。

首先使我惊异的是这里的天空和云。这里好像是一个缩小的世界，天穹仿佛是戴在它头上的一顶草帽，宽阔的边沿伸到了它的外边，使我们无法看见。地平线仿佛就在眼前，虽然北边的地平线与南边的地平线是等距的，但这种极地意识仍使我感到南方很遥远，而北方就是脚下这块地方，我的北方的概念不能越江再向北延伸，我觉得我走到了一个端点。那些云团浓厚、轮廓鲜明，它们的千姿百态使你每观察一个，便会想起一只兽或有人参与的一件事物，想象的程度使你可以分辨出它的身姿、四肢和面目。它们尽管表现得张牙舞爪，却温顺地匍匐在四周。它们仿佛刚刚从地狱中爬出，滞留在地平线上方的天空，很长时间了，它们从未跑到湛蓝的天空中央。它们不是白色的过客，它们是嘉荫给我印象最深的景物。

嘉荫的城镇气息让你感到是强烈的，因为在它与森林之间几乎没有过渡地域，它们之间有一种鲜明对比。虽然嘉荫是一座县城，但从它身上体会不出中心性来，它就像广场边缘的纪念碑，尽管醒目，却不是广场的中央。它坐落在黑龙江边，每一个远方来客都会从更大的范围来意识它的偏远与边陲性。它的建筑高度是适宜的，颜色主调为橘黄，表现着居民对温暖的向往，它没有因高矮建筑之差悬殊造成不和谐，也没有因某一建筑样式过于特殊而使你感到畸形，整座小城在鲜明的蓝色背景上让你感觉到它整体上的美观。无论它的地域、它的环境或它本身都体现出这是一座很有特色的县城。

虽然是下午三点，但我必须去吃饭。这是一家私营餐馆，四十多岁的老板走了过来，他和气地说："刚才我们底下猜测您是从什么地方来的，她们说伊春，我说是从哈尔滨来的。"我告诉他，从北京来。他兴奋得竖起了拇指，连声说："够意思，了不起，了不起，这么多年了你是我见到的第一个来这儿的北京人。"这一家人仿佛遇到了故乡人，他们是河北人，五十年代闯关东到了这里，他们觉得这里很好，没有什么不方便的。他们对我的热情，他们的亲切程度，远远超出店主对顾客表示的限度，这实际上表现的是他们对千里之外的家乡的感情。这种神圣的感情根植于每个人的内心深处，无论他走到哪里，无论他变化多大，他都无法不使自己的思念回到家乡，就像早晨阳光下的影子，无论伸得多长都会返回到它走出的地方。

见到一条河和见到迁徙的候鸟一样，它使你想的很多。想到它的起源，想到它经过的地方，见到的事情，想到它将要去的地方，将要遇见的事情，想到它的或悲或喜的结局。它给你带来了遥远之地的森林的气息，土地的气息，带来了异地村庄的映象，人事的故事，它还将把你这副凝神、多思的表情带给远方。如果你的想象丰富，那么你就沉浸在它给你带来的事情中吧。黑龙江的水的颜色正像地图上河流的颜色，你打开地图那纵横在陆地上的河流的形状多么像雷雨时纵横在天空上的闪电的形状。黑龙江水在夏季的清澈，告诉你它的上游地域的原始，水草与森林的繁茂，河道的完整，流域尚未被工业侵袭。

由于两国共用它成了处女河。

黑龙江与嘉荫擦肩而过，在这方的堤下有一片狭长的河滩积满沙粒和碎小的鹅卵石，妇女们洗净衣服便晾在石子上。镇民们还在这里洗澡、网鱼、洗车辆。他们可以做一切事情，只有一件就是看着对岸近在眼前，但一生都不能过去。没有人游泳敢越过江水的中心线，即使冬天江面缩小结冰，也从未见有人跑到江心。两国共用一江航运，双方船只迎面驶过彼此鸣笛致意，主航道沿途偏向任何一方，都可以行驶，但不能抛锚在对方一侧停泊。两方各在对岸建有瞭望岗楼，甲方有事交涉便挂旗询问，乙方如同意交涉便挂旗响应，一切作罢。在岗楼下面的江岸有我方的一个小军用码头，停泊小型巡逻艇，岗楼如发现有人游泳越江，巡逻艇马上出动，不等越过江心，便会被圈回。凡越境者，抓回一律被判刑。

黑龙江彼岸灌木郁郁葱葱，使你看不到它背后的东西。到这里它忽然中断，裸露出浅黄的沙滩，江岸上呈现一丛白房子，醒目耀眼，仿佛在和北岸的嘉荫镇相对应。它们沿江岸而列，呈四方形，有着阔大的屋顶，体积硕大，美观洁净。两岸房屋的对比反映着两个民族的胸襟与气蕴。用我们的眼光看它像仓库，更合于逻辑的推测它是边防兵营。从那里传来优雅的歌曲声，无疑这是士兵为排遣寂寞而播放的流行歌曲。有时也会传来一阵机器发动声，当地人说，那边像有一个农场。人们看不到的东西，只能去做各种猜测。此岸富有生活气息，彼岸却是寂静的，我始终没有在对岸看到一个人影。黑龙江知道自己被对立的两方一分为二了吗？知道自己已成为某种人为的象征了吗？两岸人民都不能完全拥有你，仿佛人们不能同时拥有白天和黑夜，仿佛太阳只能拥有白天，月亮只能拥有夜晚。

## 八月十五日

嘉荫—五营

我住在了"嘉荫二旅馆"，像嘉荫曾经叫过"朝阳"一样，从旅馆的设备字样看出，它曾经叫"反修旅馆"。夜晚我去了江边，站在坝上，纷纭的星星蜂拥在头顶，北斗星的位置就在近乎中天的地方，好像这里已临近北极。两岸都很宁静，对岸的几盏灯火闪着幽光，就在那里响起过狗的吠声。江中停泊着几只拖轮，在水流的拂动下，不知什么部位发出"哐、哐"声，这里的宁静是乡村式的，工业的触角还无法达到。

我在想，由于生活在边境会给这里的人们的意识造成什么影响呢？他们一定觉得近乎生活在世外，人的眼睛都注视着中央，只有他们自己注意自己。对他们来说，南方、西方、东方意味着道路，可以去行走；而北方则意味着墙，意味着不存在。他们仿佛是生活在天边的人，没有四方概念，他们在空间意识上是半个自由人。那条穿越森林的泥土路，是嘉荫唯一的一条通往外界的路（水路除外），但这里并不令你感到过于闭塞，它的县城同内地任何一个小县城一样，只是它格外干净。这里的人们淳朴、直爽、喜欢客人，这些保持完好的人类的最初品质，我爱饭馆老板、旅店女服务员、江边钓鱼少年、游泳的小伙子马力，都能隐隐感觉出来。这里似乎历史短暂，商业还没发生，人们以友情为重，以敬客为荣。这里文明气息稀薄，人们更容易做金钱、财富、权欲的主人。这里街上支着台球案子，电视收到的苏联节目没有声音，房子有两层窗户，夏天夜里睡觉要盖被子，房里安装地板，冬天烘烧火墙。

嘉荫，一个民族称为北方而另一个民族称为南方的地方，在地域上具有双重意义。我想，人类无非不同颜色的蚂蚁，将地球上的大陆瓜分干净。它们相互之间设立禁区，它们不允许其他颜色的蚂蚁随意进出。人类不如一朵云、一只候鸟，他们的出生地往往就是他们的死亡地。什么时候人类共有一个北方、一个南方呢？什么时候人类走在大陆上像走在自己院子里一样自由呢？

天下没有不散的宴席，嘉荫，虽然我们仅仅相处一天，虽然我像对任何美好的事物一样，将你留恋，我还是不得不即将离开你。你为我提供了一个风和日丽的日子，为我提供了四季中最美的一天，你将我平平安安地送上归途，我知道走在你的道路上就不会离开你的视线，我知道即使我回到家里也会有一条道路曲曲折折地把我同你连在一起。

嘉荫通往汤旺河的客车下午一点开。上车时也有两个武警值勤军人在车门检查证件，我给他们看了身份证，便允许我上了车。当车开动后，我忽然感觉离家近了许多，无论现在离家多么遥远，毕竟越走离家越近了，它甚至比坐在通向东北的火车上时感觉还亲、还踏实，多么伟大的家乡！车行驶到检查站后，我成了享有特权的人。我不受检查，同检查员打招呼，去站里向站长和值班军官等人告别。站长和那个值班军官都不在站里。我对新来的小队长开玩笑说："站长回来你告诉他，就说我没跑。"

从汤旺河换乘火车南下，到达五营时，天已黑下来，我住进了一家很干净的私人小店。伊春的电视台给我印象很深，它的节目有许多国际性的，如六十分钟节目：一分钟播一条国际或国内的历史上的纪实片。它的播音员楚楚动人。东北地区的地方小台比北京台，无论在节目上或在播音员的外貌上都好上几倍。

## 八月十六日

五营—原始林

五营是小兴安岭中仅次于伊春的林业居住区，密密层层的红瓦平房仿佛被风从林中吹出的枯叶，堆积在这山谷洼地上。它像森林的一个霉点，在渐渐扩散。同森林紧邻而居的人是幸福的，如果他们能够观照自身之外的事物，他们一定能够获得一种启迪,一定会悟出一个道理:茂盛与正直在于生长在一起。

(我的笔记一度中断了几天,这里是我此行的高潮,我应该等待那个最佳的时刻。)

(两个高潮,这个写作冲动上的高潮一直没有来临,冬季是安安静静的黄昏老人,没有任何冲动,我这样等待,今天已是十二月二十日,我凭记忆将这个工作进行下去,仿佛一条河拦腰被水库阻住,水库满了,仍要向前走。)

我穿越了整个小兴安岭,寻找原始林不得不在这里停顿。小兴安岭的原始林像野兽一样,已经被人们赶得远远的,仿佛将无处安身,你不跑到远离铁路线的深处去是无法看到它们的。五营原始林自然保护区如同被饲养起来的野兽,你可以观赏它,但总感到你是在看一件人工培育的东西,缺少一种慑人的光辉。

原始森林同五营紧紧相邻,夜里可以听到森林的喘息声,走出五营就进入森林。森林很静,这寂静提供了一个空间专门用来容纳鸟鸣,你感到飞翔的不是鸟而是它的声音,所以你看不见鸟,只看到带羽毛的声音在头顶飞来飞去。阳光从树顶滑落下来,就像一个贼从梁上跳下悄然无声,森林用阴暗围护起一个王国,我远离人群,钻进这里,隐隐感到恐惧,但这恐惧是我自己带进来的,我像一个孤岛四面对水。我奇怪今天是星期日,为何不见当地居民进来采蘑菇或玩耍呢?我很想遇见人或听到远处传来人的声音。而的确有一个男人从林中穿过,我看不见他的外貌,他也感到了附近有一个人存在,他用树棍敲击着灌木丛，并吹起口哨，像胆怯的走夜路的人惯常做的那样，我感到恐惧在加剧，想起要是发生什么如何对付，我也在大声咳嗽，以暗示那个人，我看到了那个人的背影，这是一个三十岁左右的山林人，他走远了，我相信彼此的神经都松弛下来。这时我才发现，我怕的只是人，当然对他也是一样。

这片森林什么时候形成的，我不得而知，当地人也不会知道，因为先有森林，后有砍林人。但他们一定知道这片森林曾经是一个整体的一部分，那时小兴安岭即意味着森林，森林覆盖像阴天的云覆盖整个天空一样，现在只剩下这一朵云，周围是裸露的天空。这林子以红松为主，也间杂少量的椴、槭、柞树等树种，看见它们就像见到侨民一样。看着森林，我想正直是树木生存的先决条件，如果哪棵树歪斜，它便将永远失去获得阳光的机会而致死，正是因为每棵树的正直，它们各自占据的空间才都不多，它们才能和谐地在一起生活，不仅有树木，才能够有森林。而这一公正无上的生存法则为什么仅仅树木独具呢？为什么人类社会的生存法则与之相反呢？卑鄙成了卑鄙者的通行证，高尚成了高尚者的墓志铭（北岛《回答》中诗句：卑鄙是卑鄙者的通行证，高尚是高尚者的墓志铭）。树木在生长中，它下面的曾经是主要枝条的侧枝便被舍去，由此它才茁壮成长。我想人在自己的一生中，不是也需不断舍去一些东西以利前进吗？但人往往把得到的一切都抓住不放，好像获得了很多，其实是束缚了自己，人总是在晚年才醒悟这个道理。

如果鸟默默无声，你无法不想到一个阴郁的男人。我遇到许多这样的森林主人，它向你传递的是紧张、不祥，使你警觉、悚然，这时你似乎隐隐听到了野兽摩擦树干的声音。树干向阴的一面是湿润的，往往长着毛茸茸的苔藓类植物，初次看见，觉得像剃着阴阳头人一样滑稽，它们可以一直通到树端。夏季在荫翳、潮湿的林中行走，唯一的一个代价便是要忍受蚊虫的叮咬，你要不停地驱赶它们，我奇怪的是这么多蚊虫在无人时以什么为食呢？如果林中有可食之物为什么不像鸟那样非叮人不可呢？不时会有倒下的树干横在眼前，多已腐朽被苔菌覆盖，仿佛是一群蚂蚁在吞食动物的尸体。森林是一个有机体，但森林是不死的，死亡的仅仅是树木，这像动物有机体内不断有细胞在进行生死更替。

以前小兴安岭没有人烟，除了局部有鄂伦春猎人活动外，没有人到这里来。人们对林木的需求使铁路钻了进来，它带来的多是山东、河北、河南一带贫困地区的人。中华人民共和国成立后，政府曾搞过这样的一次移民活动，那些农民迁到这里成了林业工人。在夜里我听到从车站贮木场传来的劳动号子声，当我循声走过去时，漆黑的一片什么也未看清楚，一列长长的火车静静地挡住从站心射来的微弱灯光。我等待着那声音再次响起，但仿佛是我的错觉一样，再也没有出声。听到那号子是亲切的，它将一种逝去的东西保留至今，这声音在这个世界上正在被机器替代，这声音也只有在这样的地方还能听到。

# 八月十七日

星期一

丰林自然保护区（五营）

丰林自然保护区即是这片原始林。保护区的中心设有一个工作站，那里耸立着一座瞭望塔，还有一个植物标本陈列室，已被辟为小兴安岭的游览区。房东劝我到那里看看，来到这里不去瞭望塔是非常遗憾的。

近几日都是阴天，太阳偶尔在午时显露一下，投来灰白的光，使你感觉出一个病入膏肓者的气色。今天，天空仍像一块霉变的番薯，布满灰斑色的云，世界因缩小而令人感到压抑。

我从房东那里借了一辆自行车。一条林中简易公路通向保护区的瞭望塔，由于它坐落在山岭上，路大多为上坡。如果可能我还是愿意步行，这条上坡路也迫使我非这样不可。走在这条林木夹路上，我忽然体验到一种东西，那是加西亚·马尔克斯在《百年孤独》中描述过的："这块天地如此之新，许多东西尚未命名，提起它们时还须用手指指点点。""一个还未启用的世界，所以还不太会传递声音。"它异常得令我不安，一种森然、险峻的气氛从四周袭来，这气氛来自自然千百年的造就之功，它的威慑之力就在于它的存在。我想这些树木是从来不需要人的，所以它们永远不会去寻找人类，它们需要阳光，太阳就每日升起，它们需要雨水，夏季就每年来临，它们相信动物、植物的互补、共生，相信造物主的安排：它们提供给动物的只是果实和新叶，而不会有躯干。当人造出工具砍伐它们那天起，共生便意味着解体，这是它们同时也是人类走向末日的开端。它们在地球的表面上正像残雪一样在一点点缩小、融化，土地挽留不住它们。没有森林的世界如同无雪的冬天一样，令人哀叹，那个时代似乎已经不远。

在整条路上没有一辆汽车或行人往来，这一切仿佛都是为我提供的，空荡荡的路不时会被一只松鼠切断，这种松鼠小巧，棕色的背上有黑色斑纹。它们比我在图片或电视中见到的松鼠体型小得多。它们从路的一边机警地溜到另一边，使得这被道路分割成两部分的森林连为一体，它们的出现仿佛是一种声音，使这寂静的氛围被扰乱。松鼠似乎是这里唯一的一种动物，因为这里的森林提供的可食的果实只有松子。这里的林木是单一的，以松科为主，人们无法向它们要求更多的东西。它不像南方的森林，人生活在里面不会饥饿而死，人居住在这里，必须自己种粮食。

丰林自然保护区大概是小兴安岭唯一的一个原始林保护区，这片原始林之所以受到国家保护，主要在于它的经济价值，它是我国唯一的一片红松林，而这种名贵树种，据说在世界只有三处森林。这片红松林保护区约有一万八千四百公顷，林中除了红松外还有少量落叶松、鱼鳞松、红皮云杉、冷杉、山杨、青杨、枫桦、白桦等树木，是一座纯原始森林。这座建设在山岭之上的保护区工作站设备简陋，瞭望塔耸立在一侧，游人到这里主要为登这座塔。今天这里冷冷清清，空无一人。一个工作人员从前边铺设着台阶的林中小路下来，二十岁左右，参加工作时间不长。我同他一起登塔看了看这片原始林的全貌，照了一张林海的照片。这座瞭望塔除了供人观赏，主要的还是为了防火，再有当发现哪个部位有病树、枯树时便即刻派人去将其伐倒，以防病虫蔓延。

观林海除了乘飞机，便是需要有这样一座高耸的铁塔，在其他部位你无法高出林木，我曾在林中试探，极力向山岭上爬，但即使到了顶上你依然在林里，因为森林覆盖了每一块表皮。我向往森林，但眼前这座似乎还不是我理想中的森林，因为它的树种总使我感到一种贵族气，就像如果我到某个异地，我总喜欢接近朴素、风情丰富的大众一样。但我仍幻想，如果我能在这里工作生活几年那将是我最高的心愿。我现在才真正发现了在现代社会里，在这个特定的国家中，想像梭罗或普里什文那样过林中生活是不可能的，因为无论你到哪个地方，哪片森林，都有专人管辖，都有人限制、干涉你，除非你将那生活交给他们安排。这时你才发现世界是非常小的，容不下你去做诗人或大众之外的自由人。

我在保护区前的这片空地，又看到了那种松鼠，它们在周围小心翼翼地转来转去，寻找游客遗下的食粒。它们从树丛或树根下的洞里钻出时，先两只后肢站立，前肢自然垂在胸前，棒槌状的尾弯曲着竖起,四处张望,断定没有危险时才放心前行。它们的体态使我判断不出,它们是幼鼠还是成年鼠,但它们的神态是可爱的。在动物中幼兽都是可爱的,当它们体态本来就很小时,便没有长幼的界限了。还有一种鸟,给我印象很深,它似乎没有一刻不在动,不停地从一棵树飞向另一棵树,它的体态比麻雀小,不仅能以螺旋形沿树干攀缘活动,还能在树干向下攀行,有时它飞到离你很近的地方。保护区工作人员称它为蓝大胆,当地人都这么叫,我查过《爱鸟知识手册》后,知道它的学名叫䴓。

五营没有留住我,该是告别的时候了。它的森林带有人工痕迹,它的树木种类过于单一,它林中的鸟类稀少。现在不是伐木季节,我没有见到伐木场,没有见到森林小火车,没有采到松塔和蘑菇。乘下午五时的火车南行,在站内路基旁我见到了昨晚发出号子声的搬运工人,他们依次坐在木上休息,或裸着上身或戴着披肩,这是典型的东北汉子,他们用一种含义很深的眼光注视着列车从面前经过。再见了,离开你就是离开小兴安岭,也许我一生只来这里一次,也许我下次再来,小兴安岭在原来的意义上已不存在,当树木伐光后,这里的林业工人做什么呢?他们也许要在这里开垦土地,也许要在这里建设工厂,也许他们也像我这样退出去,把小兴安岭重新交给树木,总之我这时像一个退着离开家园的游子,看着小兴安岭离去,我最大的心愿是,所有生活在里面的人,都会有我这一天。

# 八月十八日

佳木斯—牡丹江

我决定返回的路线是东线,这样可经过佳木斯、牡丹江、图们等地,看看镜泊湖、中朝界河、天池。火车是傍晚离开五营的,夜里到达南岔,然后换乘去佳木斯方向的客车。到达佳木斯天还未亮,这使我放弃了在此下车的念头。一切都是在夜里进行的,除了灯光和一闪而过的建筑物的轮廓,什么也无法看见,这难耐的、想睡也睡不着的车上之夜使我也无心再注意什么。陌生的大地在我身旁移动,我只有表示遗憾。

凌晨火车到达勃利,我在此下车。勃利在佳木斯与牡丹江之间,是黑龙江省的一个普通的县城。下了火车,一出站口,它的边远、偏僻、自己治理自己的气息便会被你感受到,它的眼光或许注视的是远处的东西,或许像一个穷人还无暇顾及自己的仪容。建筑不整,街道阔大积满尘土,像那些村镇混合型的县城一样,街上行人面容与衣饰差异分明。向城中心走,它的整洁的城市气氛渐渐出现,我去了农贸市场,这里的蔬菜正是一年中价格最低期,西瓜也很便宜;在新华书店,买了一本半价的库柏的《打鹿将》(后来在火车上,一同座认为是"打麻将")。我发现,东北地区人的口音并不重,比天津人口音还轻,他们在口语上只有两处使我印象较深,一是他们习惯于将这地方、那地方,说成"这疙瘩儿""那疙瘩儿"。另一是当他们肯定或同意时，不说"对、是"，而说"嗯呐"。这一特点在东北的沈阳以北都可见到，这种语言上的特色使东北人成为一体，我想在它的边沿，这种语言是如何淡化、消失、过渡到另一种语言习惯上的呢？他们之间界线分明吗？这种界线也一定像一个地区降雨和另一个地区晴天的界线一样，不会出现人可一脚站在雨地一脚站在晴阳下的现象。

中午，乘另一次开往牡丹江的客车，离开勃利。勃利像一个人的名字，勃利也的确像一个东北人，喜欢戴一顶灰或黑色的礼帽，但东北人从不会在服饰上取悦于人，因为他们在衣着上一讲究，便会显得做作、滑稽、不自然，他们只有穿着随便才会与己和谐一致。他们引人注意的永远是衣服里面的东西，这东西是一个混合体：固执、专断、任性、善良、豁达、笨拙、粗俗、慷慨、力量、凶狠、义气、直爽、轻利。

车上发生了这样一件事：两个不足十岁的孩子，兄八九岁，弟五六岁，因父母原因，离家出走，上了这次车。他们的异常表现使邻座的乘客询问他们，中年女乘客拿出自己的食物摆在他俩面前，两个男孩虽然因饥饿眼睛盯着食物，却很有骨气地向后退缩，这是未来的东北汉子。中年妇女带着自己的孩子，她的为母之心超出自己的孩子之外，她为那兄弟俩买了盒饭，直到说服他们吃下去。我想，她的举动受益的也绝不限于这两个流落在外的孩子。

这里是丘陵地带，火车偶尔会钻隧洞，虽然纬度高，但东北的河流比华北丰富，不时听见火车过桥的隆隆声音。没有什么特别引人注目的东西，地形起伏限制了视线，人们居住在地表的褶皱里，很像泥垢滞积在皮肤的褶皱里，这个比喻虽然不敬，但却是最恰当的。有时我看到远处有一片黄褐色的地面，以为是裸露的泥土，原来是成熟而未收割的春小麦，它生长在黑色土地上。

傍晚，火车到达牡丹江，这是个富于传奇的名字，但我已无心逛它的街市，我需要休息。我找的仍是一家私人小店，因为它价钱便宜，且有接站车，只是自行车。在去小店的路上我发觉牡丹江的城市是整洁、美观的，但进入偏僻小巷时，仍使我摆脱不开凌乱、肮脏的感觉，表里不一是人难以根除的劣性。

## 八月十九日

**牡丹江—镜泊湖**

晨七时一刻，火车从牡丹江开出，此次车的终点便似乎是东京城，它大概为旅游而设。这个普普通通的小站为什么叫东京城，我不清楚，但你千万不要由此想到日本的国都，这里的任何一点都有辱它自己的名称。它是一个随意拼凑在一起，房屋陈旧的小镇，车站小广场仿佛是一个垃圾场，街道污泥龌龊不堪，路面凹凸不平，一切似乎都无人管理。在这样的镇里，我仍然躲躲闪闪地找到了新华书店，买了一本《德彪西的钢琴音乐》留作纪念。

车站不大的广场摆满了大大小小的客车，它们多为私人运营，车门大开，"去镜泊湖的走啦"响成一片，可以随你选择上任何一辆车。车开得很快，沿途不时见到瓜农把西瓜摆在路边候卖，瓜田就在他的身后。越往前行，即使在车上，也能感觉到一种湿润、幽静的气氛在逼近，即将呈现给我的会是什么样的镜泊湖呢？我想，任何事物呈现给人的都是两次，一次在人的想象里，一次在人的视线里，它们永远不能吻合，依据是什么呢？这想象中的事物，一定是自己认为那个事物应该这样，但当它呈现在你的视觉里时，往往与你想象的大相径庭，使你失望。失望是必然的，除非你不去设想。

镜泊湖实际上是蜿蜒在山谷中的一条河，这条河名叫牡丹江，由于火山熔岩堵塞河道，江水积而成湖，这是自然天成的堰塞湖，湖水依山势而变形。汉字的独特之处是它们仿佛也有生命、性别、感情，它能帮助你认识它所表示的事物，但多数情况下它把你引向歧途。为湖泊命名没有比"镜泊"二字再令人遐想的了，它将人赋予湖的所有美丽之处都包括在内。美的风景如同漂亮的女子，吸引男人追求。镜泊湖的美已非处女的美，她已横遭污辱。这里已建旅馆、酒家、饭店、游乐场、疗养所，还有大量的每日一换的游客。

这个时期正是东北的雨季，牡丹江江水上涨，流水溢上通往瀑布区的甬道，游人纷纷赤足而行。江流水势汹涌，瀑布的喧嚣之声从树丛传来。这里是一处阔而深的火山口，一面形成十余米高的峭壁，江水由上而下，成为一壮观的、北方罕见的瀑布，这声音使你想到千军万马，感到一种群体的力量及个体的渺小。镜泊湖狭长几十公里，观其全貌只有乘游艇，但当我到游艇码头时，游人高峰已过，我无法凑足达到开船的人数，只得作罢。

镜泊湖与吉林相邻，离延边很近，不时闪现在眼前的朝鲜族人，使这个地区具有一种混杂的民族气氛。朝鲜族人都是组成群体，从图们、延吉来镜泊湖游玩，显出这个民族的凝聚力。晚上我没有住上旅馆，反而正合心意地找到了帐篷旅社，住进了一顶两人小帐篷。与我住在一起的是从牡丹江工厂来的一个二十来岁的小伙子，他身材不高，但精悍、机灵、聪明，是个招人喜欢的男孩。他是鲜族人（当地将朝鲜族人简称朝族或鲜族人），家族中有亲属在朝鲜和韩国。他说朝鲜生活很苦。帐篷都支在停车场的边沿，紧邻草坡，晚上旅游车都开走了，广场空旷，在帐篷群旁木杆上亮着唯一一盏灯。虫鸣像潮水从四周的草丛中涌来，这是比任何人工音乐都悦耳的声音，这是我第一次睡帐篷，第一次与自然同眠。

## 八月二十日

镜泊湖—图们—安图

晨由镜泊湖返回东京城,等车去图们。东京城小站乘车的人熙熙攘攘,朝鲜族人着民族裙服,顶包而至,他们聚到一起,便辟出一地,他们随身携带腰鼓,有伴奏有歌舞。昨天,在镜泊湖畔,在木杆上那唯一亮着的灯下,结队游玩的朝鲜族人,不分年龄,不分男女,曾一起载歌载舞,直至深夜。他们不怕围观,旁若无人,最充分地表现自己。

同汉族相比,仿佛世界上任何一个民族血液中都有某种崇高的东西,它可以同这些民族的灵魂结合,也可以分离。它将一个人分裂为二,一个是他自己,另一个是不能固定的东西,这也许是善,也许是美,或者上帝,或者国家。在许多特定情况下,他爱那个东西胜于爱自己,他看那个东西远远高于自己,他可以为了那个东西贡献自己,牺牲自己。这样的民族具有凝聚力,它在任何外族面前都可显示出自己是一个整体,极少出内奸、叛徒。除了根植于人的天性中的东西(如对美、善、真的直觉的倾向,对超自然力的恭敬),没有任何外在的事物、准则能够束缚他们,他们充分地享受自由,放纵生命。因此,他们不怕自己动作的笨拙,不怕在众目睽睽下出丑。这些都是汉族人所缺少的。

列车虽然开往的是偏僻地区,但乘客并未减少,这是我此次旅行遇到的乘客最多的一次列车。车上本来便已拥挤，在这里上车的人又很多，我上车后只有站在车门旁。这是两节车厢的接合部位，没有窗户，密不透风，又临近厕所。拥挤、疲累、闷热、污浊的气味，使人焦躁、恶心。车门玻璃肮脏，视线不清，更使我感到格外压抑。使我顺利渡过这困境的是两位朝鲜族姑娘，她们跟着母亲和其他亲人，拥挤使她们不能聚在一起。这两位姑娘就在我的身旁，她们不像亲姐妹，年龄超不过二十岁。一个体态修长，文静含蓄；另一个身体矮小，但匀称小巧，活泼开朗，表现得单纯天真。她们身着鲜艳素洁的民族服装，有的略带褶皱和污迹。这些已婚妇女几乎都体态肥硕，呈臃肿之态，面容并不漂亮，她们让人想起的是家务和生育，而不是她们特有的歌舞。这两个朝鲜族少女是美丽的，她们也许数年后，也将成为那样的妇女。

在旅途中我发现这样一种现象，它是人们平时常遇到的。这种现象便是在无数陌生的面孔中，我总看到某个熟人的影子，那面孔使我想到一个人，他们相像的程度使我吃惊。我看到了有像诗评家吴思敬的人，有像《青年文学》诗编赵日升的人，有像《中国交通报》记者苗木的人。这使我想到一种类似的事情：在生产无数的锁中，总有钥匙完全相同的。人类仿佛是上帝造出的，上帝造人时，使用了模子，他的模子各异，但当需要造出的人非常之多，超出了模子的数量时，上帝便不得不使用相同的模子造出多人，这些出自同一模子的人分散在各地，当人们来往时，便会相遇。

火车傍晚到达图们，我要在这里换车。它离我乘的下一次车开车只有半个多小时。图们是中朝边境城市，图们江对岸便是朝鲜，我一定要到江边去，看看对岸。图们是近期升为市的，但它的城市规模仍像一个大县城，市内没有公共汽车，唯一的交通工具是等在火车站的三轮车。从车站步行去江边时间绝对不够，因为图们江在城市的另一端，坐三轮车需二十分钟。车主要价二元，我力争讨价，定为一元，因为我的路费已屈指可数。穿过市区，接近江边，一座公路桥将两岸连接起来，在桥的这一端，我方边防岗设在了街内，从边防岗到桥还约有五十米的街区。接近桥头是不可能的，站在这里既看不到江也看不到对岸的情况。看来这一趟除了看看市区，便没收到任何效果了。车夫见我非常失望，便拐向右边，这是一个十字路口，向前走不远，有一座小桥，桥下是一条人工河道，通向图们江，河已干涸。我问行人接近江边会不会有哨兵限制，行人如何答复的，我似乎并未听清，因为时间很紧，我迅速向江边跑去。江水很浅，裸露出河床，使灰暗的水流分为两支，江面并不宽，似乎涉水也可过去。整个江水和对岸都呈灰暗色调，仿佛这里是一个工业区。对岸有一座山丘，在山脚下，耸立着一群住宅建筑，但冷冷清清，毫无生活气息。联结两岸的大桥笔直地伸向彼岸，桥上同样寂静无声。我匆匆拍下一张照片，返回三轮车上。路上，车夫喘着气向我说，你的心愿也达到了，再给加点钱吧。这是一个并不壮实的三四十岁的男子,从相貌上看带着乡下人的憨厚神态,但拉车这一行业教给了他狡猾。

我的下一站是天池。从地图上看,我原计划由图们到和龙,这里是铁路终点,再乘汽车前行。那条公路线紧邻边界,可通向天池。当地人告诉我去天池要到敦化,然后在那里换乘长途客车,路上还要停宿一夜,才能到达天池。这是人们从北方去天池的最方便的路线。

火车到达敦化已晚上十点钟,当地人称它为安图,似乎涉及县城迁移问题,总之它是一座县城。我住进了明早开往天池方向的长途车队旅社,所住房间有四张床。你想过没有,一间旅店客房意味着什么呢?它意味着浓缩的社会,意味着一部内容丰富的书籍。那些走南闯北、身世复杂、阅历广泛、经验丰富的人投宿进来,每个人都是谈话的不竭之源。在这间房中,另外三个人,一个是捕鱼的,这个人瘦削、黝黑、高个、嘴唇很薄,他的年龄在二十五岁左右,刚从镜泊湖区回来,并向人们夸耀他的收获,他的捕鱼诀窍,他如何贿赂湖区管理人员,口气中带着吹嘘的成分。这可从他自称挖参中证明出来,他说半年打鱼,半年挖参。我问他最大的参有多重,他说有八两,他曾经挖到过六两重的。另一个人我不知他的底细。第三个人是个真正采集草药的,他的年龄在三十五岁左右,长脸形、中等身材,他有副善良的面孔,这种面孔即使在它下面的那个人已经堕落也不会改变的。从同他的交谈中,我也感到了他的谨慎和老练，这种谨慎和老练带着可感的狡猾成分。这是在不了解对方、防备自己受骗时才有的狡猾，它是在与人交往、付出了代价后才具备的。

采药人出身采药世家，他并未读过书，至今还不会写信，但这并不妨碍他具有丰富的植物、药物知识。现在他奔波于各大城市之间，各药材公司、药材收购站都请他做名贵药材识别员，他经常去北京。他向我讲了采药的活动，自古流传下来的采药的规矩，至今仍被采药人遵守着，渗透到山林来的科学，改变不了他们的那些观念。采药者似乎也有一个行会，谁也不能为私利妨害别人。他们进山时要选择日期，进山前要祭祀山神，仪式完毕，当他们结伙进入山林后，便沉默下来，彼此不能搭话，只用木棍敲击树干来相互呼应或告诉对方什么消息。除了一根木棒外，每人还携带一只药袋和专用的采药工具。进林一次需要几天或更长的时间，回来也许有些收获，也许收获甚微，也许一无所获。

东北的药材产地主要是长白山林区，名贵药材有人参、鹿茸、虎骨、熊胆等。最大的自然参只有四五两，这是采药人在采药和识别自然参与人工参时所见到的最大参，那个捕鱼小伙子显然在吹嘘了。虎骨是指虎在自然死亡时站立不倒，直到尸体完全风化，遗立一具骨架。

随着交谈时间的延长，采药人的善良天性愈来愈被我感受出来，他三十过五，刚刚得子，他家便住在吉林长白山林区，他一年有一半时间奔波在外，他的经历和山林经验都使我很想将它写下来，我想与他保持联系，他给了我地址和姓名。他希望我写他，他在南北奔波中遇到无数复杂的不可理解的事，他说想全告诉我。是的，他本来并不属于社会，他属于山林和植物。

## 八月二十一日

安图—白河

昨夜电视吸引了另外两个人，电视使现代人的交谈减少，他们回来后，便匆匆上床睡觉。我与采药人在关灯后，交谈仍细声进行。

汽车上午八时启程。安图是个很普通的外省县城，它的简陋、残破、不洁、随意性，表现了这个地区的概貌。

无论如何，这里植物是强大的，在它之中人们还处在苦苦挣扎的状态，无暇将自己建起的与植物对立的人工物理想化，人们的第一愿望是实用，整洁与美观还是一种向往，一种有待实现的梦想。

东北的山是低矮舒缓的，山间布满树木，公路两侧常常出现河流，在公路上旅行绝见不到原始森林，能够见到的只是次生林与低矮树木混成的灌木林，它们郁郁葱葱，遮蔽土地，使人感到到处都是植物的世界。我想写一首诗，名字就叫《植物的胜利》。在从安图往白河的途中,已进入长白山界,这里的树木种类比小兴安岭丰富,以至我想,我如果选择一个林区,应该是在这里。沿途会见到零零落落的朝鲜族的房子,它四方形,宽大但低矮,没有火炕。在沿途遇到很少的居民中,难以分辨出汉族人与朝鲜族人,因为他们穿着相同的服装。

中午长途汽车在路上的一个固定饭馆前停车吃饭,下午三时左右,到达白河。当地人习惯称二道白河。这里有一条铁路线,白河是终点。房屋零散地安置在一片平坦的谷地上,山形隐隐可见。人们悠闲地做着自己的事情,站前形成了一个商区,许多人家都开设了私人旅店。在这片居住区中,耸立着数十棵醒目的美人松,棕黄修长,挺拔的枝干分外耀眼,在此地,它们是最引人注目之物了。很容易将它们想象为与环境不相协调的、体型高大的红皮肤的外国人。

我住进了一个私人旅店,同室是一个林学院刚刚毕业,到这里的林业局报到的大学生。天下着小雨。

# 八月二十二日

天池

今天是我此次旅行的第二个高潮。天池对我是一个神秘的地方,不仅是一些报刊曾报道过天池发现怪兽的消息,还因为它隐蔽在长白山深处。

连日来，这里阴雨绵绵，没有一个完整的晴天，每年这个时期都是如此。而今天，早晨东方已现出朝霞，抬头望去，晴空万里，这是难得的一天。从早晨六点至七点，白河火车站前的空地上乱哄哄一片，随意停着的大型客车前，簇拥着游客。这些车不知是从何而来，它们专门从这里跑天池。我乘的是旅社的大轿车，车票是昨天买好的往返价八元，包含进长白山自然保护区的一元门票。

通向天池的是一条林间路，路面是沙土，虽然起伏不断，但很平坦，这种路雨天不泥泞，晴天不扬尘土。路面不宽，只宜单行，除了每天去天池游览的车外，偶尔有保护区的小车来往。游览的车同去同归，在路上很少有会车的情况。路两旁是混生的杂木林，树干不粗，很融洽地长在一起。虽然它们还不能称是过伐林，已是再生林了。树木混生很像各人种的兄弟生活在一起，它们相处和平融洽，没有争执冲突，是因为每棵树木的目的都是向上。如果人类每个人都有自己的目标，可能就不会有嫉妒他人从而陷害他人的现象了。可是今天人类不仅各人种之间不能和睦相处，就是同一种族的人也在厮杀。

路上我注视着两侧繁衍的植物，回想着整个旅途的见闻，我发现除了沈阳有一些近代的文化史迹外，我没有见到一座庙宇或古建筑。东北没有文化因素。

南方是城市的，北方是乡村的。南方是人工的，北方是自然的。南方是文化的，北方是原始的。南方出人工产品，人的力量去用作制造；北方出自然物品，人的力量去用于获取。南方人是商业的，精明、吝啬、理性节制；北方人深厚、慷慨、感情用事。是的，北方的土地是肥沃的，人们不必去生产，便能获取自然的奉献。人们不必工于技艺，自然生物已给人们启示：自然天成永远大于人工技艺。人的性格为什么要后天地被改变呢？人们完全可以任天性和感情自由行动。北方的男人、女人都是直接的，毫不掩饰表现自己。

中途在长白山自然保护区工作站停车，办理进入原始林区手续。这里立着一块介绍长白山的招牌。长白山面积八千平方公里，计十九万公顷，历史上称有不咸山、马大山、太白山、太皇山，金代始称长白山。当地百姓俗称老白山、白山，我在打听去天池的走法时，还听到过对方称白山。长白山海拔两千六百九十一米，主峰为白云峰。植物繁盛，有红松、落叶松、椴树、水曲柳、核桃楸、黄菠萝、岳桦林、矮曲林、云冷杉、美人松等。植物分布随海拔高度而不同。两千米以上为高原冰冻，只生长苔原植被、地衣、苔藓等耐寒低等植物；两千米以下逐层为岳桦林、阔叶林等。短时停车后，汽车又继续前行，道路的坡度已明显增加。马达奋力的吼声淹没了林中的鸟鸣，森林无尽无休，久阴后的阳光照在林中点点白桦树干上非常明亮。白桦无论长在哪里都是醒目的，它们的银色树干仿佛天然的皮肤。星星点点的白桦像一个个姑娘，置身于松林的小伙子群中，使它们显得挺拔、高昂。坐在车中，看不到远方，不知何时到达天池，只是观察着那些相似的树木。我没有机会走下车，进到林中去，这里的森林比小兴安岭树木种类多，我寻找的森林应该是这样的，东北的药材产地主要是长白山林区。

当汽车行驶到森林的边缘，实际上是森林的中心，光秃秃的山顶在森林之上的远处显露出来，那是长白山的某一主峰，天池便在山顶。茂盛的森林仿佛一路在跟着汽车奔跑，这时不知它们突然停在了哪里，现在眼前是片片生长艰难的岳桦林，它们的肤色类似白桦，它们仿佛是一群畸形的人，无论主干或枝杈都扭曲着，似乎在生长中遇到不少阻力。它们的样子像晃动的火苗，也使我想起凡·高的画。这里海拔增高，气温降低，只有它们还能生长。汽车停在了这里。一条溪水自上而下，因喘息而哗哗作响，去天池便沿这条溪水而上。

汽车到达时间是上午九点，预定下午两点返回。远远望去山已在眼前，岩石裸露，没有植物。爬天池的人不绝如缕，从山脚下蜿蜒而上，看不出路来，但人们仍前后相随。山呈钝角形，但凹向这方，在山脚部位敞开一个山口，溪水从山口落下，形成一个不小的瀑布，在山脚望去，就是一条垂下的静止的带子。人们要从那个山口进去，长长的一列纵队，正向那里蠕动。山坡是滚落下来的碎石构成的，带着烟熏黑痕，这是火山爆发后的结果。长白山最近一次火山喷发是在一七〇二年，天池便是喷发后的火山口，形成了一个火口湖。

从停车地向那个山口望去，似乎很快就会到达那里，但走起来时，你同山口的距离如同固定了一样，仿佛你无论走到地球的哪个部位都改变不了同月亮或太阳的距离一样。火山喷发后形成的山坡，凝固了大大小小的石块流，人蹬在上面会有意想不到的滚动，这使游人喜欢踩着前边的脚印走，但前后的距离不能太近，以防前边的人蹬动石块滚落下来。在这碎石坡上仍形成了一条不太明显的路。坡上没有一株植物，在山口的瀑布上方环绕着蜂群一般的岩燕，它们给这死寂的山谷带来了生命气息。岩燕近似凄厉的叫声融汇在瀑布的喧腾中，这近在身边的轰鸣，振作着爬山者的精神，它仿佛是不断散射出的力量，注入那些因习惯文明生活而虚弱的肌体中。一个小时过去后，我才爬到山口的瀑布前，再努力一下便能登上山顶。我坐在瀑布近旁的石块上休息，作为自然界中的奇观，这条瀑布还略显弱小，但在北方，在这个特定的地方，它仍是令人不肯离去的奇迹。瀑布飞扬的水丝在阳光下形成了绚丽的虹霓，我带着照相机，却不能拍摄下来，因为里面仅剩三张胶片了，我不知道前面等待我的天池会是什么美景，也许瀑布仅仅是它的门户，真正富有价值和魅力的东西还在门里。使我惊奇的是，我在乱石宽大的缝隙中，看到一只穿行的褐色小鼠，我相信它只是按它的常态在活动，<u>丝毫不为近旁的游人惊动</u>，我想象不出它在这寸草不生的地方吃什么食物，这里不会只它自己，还会有它的家庭以及它的同族。

跃上山口，是一条平坦的山谷，溪水从前方哗哗流淌而来，在山口跌下，形成瀑布。看不到天池，似乎它还在很远的地方，还要爬上谷地两侧的山峰。游人不问收获，只求耕耘似的随着而行，即使天池还远在天边，也不会放弃前行，半途而废，只有这样刚才付出的代价才会有报偿的希望。这是一种心理的惯力在推动人们行走。在游人中不乏老年人与带小孩的妇女，有着本民族裙装的朝鲜妇女，但我还未见到一位穿朝鲜族服装的男人，或许在行动便利上汉服比朝鲜服装效果好。当我以为天池还很远而漫不经心观看两侧山岩时，忽然水声戛然而止，仿佛哭叫的孩子因受到惊吓而突然终止下来一样，我惊异于这个变化，向前看时，天池的尾部已呈现在眼前了，因意外而带来的喜悦油然而生。想象与现实又一次在瞬间印证，而眼前的天池与想象中的天池比较相近。

　　天池的形状像一个圆润的蛋或长白山的一只眼，呈椭圆形。换个说法，天池仿佛是模基上取走的蛋留下的凹痕或瘦骨嶙峋的山睁着的一只凹陷的独眼。这种比喻从美感上说是不恰当的，因为看到天池后的第一感，决不会使你联想出这样的意象来，它的美丽、俊秀，仿佛仙境般的氛围，使你深深迷醉。你不是站在崖顶俯身观看一个深潭，天池的四周百分之八十是峭壁，这里则是一个缺口开向山谷，你正走到这个缺口上，天池水伸手可及。从这里观看天池有平面感，天池像一块一丝水纹也不兴的水晶，对面湛蓝的山岩的界线，使那道山岩仿佛悬在了空中。浓重的白云近似雾霭，堆积在崖顶，不断翻滚变幻，有时会从崖顶跌落下来，掉入水中。一走进这个谷地，太阳便被大团白色珐琅般的云雾遮蔽了，使这清爽、寒冷的境地，更增添了一丝阴森之气。

天池是一个火山口，最近一次喷发在一七〇二年，除了积存的雨水和融化的雪水外，我猜想它的底部一定有涌泉，不然它不会形成一个常年向外涌水的湖，松花江、图们江、鸭绿江均发源于此。天池南北长四点八公里，东西宽三点三公里，总面积二十一点四平方公里，水域面积达九点八平方公里，水深三百七十三米，是我国最深的湖。从视觉上看天池没有介绍手册上讲得那么大。天池的气温保持在零摄氏度至十七摄氏度，水温保持在零下七摄氏度至零上十一摄氏度。一月末封冻，冰厚一点二米，第二年六月解冻。我用手触了触水，感觉像冰水，在这样的水温中，既无水生植物，也无水生动物，天池的位置又像一个天然避风港口，因此水面像固体的一样，平静、光洁、透明。游客们站在水边，忙于照相留念，没有人敢下水游泳或赤足嬉水。天池的水边，映出罐头盒、包装纸、汽水瓶等工业的造物，游人们污染了天池的环境，就像他们在寺庙污染僧侣的心灵一样。

我的相机中还剩三张胶片，它不允许我有过多奢求。我要将天池全景照下，这只有同它拉开距离才能做到。我向北坡爬去，坡上滋生着低矮的植物，我叫不出这些植物的名字，他们颜色鲜艳，有的开放着小小的花朵，在这一尘不染的地方，格外美丽。我从介绍书上知道，天池地区生长着长白杜鹃、高山罂粟、百合、倒根草、白山鸟头、长白龙胆、高山菊、松毛翠、长白越橘。我只能知道这么多植物，它们也许不能生长在同一季节里。从山岩的缝隙里渗出涓涓细流，淙淙有声，它钻入碎石和草丛中，只是偶尔露出，闪出亮光。我跪下吸了一口岩水，清凉甜润，沁入心脾，这样做我并未考虑它是否含有对人体有害的成分。如果将天池全貌照下，我的相机还略小，无论我站在坡上的什么位置，都有一部分不能进入镜头，它要占天池的四分之一。我如果要在这里留个影，必须有另一个人的帮助，但游人们只是在天池旁休息一下，吃些食物，便返回，没有人像我一样爬上来。后来上来一个人，他是长春《公安论坛》的记者，我们互相为对方照了相。

从停车地向天池方向望，似乎很近，但一路上用去了两个多小时。从停车到开车的时间只间隔五个小时，是动身返回的时候了。我在黑龙江带了点岸沙，在小兴安岭取走了一小袋黑土，在天池如果带走什么纪念性的东西，最合适的是火山喷发时燃烧后的礁石，它们很轻，浮在水面上。还有新的游客在源源走来，离去的人偶尔受到询问。

天池已从我的视线中转入到我的记忆里，我一路听着清脆悦耳的水声，水中的一切都清楚地袒露出来，它在奔流中无论遇到什么，都会将心中的想法讲述出来，充满童声、天真、单纯、直率、真诚。这是河流的童年，正像任何事物的本态。这一切在它的生长中不断失去，它的成年变得混浊，将一切隐藏起来，老练得不再发出声响。它缓慢地流着，你看不到它之内的暗礁、旋涡，你不知它一路想些什么，它有了城府，学会了虚伪，从外面你猜不出它将要做什么。它将给人愉快、欢乐，令人感受纯洁天真之源堵塞了，而为人打开了障碍、复杂、困惑、痛苦、灾难之源。我不知这是不是一切事物发展的必然，事物能不能保持它的本态？这是由什么造成的呢？我坚信了我的那个想法：美好如初。人们为什么不说美好如终呢？

归来的路最短。因为归来总是走向自己的根，就像影子远离自己的母体时延伸得非常缓慢，而回归时只是一瞬间。出发时我们不知目的地距离我们有多远，因而也显得路程很长。疲倦与新鲜感的消失使人不再留意归途中的景物。

为了节省住宿费用，我决定坐今晚的火车启程。虽然我知道在车上过夜一定是不眠，而且列车夜间走过的路途对我又是一个空白，但为了回去，我必须计算着手中有限的资金。现在是下午五点，火车要在晚九点开车，这里是个终点站。在所有偏远的地方，车站是个天然的市场。白河火车站虽然是个终点站，但它的规模只是个三四等小站，这是铁路伸入长白山区的端点。白河不像一个老村庄，它是后来进入这里活动的各类人的汇居地，它也不是一个镇，房屋和人口都很少，这里是一个向分散在长白山区各处居民点进发的中转站。车站前的小广场上摆着各类货摊，引起我注意的是来自南方企业的推销员，他们的推销表演吸引了一圈无所事事或候车的人。有一个叫卖"虎鞭"的中年男人，他自称是当地小学教员，从他的装束、气质能够看出，这是一个被职业磨掉了东北男子汉棱角的人。它所用的包装纸是小学的作业纸，看着有一种滑稽的意味。他的职业和脑力劳动者特有的服饰并未妨碍他言语的民俗化，他自称这根"虎鞭"是他祖传下的，曾拿到北京同仁堂药店去估价。那是一九四九年的事情，中华人民共和国成立后政府限制打猎，猎人也消失了。如今他将这根家藏四五十年的珍物拿出出售，每两十余元，不是为了赚钱，而是为了使病者解除痛苦。他手里拿着这根因失去水分而坚硬的"虎鞭"，大声介绍：

"虎鞭"就是虎阴茎，生殖器，这是学名，俗名一地一个叫法，如"虎鸡巴""虎得儿"等。"虎鞭"是虎体中第一件宝，有一鞭二骨的说法。常言道：虎老雄心在、虎死不倒，虎虽死去五十年了，但"虎鞭"还有血脉，并未死。

他为了叫人相信，当场试验，他切下一片"虎鞭"然后用火烧着，投入盛水的杯中，它漂在水面，一丝血污没入杯底。他为加强货物的真实性，给人指出动物中唯一的虎阴茎有三根分岔儿。"虎鞭"有倒刺，交配时，母虎痛得嗷嗷大叫。那么"虎鞭"能治什么病呢？他直言介绍：

肾炎、肾虚、腰痛、阳痿、遗精。什么叫阳痿呢？两口子想亲热亲热了，小伙子刚喊一、二、三就投降了，四、五、六就交枪了。

他边说边用手势比画着,他的食指开始是直立的,然后便弯下了,喻为性生活时的阴茎。这样的大言不惭,使围观之人哄声大笑,我发现了一个未婚的姑娘,借哄孩子之故,在外围仔细听着。卖药人这样卖力叫喊,始终未有人来买,他的顾客不断被附近推销产品的表演所吸引,后来竟没有一个人了。他有些气恼,抱怨人们不识货,并不得不换了个地方。

站门放人了,等在外面的游客拥了进去。我想在这样的偏僻地方坐夜车,一定会有许多空座,这样可以躺下睡觉。但人并不少,一些空座不断被沿途上来的旅客填满,这一夜我肯定会醒着度过了。

## 八月二十三日

通化—沈阳途中

从白河到通化,火车开了一夜。这是普通快车,实际上就是慢车。火车发出有节奏的运行声,人们像骑在驴背上,任凭它奔走。

黎明,客车到达通化。需要在这里换车,一夜不眠,下车恍恍惚惚,仿佛高大了许多,脚下很深。通化的城貌很豁朗,像北方地广人稀的城市一样。车站广场清洁,一条大路在广场前通过,大路两旁耸立着高大的杨树,就像一条乡村大道。在站前吃了早点并办好签票。

从通化到海龙（梅河口），中途没有大的城镇，满载庄稼和村庄的大地缓缓转动。圆形的粮仓像戴着一顶草帽，土坯房屋覆盖着长长的茅草，仿佛垂着胡须的老人。一节节的山丘，孤立地耸起，在它和平原之间没有过度区，田地几乎与山呈九十度。金黄的未收割的稻田不断涌现。水系是丰富的。

中午到达海龙，列车换了机头，未多停留便向沈阳进发。车上供应盒饭，很简单的饭菜，定价两元，明显地他们在牟取暴利，我到前边车厢去质问，餐车负责人和乘警都好言辩解，他们自知理亏，想让我去早餐车免费再吃一餐。我第一次过问这种事，因为我的经费已很少。

世道不宁，在外就不要主动帮助人，这样你会引起人家怀疑。在火车上，我曾主动为一要吃药而无水的小孩提供水，但被母亲不信任地拒绝了。美德也有适用的时间、地点。

现在列车经过的正是东北辽阔的大平原。但是工业的触角伸到了每一个角落，电网纵横，线杆林立，乡村不纯洁。沿途我见到了一望无垠，平展展的金黄稻田，仿佛是南方水乡，一派富饶的景象。我奇怪的是，稻田中，没有水渠、田埂、道路。无边无际的稻田，仿佛是一整块，如何浇水，如何运输？

经过松散、凌乱、新旧相交的工业区抚顺，晚又到了沈阳。我不能多停留了，尽管是夜里，仍要回返。从沈阳到大连的特快列车，晚十点发车，次日凌晨四点后到达。我乘上了这次快车，又将一夜不眠。

# 八月二十四日

大连

如果我一直盯着窗外,我可以看着天一点点亮起来,但城镇和厂区的灯光,往往使人体会不到东方发白的细微之处。当天渐渐亮起来的时候,海水的气息从外面渗透到车厢里来了。已临近渤海滨,大连到了。

在住旅馆上,受了一次骗。在火车上,一位列车员向乘客出售一家旅社的住宿票,称该社代购船票,人们纷纷上当。当大家出站被一客车拉到那家旅社后,方知并无代购船票一说,但一夜未安眠的人们只好出高价住了进去,以便早眠。

中午起床,几个小时形同未睡。吃过午饭,游览大连市区,去购船票。

大连市容仍以一九四九年前日、德、俄遗下的建筑为主调,整洁、协调,颜色在海的衬托下很醒目。市区像青岛,并不平坦,道路随地势而变。大连市民的口音要比东北其他地区还重,在这里仿佛自成一体。下午去星海公园海滩去游泳,海滩质量比青岛、北戴河差,满是刺脚的砾石。

买到船票很难,需要在今晚排队,明天上午才能卖票。我从天池返回,到这里已两天两夜未眠,困倦已达到了极限。我不知道再排一夜队,我的神经会不会彻底崩溃。我原没想到在大连会睡上安稳觉,坐火车绕道返回是不可能了,可能钱也不允许了，只有听其自然，退掉旅社的铺位，来这里排队。一船的铺位，可能有上千号，但船运公司将船票都走了关系，只剩几十张零票，不整夜排队，绝买不到船票。

# 八月二十五日

将要告别大连了。大连并不十分美观，但它有自己的特色，它更像一个南方城市，它的历史大概在这里辟为港口之后。

开船时间原定下午三点，后来广播推迟到五点，最后是六点，正式上船起航。在这近四个小时的等待中，站在候船大厅，密集地排着队，气温很高，这是比刑罚还要难于忍受的酷刑。普通百姓就是这样，一切都要付出最高代价后才能如愿。

我买的是五等舱的船票。三等舱在甲板上，每室四人，四等舱和五等舱没有什么区别。

第三辑 日记

# 一九八八年

# 一月

## 一月一日

一切传统的、令人回顾的事物都在淡化，仿佛一条流向沙漠的河，延伸便意味着消失。人们明显地感到在远离某种东西，在像云一样既不能驻足又不能回返，被隐形的河流推向不可测之地。

元旦很平淡，昨夜的爆竹稀疏。

午后下起了雪，这雪似鳞片，细小而充实。它缩短了在空中飘扬的时间，给人一种迅速坠地的印象。

## 一月二日

冬天仿佛刚刚来临。季节像一匹衰老的马，已失去光泽。这时的冬天好像是一个终于到达目的地的客人，开始安顿下来。天气总是摇摆在阴与晴之间，太阳形同虚设。灰蒙蒙的环境与背景，使任何一种颜色都鲜艳，烟囱吐出的烟非常醒目。

节制与积蓄的季节。

## 一月三日

重读《百年孤独》。初读时还是两年前，那时到处都有人谈论这本书。马尔克斯为小说写作提供了另一种可能。我清楚地记得他是如何描写宁静:"那里仿佛是一个尚未启用的世界,所以还不太会传递声音。"另外给我留下不可磨灭印象的是奥雷良诺·布恩地亚上校戎马半生后悟出的道理:刚刚死去的朋友是最好的朋友。简朴的生活是最好的生活。

# 一月四日

晚星竹君来。他的小说《癫花村的变迁》在《北方文学》一九八七年第十一期发表,该刊让他找一个鉴赏力较高的人,为小说写一篇评论性的东西,他为此找我做这件事。读了这篇小说觉得有许多话要说,这些话是小说引起的,但远远超出小说的范围。它让我首先想到《百年孤独》,想到汉姆生《大地的成长》,想到老子救世之路。

我想,人类仿佛是火,它的存在便伴随着欲与求的光焰。它无论处在什么状态,都会释放那潜伏于它的灵魂中的欲求,它永远意识不到幸福,除了那曾伴随过它的幸福逝去之后。它的幻觉使他相信幸福在于它的欲求的获得与满足,但他得到的永远是伴随着意想不到的使他懊悔的东西,于是他开始回顾、缅怀往昔,向往原态的恢复。人类永远处于这万劫不复的悖理之中。这是动物的悲剧,植物的胜利。

## 一月五日

科学的进步，衣食、医疗条件的改善，社会的和平安定，使人类的寿命渐渐向他在理想状态下的极限延伸，现代人的生命成倍地长于古代人的生命，但他的感觉却比古代人短暂，时间似乎也像启动后的机车愈来愈快，古今的时间仿佛有别。现代人的寿命反而从心理上缩短了，现代的一年近似一日。

读《百年孤独》马苏拉的感受的启示。

## 一月六日

人类像一个疯子或永远在恋爱的人，他根本控制不了自己。人类永远处在一个不能驻足的惯性中，虽然他渴望停顿下来，但被某种他自己制造出又控制不住的力量推动着。当人类的欲求超过自身的需要，灾难便开始了。人类对地球的攫夺永无止境，但在很大程度上不是为了生存，只是为了领先的竞争，如同长跑比赛一样，已远远超出了锻炼身体的意义，那种不惜牺牲的较量，仅为一种冠军的荣誉。由此出发，任何一个国家都只会从地球的局部着眼，只有毫无权力的科学家、艺术家才会从非现实的角度出发，考虑地球的完整、平衡、未来。

"只有一个地球"，哪个政府都不会被这句话左右，它考虑的是自己国家在世界上的地位，为了本国的强大，可以毁灭最后一个物种。地球的将来，它的无法挽救的生命，它将毁灭在人类手中。

# 一月七日

近日将精力集中在随感《马贡多与癫花村》上，以至晚上我才想起今天是生日。但似乎仍有一种应验，中午很巧合地做了面条吃，那主要是近期患感冒，而今天非常想吃面条。尽管没有意识到生日，也用传统方式表示了自贺之意，它是一种必然，还是一种偶然，我感到奇怪。

年满二十八岁。

# 一月八日

对自然我有三大发现：黄河水是温暖的，白桦有体温，野火逆风而行。它们给我的印象之深超过我刚刚见到的事物。

一九八六年八月在济南，早晨我奔向河岸观日出，当我走下堤坝摸黄河水时，它像冬天的井水一样温暖。

一九八六年十月在围场坝上林场，那里的气温已低到零度，我抚摸脱尽叶子的白桦躯干，仿佛像一只兔子从里面散射着体温。

一九八七年十一月在从老家返昌平的田野小路上，风在空荡荡的旷野富有韧力地刮着,不知谁将田头的枯草燃着,火首沿地面逆风漫延,我曾试图使它改变方向,但无济于事。

## 一月九日

坐在火车上,感觉不出火车在行驶,而路旁的树木、房屋仿佛在疾速离你远去,就像坐在地球上,太阳仿佛从东走到西一样。没有静止,当别人都在前进,你就意味着在后退。每天写随笔也是这个道理,停下就是与时间背向而驰。像一个猎人,我常常要追赶时间这只兔子,累得气喘吁吁。

## 一月十日

在一所小学的教室里,我看到墙壁上贴着孩子们的作文,孩子们写自己的家庭。一个孩子写到,他的父亲是工厂干部,母亲是小学教师,他的父母很爱自己的孩子,星期天常常带他去山边玩,他有许多玩具,有自己的小人书库,他很幸福。但是他母亲对他管教很严,叫他放学后必须直接回家,回家第一件事是要用肥皂洗手,他为此感到不幸,为此恨他的妈妈。

每一匹新驹都不会喜欢给它戴上笼头的人。

## 一月十一日

　　冬天的门窗紧闭。方方正正的阳光斜切进屋里，仿佛一块玻璃没入静水中，也可以想象是白昼伸进来的一只手，拉你离开晦暗的环境。我躺在床上便能看到窗外阳台上，蹲在立着的木板上的两只麻雀，那里如同一个阳光的海湾，平静、温暖、安全。这两只麻雀老了，它们一定是去年冬天在这里的那两只，也许在我还未在去年（一九八七年）住进这里之前，它们就定居在这个地方了。它们哺育了几代雏雀了，没有人知道，它们蹲在阳光里，眯起眼睛，头转来转去，时时啼叫几声，毫无顾忌。它们的羽毛蓬松，头缩进脖领里，就仿佛是冬天穿着羊皮大衣的马车夫。

## 一月十二日

　　下过雪许多天了，现在在地表的背阴处还残存着积雪，它们曾经连为一体，现在却像天晴时在天空裂开的云片，在大地上斑斑点点，仿佛那大地就是一头在牧场上吃草的花背母牛。这积雪收缩，并非因为气温升高，而是大地的体温在吸收它们，就像你坐在一块铁板上，你的体温会被渐渐吸去一样。

## 一月十三日

读《百年孤独》，感觉小说后半部分节奏加快了，自奥雷良诺上校挑起战争后，便不如前边写得好了，而且还使我微微体会出马尔克斯在写法上人为的卖弄和炫耀。

《百年孤独》一九六七年在阿根廷南美洲出版社首次出版，印数为八千册，当即销售一空。二十年间它被译为三十六种语言，总发行量达三千万册。拉美作家、评论家对他有不同的评价。有人认为这是一本令人眼花缭乱的小说；也有人认为他缺乏内在逻辑和美学的严格性，表明作者知识浅薄；还有人认为，小说在语言运用上是一部里程碑式的作品。

无论如何，《百年孤独》在我看第二遍时，仍像读一部新书一样，吸引我全神贯注。

## 一月十四日

作家应该是文字的母亲，她熟悉她的所有的孩子，他们每个人的技能和特长，当她坐在稿纸前感到孤独，她只要召唤，孩子们便从四方跑来给她帮助。

## 一月十五日

当我有什么心事急匆匆地穿过白昼走廊,我是无法留意这走廊里的东西的,因此当一天过去,往往使我感到没有什么需要可记的,但我像一个节俭的老人,不肯放弃每一个应该扔掉的日子。

## 一月十六日

晨进城,在德胜门下公共汽车时,我惊异得目瞪口呆,太阳刚刚升起,我从未见过它能大到这种程度,好像发生了奇迹,这同去年晚夏我见到半圆形彩虹一样,使我激动不已。马尔克斯在写马贡多连续下了四年之久的雨后,这样描述日出:"一轮憨厚、鲜红、像破砖碎末般粗糙的红日照亮了世界,这阳光几乎像流水一样清新。"而我注视着的日出,我无法形容它,它仿佛沉在溪底,水放大了它,如果说它像什么,它的大与圆,让我想到乡村的磨盘。

第二次激动是在王府井书店买到了一些书:《从普鲁斯特到萨特》《卡夫卡寓言与格言》《巨匠与杰作》《流浪者》《先知》《四季随笔》《柔情》。

中午去《华人世界》编辑部找张金起。

# 一月十七日

最近，中央电视台在连续播放美国的电影，均为二十世纪上半叶的经典片，每星期天播放一部。我看了派克主演的《乞力马扎罗的雪》《追杀刺客》。今天播放的是秀兰·邓波儿主演的《小叛逆》，影片以美国南北战争时期为背景，为民主而战的北军是粗野、蛮横的，被这位南军的小天使称为"北佬"，南方的奴隶丝毫没有拥护北军的心愿，影片有贬北褒南的倾向。"小叛逆"是南军指挥官的女儿，她儿童的心里已崇拜李将军，她愚弄北军，她的天真和可爱征服了北军军官，她使林肯总统赦免了那位北军军官和她父亲的死罪。

# 一月十八日

设想一下，如果人类也像植物，没有年龄差别的一代生活在一起，一代人出生，另一代人便死去，社会也许会完全改观。

进步仅仅意味着改善了房屋，而居住在房屋中的人的心灵并未变化。不同年代的人共存在同一世界中，影响却不是相互的。渐渐长大的儿童从成人那里学来了自私、狡诈、卑劣；成人对儿童的真实、天真、纯洁丝毫不为之触动。儿童不断地在课本中，在自己的天地里编织童话的网，同时不断地被社会中纷飞的虫蚊撞破，直到有一天他发现那样做的徒劳性。社会仿佛是一条污浊的河，每个儿童都带着自己清澈的支流涌入，而那条河并未因此失去混浊，只是将每个支流都与自身合污。

这便是社会里人的心灵无法改变的根源，除非每个支流汇在一起，组成一条独立的河。

## 一月十九日

看电影《老井》。《老井》在国际影赛中获了多项大奖，故被国内誉为中国电影中里程碑式的作品。

它似乎不像预期得那么好，做戏的成分，政策的影子，都可被感觉出来，依然是社会主义国家电影的灵魂。

它向人传递的是生存于自然威力中的人们的不屈与失败。正是在这种特定的恶劣环境中，才焕发出人的生命力。

电影两个小时，但它未令人感到冗长。

## 一月二十日

回故乡所感

季节也有生命。冬季仿佛进入了中年，它失去了往昔的活泼、冲动、敏感、多变。那时的冬天常常降雪，雪片毛茸茸落在地上，积上厚厚的一层，数日不化，纯洁的世界仿佛是大地在时时向人们显现它的本来面目。孩子们可以滚雪球、堆雪人、打雪仗，走在雪地上便能听到一种动人的声音。年轻的农民带着狗逐迹去追野兔，或在场院扫开一片，支上筛子去扣因积雪而无处寻食的鸟雀。那时到处可见到冰，去滑冰车或溜冰，去砸开冰洞掏鱼。那时冬季似乎很干净，刮着不挟尘沙的风。现在冬季老化了，沉闷、压抑、迟钝、稳重，现在冬天的雪是一种奢侈品，降得短促，融化迅速。过去的一切都消逝了，这对儿童是一种损失。

# 一月二十一日

读莫洛亚《从普鲁斯特到萨特》，书中谈了九位法国作家。从中我看到母亲对作家的重要作用。

普鲁斯特，这个被哮喘症折磨了一生的人，从他那犹太血统的母亲身上学到了憎恶说谎，无比的善良。害怕使别人难过成了他一生主要的本能，对人关怀备至。

莫里亚克，一生热爱自己的故乡波尔多，他的作品都以它为背景。他认为，一个法国小说家，为了真正了解他的国家，应该永远是个外省人。莫里亚克具有根深蒂固的宗教信仰，来自他的虔信的天主教徒寡母的影响。

纪德，在那时的作家中与众不同，外貌漂亮、潇洒、生气勃勃。他的一生印证了"物极必反"的道理。他出生于一个清教主义家庭，他的母亲端庄，生活简朴，崇尚绝对道德，她希望儿子循规蹈矩，获得那些优秀品质，母亲对他无尽无休的忠告，终于导致他的憎恶，成了一个叛逆者。童年的教育成了他接近女性的障碍，对肉欲的恐惧使爱情永远停留在订婚阶段，和他热爱的女子在一起，他的性欲受到抑制，从而使他转向热爱少年男子。

罗曼·罗兰，他的父母是身材高大、健康的，而他一生柔弱，像普鲁斯特一样忍受肺病的折磨，但他活了七十八岁。他从母亲那里继承了"对音乐的敏锐感觉和爱好，宗教感情"，心灵上保持顽强的独立自主。

# 一月二十二日

下午持投递通知单去取书，这是京繁寄来的西蒙·波瓦《第二性》。我去年听海子谈过此书，似乎是南方出的，但一直未在书店及书摊上见到。这是湖南文艺出版社出版的，书中没有出版时间、印数、字数等，只在封底简单地印着书号与定价，译文、印刷、装帧质量都很低劣。书装成小三十二开本，薄薄的分成两册，显然是在出版社盈利之风中出的，还将它当成一本严肃著作，并将书名改为《第二性——女人》。

## 一月二十四日

我已习惯于行动舒缓,并给周围人留下了这样的印象。当一位同事问我为何总是不慌不忙时,我回答:为了表示对现代社会的抗争。

现代社会是启动的火车,节奏与速度愈来愈快,它不能与自然节律同步运行,这种与自然节律相脱节是现代人紧张、焦躁、不安的根源。

## 一月二十五日

当布罗茨基被苏联赶出时,他给勃列日涅夫写信:"跟国家相比,语言是一种更加源远流长的东西。我属于俄语。我虽然失去了苏联国籍,但我仍是一名苏联诗人。我属于俄国文化,我觉得我是她的一部分。我酷爱俄语,推动我创作的真正动力首先是我的俄语感,它在我体内注入了生机,成为我的支柱。"当托马斯·曼从德国来到加利福尼亚时,他们问他有关德国文学的问题。他回答说:"德国文学就是我的文学。"这有点夸大其词。但如果一个德国人有这样资格的话,那我也有这样的资格。

诺贝尔文学奖评审委员会委员斯特·艾伦说:"布罗茨基运用英、俄文创作。阅读他的作品就像站在一座山顶上,俯视两个世界,两个帝国。"

难撼的本质

今天,玛丽问耶稣:
"你是我的儿子还是上帝
你被钉在十字架上。
通往我家乡的道路在哪里?

我能穿过家门
而全然不知:
你是死了还是活着?
你是我的儿子还是上帝?"

耶稣答曰:
"不论生与死
圣母,都毫无区别——
不论是儿或上帝,我都属于您。"

这首诗中我感到了爱国感情。当这个国家被一群可憎的人操纵时,是最大的悲哀。

## 一月二十六日

读港台文学,充其量只是了解,了解那些作家如何写,但不能从中吸取什么。港台文学一如东南亚文学,像亚洲人的体质和血性先天不足,一时不会出现大作家。

读了余光中的一篇散文《春来半岛》,既有港人的软化气质,又有日本人的禅味。余光中认为,散文是一切文体之根,诗是一切文体之花。散文是一切作家的身份证,诗是一切艺术的入场券。

## 一月二十七日

报载目前台湾地区出现了后工业社会的迹象,文坛上也出现了一种新型的都市诗,称为后都市诗。前都市诗是反都市的,对田园留恋,对都市损害人性批评。后都市诗则对城市表现了亲近感和依恋情绪。

## 一月二十八日

在肖洛霍夫故乡维奥申斯卡亚镇,每一个汽车候车亭的墙壁上都画着肖洛霍夫作品中的人物和故事情节。

由这一点可以想见,艺术是融汇在俄罗斯民族灵魂的东西。

在我国没有这个东西，至多是一种附庸风雅。

# 一月二十九日

茨威格六十三岁时在巴西同妻子一起吞服安眠药自杀。他的绝命书写道："我认为，最好是及时地和不失尊严地结束我的生命。对我来说，精神劳动是最纯真的快乐，个人自由是世界上最宝贵的财富。我向我所有的朋友致意！愿他们在漫长的黑夜之后还能见到朝霞！而我这个格外焦急不耐的人先他们而去了。"

巴西为他举行了国葬。

# 一月三十日

《联合国歌》是美国诗人H. J. 罗梅于一九四五年写成的，曲调则用了肖斯塔科维奇的《相逢》主题歌《相逢之歌》。这是肖氏一九三二年为苏联影片《相逢》写的。罗梅用这首歌的曲调，重新填词：

> 太阳与星辰罗列天空，大地涌起雄壮歌声。人类同歌唱崇高希望，赞美新世界的诞生。
> 奋起解除我国家束缚，在黑暗势力压迫下，人民怒

吼声发如雷鸣,如光阴流水般无情。

太阳必然地迎着清晨,江河自然流入海洋。人类新世纪已经来临,我子孙多自由光荣。

联合国家团结向前,义旗招展,为胜利自由新世界,携手并肩,为胜利自由新世界,携手并肩。

同出一源的诗与歌,在渐渐分离,诗变得愈来愈恐怖。

# 二月

## 二月一日

进城。去《中外产品报》交王衍《世界文学》，未滞留。王府井书店购《意大利诗选》，威廉·冈特《美的历险》。

## 二月二日

上午去单位，张少云告诉我，星期天（一月三十一日）的晚报上，我的《太阳鸟》登出了，该诗在去年十一月二十三日寄给高立林，他并未通知我，速度之快令我意外。

## 二月三日

晚郭建华来，告诉我乔柏梁来信。我为郭建华小说《癫花村的变迁》写的小评被退回，黑龙江省作协领导主动为该小说写了评论。乔柏梁说从"苇岸君的这篇文章可以看出他的博学多识，希望通过你的介绍与他交个朋友"。乔柏梁是《北方文学》的小说编辑，他寄赠一本第一期《北方文学》。

## 二月四日

面对冬天，便怀念雪。冬天没有雪等于土地上没有庄稼。雪也像鸟一样，现在的冬天招引不来雪，也挽留不住雪。现在的冬天风很多，风不像过客，它不匆匆而去，风在冬天久久徘徊，仿佛迷失了方向。风挟带着泥沙、尘土不知向哪里去。风是冬天的诗人。

## 二月五日

读完《百年孤独》。这是第二遍。我仍然没有把布恩地亚家族的人物关系搞清楚，我想可能加西亚本人也是模糊的。我的注意力仍被吸引到他的行文与夸张的句子上去了，这方面的过于强大可能会限制了人们对小说内涵的关注，除非他连续读三遍以上。

我的另一个感觉是马尔克斯的中篇、短篇小说只是为《百年孤独》做准备的，它们的情节大多能在《百年孤独》中找到。

## 二月六日

日本人富有喜爱自然的传统，它的文学家德富芦花观察过落日，并看到太阳由衔山到沉入地表需三分钟时间。我在另一次曾印证过，日落的时间要短促，也许是季节不同。而日出的时间呢？今天的气候并不完全理想，天边有淡淡晨霭，但日出仍然是清晰的，日出要缓慢得多。从太阳露出一丝红线到完全跳上地表用了五分钟。仿佛有什么阻力，太阳艰难地跳动着，它像一只幼虫，收缩着挺进。它延伸时像坟冢，被压迫时像椭圆的球。

## 二月七日

在生活里生活，常常流连忘返。很容易耽于感官享乐，对懒惰与舒适妥协。这时只有拿起一本自己选择的书来才会幡然清醒，才会将我引导出去。

## 二月八日

在动物界，有许多种类的动物雌性的体形比雄性大，原因可能在于这类动物的雌性不必受雄性保护，而它们却要担负生育的重担。这类动物在昆虫界居多，甚至当雄性刚一完成交配的唯一职责后，雌性会将其吃掉。

多数动物一定是雄性身体大于雌性，它们力大、凶猛，要负有保护和猎食的责任，更重要的是，不如此，它们可能寻不到配偶，因为在它们那里，一雄可占有数雌。这在体形硕大的动物那里尤其如此。

我在电视《动物世界》中,看过鹿群的格斗,普里什文在他的《人参》中专有这样的描述。人们对美丽、温和、灵巧、敏捷的鹿的印象一定限于牝鹿,当人们见到从丛林中走出的体形硕大似牛、顶着沉重坚硬的鹿角的牡鹿时会感到吃惊。在一年一度的发情逐偶期,牡鹿的形象甚至是肮脏的。它的毛色黯淡、枯萎、污秽,口流白沫,生殖器官会淌出黏液,丧魂一样游荡着,嗥声不绝。当两只牡鹿奋力为争夺一群牝鹿而争斗时,鹿角撞击的声音轰响,而牝鹿则在一旁安详地注视着或吃着青草,等待着胜利的一方。这场公开的争斗虽然残酷,但毫无阴谋的因素,因此虽然是在观看流血,也能感到一种正直性。

人类的战争具有这样的色彩,但战争往往不是解决争端的唯一的手段。

# 二月九日

在生活中我常常想起童年。童年的物质生活是贫匮的,那时孩子们喜欢过年,只有过年时尽情地玩才不会受大人责备。过年时大人不喜欢孩子生气,百般顺孩子心意。孩子喜欢过年还因为能放开胃口吃到白面、白米、肉、点心,能够得到一件新衣服。那时我们玩游戏,当我们想好吃的东西时,总提到麻花、油饼或苹果、鸭梨,能吃到它们是孩子们最大的愿望。

因为一年中这些食物也不会光顾我们几次。我就是在这样的营养不能充足供应的生活中，从儿童成长起来的，那时的孩子的生活同现在的孩子的生活有天壤之别，但我总感觉到那时儿童的欢乐多于现在的儿童的欢乐。被供养的笼鸟不会比林中吃粗食的鸟雀更舒畅。现在的孩子比过去的孩子得到父母的关心多许多。

## 二月十日

这个问题我想了很久。

幸福不为某个时代、某个社会、某个地区、某个阶层、某个个人所专有，幸福也不为物质的贫富所左右。我们常常认为过去的时代没有幸福，常常认为艰苦的偏远地区没有幸福，这种囿于一世、囿于一隅的观念很容易被我们自己推翻，否则就等于接受了未来的人们认为今天没有幸福，发达的地区认为这里没有幸福的观点。

幸福自人类出现起便陪伴着每个人，无论他处于什么时代、什么地区、什么阶层，正因为幸福并不天然地与物质相连，所以物质的进步也许给人类增加了幸福，但并未减少或消除人类的痛苦。幸福根源于自身，古代、现代、将来人们的肌体并未发生什么变化，幸福在历史发展中也不会有什么变化。

人类运用自己的聪明试图利用外界条件为自己增进幸福、

永远拥有幸福，但与其说人类的种种努力结果为自己增添了幸福，不如说人类在努力工作中获得了幸福。人类的工作、劳苦驱开了因悠闲、烦闷、无聊而产生的痛苦。而人类工作的结果则意外地给自身带来了痛苦，这痛苦是每一个现代人都可体验到的。

# 二月十一日

略萨说"我是十九世纪小说的一位热心读者"。他发觉自己读当代作品愈来愈少，读十九世纪的作品比读二十世纪的多。"读书要备好铅笔和笔记本，福克纳是使我这样做的第一位作家。他是我年轻时读过迄今对我仍有新鲜魅力的少数作家之一。"

"如果我只能选择一名作家，那就是博尔赫斯。因为我觉得博尔赫斯的世界是一个极富独创性的世界。除了他杰出的创造性外，他的幻想和他的文化也极富个性，他的知识渊博，他的态度客观公正。尤其是博尔赫斯的语言，在一定意义上与我们语言的传统分道扬镳。西班牙语是一种繁富、多示、修辞手法众多的语言。我们伟大的散文家们，从塞万提斯到奥尔特加·加塞特，从巴列·因克兰到阿方索·雷伊斯，都是江海恣肆型的写手。而博尔赫斯这个作家却完全相反，他以精练、朴素、准确见长。他的作品充满摄人心魄的智慧。博尔赫斯是罕有的西语作家之一,他的思想和词汇一样丰沛。"

——略萨答塞蒂问

## 二月十二日

谁最先到达北极和南极我不知道,我原来将它们想象得一个样。北极和南极除了都是极地和寒冷外,没有什么共同的地方。北极是由大陆环绕的冰洋,南极是由冰洋环绕的大陆,它们都被冰雪覆盖,掩盖了这一重大差别。

北极甚至有人居住(因纽特人,又称爱斯基摩人),那里生活着白熊、棕熊、海豚、海豹和一些海鸟。南极却生活着企鹅(企鹅在孵卵时将卵放在两掌上)、海象、海豚、海豹、海鸥、信天翁。北极没有企鹅,南极没有白熊。南极似乎离太阳近,但比北极冷。

## 二月十三日

"最好的小说家是精通世故的诗人。"

——芥川龙之介《侏儒的言叶》

昨天买到奥古斯丁《忏悔录》,尼采《查拉斯图拉如是说》。《忏悔录》在上大学时我曾读过,当时印象很深,是一部讲灵魂的书。

## 二月十四日

西方作家入世者在当代普遍具有悲观、忧患意识，这是对人类前途的关注。威胁人类命运的有两个大敌：一是战争，一是环境。

核武装的人类每时每刻都受到或因一位疯子领袖或因万一的机器失误而导致的全面毁灭。西德诗人E.弗烈德写了一首被广为流传并印在圣诞卡上的短诗《现状》：

> 谁要是愿意
> 世界
> 保持
> 现状，
> 他就是不愿意
> 她继续生存下去

生态的恶化愈来愈令人忧虑，人们被关闭在自己制造出来的环境中，紧张忙碌地生活。人改造着自己周围的一切，使自然面目全非，诗人O.舍费尔在诗中说："我已无法称彩云为彩云了！"西德六十年代到七十年代文学参与政治，没有诗人歌唱自然，故宣称"文学之死"。现在自然诗歌复兴了，《在直线的狂风暴雨中——自然诗歌集》《现代德语自然诗集》《大地要求自由与安全》等出版了。当代西德最著名的诗人写出了这样的诗：

纪念歌德

你将怎么办
若是城市与城市之间没有森林
而是空旷一片
就像人与人之间的距离那么遥远
到那时抱怨与祈祷都将枉然

唯一的安慰只有一个词
无形地印在每一物件上
"仍然"就是它的名字

太阳仍然弹着旧调
希望与梦想仍然有效
鸟儿仍然翱翔长空
你也仍然并未步入绝境

去乌托邦

在逃离水泥砌成的世界途中
无论你到哪儿
等待你的是彻头彻尾的暗灰
简直像在童话之中

在逃难途中
你或许也能找到
一块绿色的弹丸之地
你兴高采烈地冲将进去
进入那染色的玻璃草丛中

水泥建筑代表物质文明，也代表无情的人际关系。原始的自然环境在消失，人类的朴素的情感在沦丧。

# 二月十五日

进城。在王府井配近视变色眼镜，共七十六元。买了一台荷兰菲利浦收录机六百二十五元。我开始奢侈了，我背叛了梭罗。

同时买到康定斯基《论艺术的精神》《格陵兰游记》《英国

十八世纪散文选》《世界 100 位作家谈写作》。

## 二月十六日

今天是农历腊月二十九,也即是年三十。今年没有腊月三十这一天,在我的印象中好像第一次出现。人们只好将今天视作大年三十,因为明天是正月初一。

回故乡过年。穿越乡村小路,走走停停。田野是黯淡、寂寞的。没有飞鸟,没有大树,连太阳也无精打采的。真想大喊一声。我想连声音也不会传得很远,空气是凝滞的。向死海投一块石头,水波一定走不了几步。

## 二月十七日

既然今天是过年,那么就放下一切想法,痛痛快快玩乐。家族中的成员玩起扑克,名字叫"抠",有输赢,中介是钱。我在里面输多赢少,常常走神,仿佛有一种东西在不时地拉走我。

## 二月十八日

读海雅达尔《孤筏重洋》。它是海子送的,海子说一九八六年读到的最好的书是梭罗《瓦尔登湖》,一九八七年读的最好的书是《孤筏重洋》。

海雅达尔是挪威年轻的思想家,是一位杰出的英雄。他认为太平洋岛上的居民的祖先是五世纪从南美洲漂洋过去的。尽管这有很多证据,但有一点人们难以相信,那时的船与航海条件达不到这个境地。为了证实自己的理论,海雅达尔仿造了当时使用的木筏,找到了五个自告奋勇的英雄,从秘鲁漂海西去,经历一百多天终于到达波利尼西亚群岛。这是二十世纪最勇敢的壮举之一。

# 二月十九日

森林是四亿年前,由海洋植物走向陆地的。地球上原有森林七十六亿公顷,到二十世纪仅剩二十一亿公顷。现在,全世界的森林在以每年约一千五百万公顷的速度消失。我国森林覆盖率仅为百分之十二。周代黄土高原有森林二千八百万公顷,黄河流域森林覆盖率达百分之五十三。两汉时在黄河两岸毁林垦田一千五百万公顷,虽然有了一时的"两汉繁荣",但却带来了"黄害"。

## 二月二十日

春节一过,便有冬天消逝、春天来临的感觉和迹象。寒冷仿佛是一把用久的刀,已不再锋利。看着眼前的旷野,有一种植物、庄稼满地的幻觉。土壤已经松动,踩在上面很舒服。世界上还有一部分人,一生很少踏到土地。

## 二月二十一日

从田间小路返回昌平。路上我第一次认识了一个奇异的现象,它纠正了我原有的关于火的观念。我见不到这个人,他点起火走了。火紧贴地面而行,北风徐徐吹着,风还是硬的,但火头还是逆风而行,我引火种到另一片枯草上,它仍是这样。而我过去认为,火借风势,是顺风而下的。

## 二月二十二日

今天是正月初六,一切都仍在年节气氛中,商店关闭。再回小营。在田野的路上,我感到刮起了东南风。春天已开始了。

## 二月二十三日

对文字的享受往往就是对文字中包含的比喻的享受。亚里士多德《诗学》说："比喻是天才的标识。"《圣经·马太福音》第十三章说："我用比喻教导他们是因为：他们视而不见，听而不闻，闻而不悟。"耶稣说："我要用比喻说明自创世以来一直隐藏的事。"如来佛在《楞严经》中称："诸有智者，要以比喻，而得开悟。"

钱钟书也说："风格上的大特色是比喻的丰富、新鲜和贴切。"

## 二月二十四日

为了反对这一说法：既然每种新流派过一段时间就要过时，为什么还要去搞新的流派呢？罗伯·格里耶在《论新小说》中说："这等于是问人既然都要死去并让位给活着的人，那又为什么要活着一样。"我抄下此话是赞成它。

## 二月二十五日

中国大学生的四个阶段

一九七八至一九八〇：存在主义阶段 "萨特热" "竞选热"，

还有人道主义，西方马克思主义，南斯拉夫实践派等学说。

一九八一至一九八四：科技思潮阶段《大趋势》《后工业社会的来临》《第三次浪潮》。

一九八五至一九八七：权力意识论阶段"尼采热""从政热"。

"日本是技术社会，美国是能力社会，中国是权力社会"，有权就有一切，权力才是实现人生价值所必不可少的。

一九八八至现在：实用主义阶段"经商热"。

"学不在深，及格就行，分不在高，作弊则灵"，"修我长城"（打麻将）。

"九三学社"（上午九点起床，下午三点起床）。

# 三月

## 三月一日

《文汇读书周报》第 109 期发表了钱世明的一篇文章《书店营业员，我给您作揖了》。钱世明两年前在"新诗潮研讨会"上曾和顾城有过冲突，他发言时将顾城的诗《从犯》解释为写的是"搞破鞋"……他将俗与雅融为一身，他对宫廷、野史、诗词颇有研究……是一个民间学士。

他在这篇文章中诉说由于书店工作人员的水平、好恶，不征订某些好书，致使出版社达不到印数无法开机，有时不得不让作者自己买下大量的自己的书。或许书店中应该配备高水平的受过专门教育的征书员，但最终呢，还是取决于大众。正是由于大众爱买那些刺激性的、娱乐性的书籍，书店才专进这样的货，书店都是建造在这块土壤上。

《文学报》介绍阿瑟·黑利，世界第一位畅销书作家，他的小说发行量达一亿二千万册。这说明什么呢？表明了人类的整个状况，首先是为了生存，在生存中寻求感官娱乐和刺激，享乐是人类的天性，满足它的书不能不是畅销书。只有一部分人才为信念而生，不必要求杰出的书也畅销。

## 三月二日

今天是正月十五,人们都买元宵以庆祝这一节日,晚上举行灯展。昌平今年首次请来了礼花放射队,今晚七时半至八时在二中操场发射礼花。

从早晨天气就晴朗,天空泛出初春的蓝色,西风略带寒意。晚上皓月升空,月光挥洒,人们涌上街头观灯。礼花准时发射,弹丸似乎是小型的,炸开的花朵在空中显得孤单、小巧。花丝垂落下来,仿佛是带蕊的柱头,也能使人想到生物教科书上画着的游动的动物精体。礼花五彩缤纷,形态各异,令人兴奋愉悦,只是在月明之夜它们的光泽略有减弱。

## 三月三日

初读尼采《查拉斯图拉如是说》,想到纪伯伦的《先知》和卡夫卡的"寓言与格言"。这些著作都带着谵语式的生涩,读着艰难,有许多只属于他们自己的东西。他们是思想家,但在文体上是诗人,他们具有异于常人的歇斯底里症和圣徒式的为救世与信仰的献身精神。

尼采是天才,是人类中的一个奇迹。他二十五岁任瑞士巴塞尔大学古典语言学的教授。《查拉斯图拉如是说》是一部谵语式的格言著作,借一个波斯哲人之口述说他的思想。

对于尼采的重要性，德国诗人贝恩说过："我们这一代人所讨论的企图领悟的所有事情，实际上尼采早就评论过这一切。他发现的是最后的准则，其余不过是对这些准则做解释而已。"

# 三月四日

连日来形成了一种固定现象：早晨天气晴朗，阳光静静地普照，上午十点开始起风，风像一把扫帚，在地面扫来扫去，卷起尘沙。下午五点，风静了下来，夕阳柔和地看着这个被扫干净的世界。晚上满天银光，在远离月亮的地方星星又大又亮，微风带着寒意。

现在季节交替，必然多风。

# 三月五日

《世界文学》第一期到。又有些新的变化，《外国作家答本刊问》专栏很好。本期刊载了曾在苏联轰动一时的长篇小说《阿尔巴特街的儿女们》的节选。期刊登载长篇小说不是个好方法，因为它使期刊的内容单调，而又是节选，小说出书后有必要的还要买来。封面是苏联画家画的阿赫玛托娃年轻时的画像。

今天是周恩来的诞辰日和斯大林的逝世日。近几天全国都在举行各种形式的纪念周恩来的活动，今晚电视播放了周恩来安排基辛格秘密来华的资料片。

《历史上的今天》称斯大林为伟大的马克思主义者,但在苏联已公开指责斯大林犯下的罪行,并为被斯大林当作敌人的布哈林等人平反,重新在苏联出版的《阿尔巴特街的儿女们》就有大量描写斯大林的情节。

## 三月六日

持续未断的风今天达到了六七级,除了骤雨来临时会出现短时的大风外,在晴日中长时间刮这样的风非常罕见。

风将一切掀起,门窗哐哐作响,地面似乎都在震动。建筑群中的风如同乱礁中的流水,凌乱地旋转,形成一个个旋涡。沙土、纸片无休地腾起又像鸟一样落到地面。烟尘不断从门窗缝隙涌进。

这样的风,你会想到它能将地面上的阳光刮起。

## 三月七日

修改诗《麦田》,寄给《北京晚报》。

读《先知》。纪伯伦伟大。读了几页《查拉斯图拉如是说》。尼采疯狂的理性。读《紫罗兰》。塞弗尔特的十二个月诗使我反复体味。读《世界文学》。阿赫玛托娃怀念诗人曼德尔施塔姆。读《世界 100 位作家谈写作》。

这一天拿起了许多书，读了几页便放下一本。

风真疯了，今天仍然狂奔不已。

# 三月八日

风像余音已减弱。上午天空纯蓝，下午蓝色仿佛已褪色，天空淡蓝。阳光分外鲜明。

今天是妇女节。有庆祝的形式。世界上其他国家还定有"姑娘节""母亲节""主妇休息日"等。有各种各样的节日，但没有男人节。为某种事物设立节日是因为社会对该事物有欠情，从而对它进行补偿。正如在冬天缺少温暖，人们才寻找火。

# 三月九日

今天气温骤然升高，达十四度，刮了数日的风仿佛一个令人厌恶的人从房里退了出去，天空一下子恢复了宁静。天空没有一丝云彩游动，湛蓝的色彩与地面的橘黄形成鲜明对照。

读乔治·吉辛的《四季随笔》。我一直对散文随笔类作品有偏爱，它们比小说更吸引我。这是抒发所见所闻所感所想的最好方式。诗会有遗漏，而小说有某种距离。

## 三月十日

读米斯特拉尔诗集《柔情》。

在世界文学史中有两位米斯特拉尔，他们都获得了诺贝尔文学奖，一位是法国诗人，一位是智利女诗人，《柔情》是智利女诗人所作。她的同胞聂鲁达因仰慕捷克诗人、作家杨·聂鲁达而取了他的名字，她是否也是取了法国诗人的名字，没有研究家提到过。

她具有西班牙、巴斯克、印第安三重血统，她在智利北部一个小村庄长大。她是一位天生的诗人，她的情人自杀，影响了她的终生，这结果便是她一生未嫁以及她的诗中流露出的一种受挫母性柔情的缠绵和愁闷情调。

米斯特拉尔是传统世界最后一位理想主义诗人，她以上帝的身份充当世界的母亲，她歌颂正义、真理、和平，关注儿童、弱者、生物。从她的诗中可感受到一颗博爱的心。在她之后，传统瓦解，人们误以为找到了新的价值标准，诗人以普通之人出现，吟诵自身的不幸。如阿赫玛托娃、普拉斯。原本意义上的诗人似乎已消失。

## 三月十一日

吉辛在《四季随笔》中说："我远不认为，我自己的目标显示了一种可供所有的人追求的最佳理想。也许不是。我很早就知道：基于个人的偏爱，鼓吹改革是无用的。只要理清自己的思想就够了。不要追求规划一个新的世界体系。只是关系到我自己，我决不向别人宣传。"

我也有过这样的想法。但包括我在内，每个人都乐于向别人宣传自己的生活方式，这不是人们具有这种天性，而是人们都认为自己的生活方式最好。

从世界范围看，大国将自己的意识形态推行给小国，一国向另一国输出革命，一个民族将工业文明带给一个蛮族，到作家将自己的处世方式写给读者，邻人传授给邻人。当这种输送带着强迫性时，便有了争吵与战争。

## 三月十二日

地球表面还有哪个部位没被人类征服过吗？我知道人类登上过最高的山峰珠穆朗玛峰；潜入过最深的海沟马里亚纳海沟；到过地球的最北端和最南端。人类登上过月球，进入过太空，还有什么能被轻易称为奇迹吗？也许有一天人类会将地球钻透，而修筑一条甬道，大大缩短从东半球到西半球的路程，就像人类掘通苏伊士运河那样。

但是还没有一个这样的探险奇迹是由中国人完成的。

## 三月十三日

春天了，大地像一块解冻的冰微微松动，它舒展开来，使走在上面的人能感受到体温。我站在那座小山冈上，向远处望去，辽阔的地面许多处升起轻烟，这是整理田地的农民在燃荒草，风徐徐地刮走，使烟像飘动的带子。看着这番景象非常亲切，它是一种古老的现象。远山仿佛已苏醒，注视久了，它真像在缓缓蠕动。空中有几只风筝。

## 三月十四日

将树木种在人居住的地方，像将孩子生在虎穴中一样。居民区的孩子对刚刚种上一两年的幼树来说，就是一群虎狼。他们无所顾忌地虐待、折磨它们，残忍地将它们弯到地上或拼命摇晃。风摇晃它们，像人做体操一样，为了树木的健康；孩子摇晃它们，则是一种酷刑。一年过后，有许多小树干枯了，杀死它们的刽子手是自私无知的孩子。

## 三月十五日

一九八六年美国哈泼—罗出版社出版了一部名为《哈佛读书指南》的书。书中由美国著名的哈佛大学一百一十三位著名教授介绍了对他们的思维方式的形成产生过影响的书。《科技时报》提到了它。

丹尼尔·阿伦教授举出埃德蒙·威尔逊《阿克塞尔的城堡：1870—1930 的想象文学研究》，这本书使他第一次广泛接触了象征主义。他认为威尔逊是当代美国第一流的女人。我对威尔逊比较陌生。

## 三月十六日

人是目的，其他一切都是手段。诗也不例外。弘扬良善，针砭丑恶，传达感悟，抒发情思，形式有异，本质相同。所谓诗回归本体，我想即是从一种手段形式转向另一种手段形式。

现代人类的全部不幸，之一在于商业社会使人的原始情感功利化，人与人交往中无偿的感情已经消失；之二在于高度发达的科技水平使人类愈来愈与自然对立，人类的生活与自然节律脱节，愈演愈烈。人类的追求使他们不能从容、舒缓地生活。

我写诗便是为了恢复人类的最初情感，使人类生活与自然运行同步。

## 三月十七日

在王府井书店买泰戈尔《回忆录附我的童年》。这是泰戈尔在两个时期写的童年生活的两篇自传。泰戈尔是诗人，同时又是感性哲学家和博爱的宗教家。他精通英文使他不同于南亚土生的作家，他是南亚人又使他不同于西方作家。写回忆录是散文作家的事，因而泰戈尔的自传像诗，高于回忆录。又使回忆录中减少了叙事成分。

## 三月十八日

叔本华认为思考和读书在精神上的作用，可说是大异其趣。最好的读书时间是在思想的源泉停滞之时。

思想家可分成两类，一种是专为自己而思想，另一种是为他人而思想。前者称为"自我思想家"，他们才是真正的哲人。后者可称为"诡辩派"，他们渴望人家称他们是"思想家"。前者一生的快乐和幸福，也是在思想之中，后者的幸福不是在本身中，而是在他人的喜好中。

## 三月二十一日

前几天气温骤然上升，白天温度达十七摄氏度左右，可以脱去毛衣了。但近日气温又降了下来，使人又穿上冬天的衣服，虽然白天温度在七八摄氏度，但给我一种感觉仿佛比冬天还冷。因为这已是温暖的季节，却显出寒冷，这就同虚伪的人比直接的无耻者更令人不舒服和憎恶。

下雪常常在夜里进行,早晨醒来令人意外地吃惊。外面在下雪,但大地仿佛已有了温暖的武器,雪虽然攻了进来,但它们损失惨重,它们不能长久占领,大地没有屈服,不断地夺去雪的生命,以至当雪断了援兵,不久便被大地消灭得一干二净。

## 三月二十二日

今天第一期的《外国文艺》刚刚到,内容很好。有美国剧作家谢泼德的剧本《被埋葬的孩子》,但更使我欣赏的是艾略特的两篇诗论:《诗歌的音乐性》《诗的三种声音》和诗歌栏目。它刊了瑞典三位诗人作品,意大利诗选和苏联诗人阿利耶娃的诗。

我读过瑞典诗人拉格维斯的小说《侏儒》和《巴拉巴》,今天读他的诗,再一次震动了我,他的诗像他的小说一样,简练洁净、含意深远,寻求解答人类永恒问题。这是他的《有一天》:

有一天你将成为生活在远久时代的一个
大地将回忆你,如同它回忆小草和森林
那片腐烂的树叶
如同泥土和山峦

回忆那些来去匆匆的风

你的安宁将变得海一样无边无际

# 三月二十三日

我几乎在陷入消遣的沼泽之中。我在收集外国电影录音的片段,在电台播送电影录音时,我先将它们全部录下,然后选择其中全剧最精彩的对白,将其摘录下来,合成到一盘磁带中。现在已录到《王子复仇记》《牛虻》《简·爱》《追捕》《上尉的女儿》《复活》《佐罗》等影片。我想起了梭罗,如果没有录音机,我便不会滑入这种歧途。

# 三月二十四日

早晨当我醒来拉开窗帘,外面屋顶覆盖着一层白雪,瓦棱优美的图案被清晰地映现出来。雪还在下着,天空迷蒙,但空气是暖的,使许多雪片在途中变形,甚至还未降落地面,便形成了水滴。只有枝丫裹着雪衣,以及泥土地面积着湿润的薄雪,水泥柏油路面则是水汪汪一片。雪一直下到近午才停止。

## 三月二十五日

近日读泰戈尔的《回忆录·我的童年》,我翻《大不列颠百科全书》,看介绍泰戈尔的条目。无意中看到了太阳鸟的条目。我写过一首短诗《太阳鸟》,并于一月三十一日在《北京晚报》发表了,写这首诗时我不知道世界上真有一种鸟叫太阳鸟,我只是将太阳当作一只鸟。

书上介绍说太阳鸟是雀形目太阳鸟科约九十五种鸣禽的统称。它们像蜂鸟一样,主要以花蜜为食。主要分布在非洲,分布最广的是灿烂太阳鸟。

## 三月二十六日

绝没有两个完全相同的白天。昨天是雪后天晴的第一天,阳光充沛,空气透彻,天空辽远,令人精神舒畅,肢体舒展。今天仿佛是已穿了一日的新装,附着淡淡的灰尘,空间失去了透明感。

同 S 和 N 去北山照相。山野的色调仍是灰暗低沉,但已不同于冬天了,这不同之点在哪里我不能明确说出,但我总感到这色调在悄悄变化,大地在变换颜色。我第一次留心观察,在枯萎的草丛中,新绿的植物已点点萌生。

## 三月二十七日

人类对地球的利用，就像人对生命的利用。儿童看不到人的生命是有限的，他充分浪费和挥霍生命，生命在他眼里如同一口井，里面有取之不竭的水，得不到爱惜。当他发现生命的有限与短暂时，他的生命可能已受到了损害，这时他第一次意识到死，并努力去挽救。人类对地球的使用也是这样，消失的森林和动植物种类正是人类在意识不到地球有限时犯下的罪行。但要使全人类都能想到地球上的一切都是有限的，还需要一个长期的过程。

## 三月二十八日

据报载，目前美国诗人和诗歌数量之多令人咋舌。《美国诗人和小说家手册》记载中，就有三千九百一十八位诗人，一百一十二位行吟诗人，还有七百五十四人既写诗又写小说，那么在两亿多人口的美国，共有在册的四千七百八十四位诗歌创作者。《新书目录》报道，从一九八六年夏天到一九八七年九月，共出版了二百五十一部诗集，但一般每部只销行三百至四百册。

另一动向是，在美国格律诗正在兴起，一些年轻诗人喜爱这种诗体。狄安娜·瓦科斯基在美国《图书评论》撰文，号召保卫惠特曼的自由诗传统，同格律诗的倾向进行斗争。布拉德·勒莎塞尔在《新标准》发表的文章则指出："自由诗革命已到了衰竭期。"

## 三月二十九日

中央电台《我们的祖国》节目中介绍，一九八〇年联合国教科文组织将长白山列为世界自然保留地。"原始红松林在世界其他地区早已绝迹，只有我国长白山还保存着一片刀斧未临的红松原始林。"此话显然不实，我到过的小兴安岭"丰林自然保护区"便是一片原始红松林。

## 三月三十日

去南口西部植树。

已是春天，但阳光的浓重与牧草的萧疏仍有显目的对比。新萌发的植物像从大地中渗出的水，还未溢出陈年的枯草丛。在这样的季节劳动，感觉舒畅和轻松。肢体运动起来了，血液涨到了每个血管的顶部，人们感觉有力量要发挥出来。

爱默生认为：每一个人都应当与这世界上的劳作保持着基本关系，劳动是上帝的教育方式之一。我们一切心灵的功能，必定要在这强暴的世界里有一种敌对的力量，否则它们就不会生出来。体力劳动是对于外界的研究，它使我们自己与泥土和大自然发生基本的关系。大体上说来，务农是最早、最普遍的职业。

我常常有这个愿望，如果一个星期有一天在土地中愉快地劳动，便实现了我的一大愿望。

## 三月三十一日

进城，去成人教育局听"三论"课（信息论、控制论、系统论）。此次收获是遇见了同来听课的两个久别的同学：刘卫、田瑾莹。

田是晓青的弟弟。听他谈了一些"朦胧"诗人的状况，许多人出国了，美国邀请芒克前去，但他就是无法找出一个证据，来证明自己就是芒克，因为芒克是个笔名，他只好作罢。

去书店买了《看名画的眼睛》《中国绘画史》《外国摄影十大名家》《毛泽东》等书。

# 四月

## 四月一日

读《外国摄影十大名家》。它使我产生了一个强烈愿望：买一架相机学摄影技术。至少在不久的将来要实现这个愿望。

在所有艺术中，摄影最直接地将艺术家与外部世界联系起来，这个联系的中断便是摄影的死亡。它要求你到城市与乡村，到劳动的人群，到大自然中去。还有什么会比这一点更有利于艺术创作呢？摄影也是从事其他艺术创作的最好媒介。

在这十大摄影家中有两位是崇尚自然的，我羡慕他们。安塞尔·亚当斯毕生奔波在美国中部、西部地区，美国政府将内华达山脉的一个主峰命名为"亚当斯峰"。亚当斯说："如果你还没有在赤日炎炎的中午，在黎明的晨曦和黄昏的余晖中观察过它们，假如你还没有看到云影从它们身上掠过，假如你还没有在暴风雨来临的时刻，在狂风暴雨中看到过它们，那么你就不能说自己已经了解了大自然。"亚当斯的好友爱德华·韦斯顿五十二岁时在西海岸卡美尔的野猫山上，盖起了一幢简朴的木屋住在那里。他说："我天生就不是一个城里人，我之所以要离开旧金山，是因为我不喜欢这个地方。"韦斯顿说："云彩、人体、贝壳、辣椒、树木、石块、烟囱，都是一个整体中互相依赖和互相联系着的事物，它们都有生命。""不论在什么东西里，都能感受到生命的节奏,这是造化的象征。"

有以人像为主的摄影家,书中附了许多杰出人物的照像,如丘吉尔、爱因斯坦、海明威、奥登、邓肯等。

## 四月二日

持续十余日的风消逝了,仿佛路上过了一支庞大的军队,空中还飘浮着它足蹚起的泥尘。随之而来的是半阴半晴的天气,偶尔还下起小雨。一直显得阴凉,好像在阳光的追赶下,寒冷都躲进了室内,此时屋内比屋外更具寒意,因而白天我要将门开开,让暖气涌入。

高大的杨树像一座座塔,它们的棕色花穗在轻风中微微摇晃,像塔身悬挂的铃铛。

## 四月三日

今天是星期日。在春天应该去田野或山地待上一整天,晒晒太阳,沐浴和风,让肢体和神思充分自然地舒展。更主要地感受季节的变换,看看第一只蜜蜂,第一朵花蕾,第一点绿色。但是风沙、寒冷、阴雨使我躲在了屋内。昨晚为了看电视节目《世界电影之林》等到晚十二点,晨一点才睡。早晨醒来,一直处于恍惚状态,一天什么也未做好。

## 四月四日

今日清明,刮起了大风。一年中有两个节气非常敏感,一个是立秋,这一天一定是秋高气爽的样子,然后又恢复到郁闷的夏天;一个是清明,无论如何会刮风,从童年时随祖母上坟便有了这个印象,那时上供的煮鸡蛋总是被刮上沙土,上供完毕,也被我们吃掉。今日的白云厚重,天空湛蓝,像深秋。

下午去影院看电影《红高粱》。在节奏与摄影上它与《黄土地》《一个和八个》《野山》《老井》等影片具有同一特征。它情节淡化,节奏缓慢,画面转换少,这样处理,使整个影片庄重雄浑,气氛严峻,富有质感。《红高粱》的确是我看过的最好的国产影片。我尤其喜欢片内的西部景色。

## 四月五日

读艾略特论文《诗歌的音乐性》。艾略特并不是我所喜欢的诗人,这意思是说他的诗还未深入我的灵魂,但他的诗论从《传统与个人才能》起就很吸引我,以至我认为他更是一个学者。

艾略特认为,诗人之所以关注于写评论文章主要是试图为他所写的那种诗进行辩护,或者试图详细说明他自己希望写的那种诗。但艾略特的诗论则涉及的是普遍性的、对诗人具有指导意义的东西。

他认为诗歌的音乐性并不是游离于意义之外存在的东西，"假如一首诗感动了我们，它就意有所指，也许意味着对我们非常重要的东西；假如没有感动我们，那么作为诗，它便没有什么意义了"。显然他是反对马拉美的。对诗中的意义他认为，一首诗对于不同的读者，含义可能会大不相同，而所有这些含义可能又不同于作者本人认为他希望表达的含义。读者对作品的阐释可能会不同于作者本人的阐释而同样有效，甚至更好。而诗之所以具有歧义在于："诗所包含的意义比普通语言所能传达得更多，而不是更少。"这像美国学者劳·坡林对诗下的断语，很可能后者沿袭了艾略特的说法。

艾略特不具有诗人的偏激，他很清楚历史，他对英语诗歌的考察，得出了这样的结论："诗不能过分偏离我们日常使用和听到的普通的日常语言。"这一自然规律比所有来自各方的因素对英语诗歌影响更为强大。这个思想也是他在本文中突出强调的。"诗歌领域中的每一场革命都趋向于——有时是他自己宣称——回到普通语言上去"（华兹华斯在他的那些序言中所宣称的革命）。"诗的音乐性必须是一种隐含在它那个时代的普通用语中的音乐性"。

艾略特不赞同那种认为一切诗歌都应该音调优美悦耳、富于旋律的说法。他认为有的诗是用来唱的；在现代大多数诗是用来说的。"除了无数蜜蜂的嗡嗡声或者古榆树林中鸽群的咕咕声外，还有许多要说的事物。"他不注重诗句、诗节，而强调整首诗的效果。从而"不和谐音，甚至噪音都自有它存在的地位：正像在任何一首诗的强与弱段落之间总有过渡，从而产生整首诗在音乐结构上所必需的情感起伏的节奏一样。与整首诗所起的作用的水平相应，比较弱的段落应该是散文性的，因此，在这种上下文的意义上，可以说诗人如果不掌握散文体就写不出层次丰富的作品"。

关于诗的美丑，"我认为在某种语言中已经得到承认的词之间并没有美丑之分。丑陋的词是同它的上下文不协调的词。一个词的音乐性存在于某个交错点上：它首先产生于这个词同前后紧接着的词的联系，以及同上下文中其他词的不确定的联系中；它还产生于另外一种联系中，即这个词在这一上下文中的直接含义同它在其他上下文中的其他含义，以及同它或大或小的关联力的联系中"。诗人的部分职责就是把更丰富的词恰当地安置到较贫弱的词中间去，但是我们不能用丰富的词把一首诗压得过重。

诗人的任务并非主要地、而且始终是进行语言上的革命。诗人不仅要根据他个人的素质，而且还要根据他处于什么时代来改变他自己的任务。渴望在措辞和音韵上不断地花样翻新，与固执地恪守祖辈的语言同样是不健康的。有探索的时代，也有发展已经获得的疆域的时代（对美国语言贡献最大的诗人是莎士比亚，在他短短的一生中，他完成了两种诗人的任务）。

关于诗的结构，艾略特认为诗的音乐性不是一行一行的诗句问题，而是整首诗的问题。至于"自由诗"，他说，对一个想要写好诗的人来说，没有一种诗是自由的。只有拙劣的诗人才会把自由诗看作是摆脱形式的一种解放而表示欢迎。"自由诗是对僵死的形式的反叛，也是为了新形式的到来或者旧形式的更新所做的一种准备。"艾略特是古典主义者，他坚信，回到固定甚至是雕琢的格式上来的趋势是永恒的。关于形式，"形式是由某个人想要说些什么而产生的，在这种意义上，诗的产生先于形式……形式必须突破，然后再重新建立：但是我相信任何一种语言都有它自己的规则和限制，有它自身允许的破格，并且对语言的节奏和声音的格式有它自身的要求。而一种语言总是在变化着，它在词汇、句法、发音和音调上的发展都必须为诗人所接受并加以充分利用。诗人反过来有特权在发展和维持语言的品质、表达感觉和情感的广阔而微妙的层次的能力方面做出贡献。诗人的任务是既要对变化做出反应并使人们对这种变化有所意识，又要反抗语言堕落到他所知的过去的标准以下"。

当代诗歌正处在一个寻找合适的现代口语的时代。但是到了诗的用语可以稳定下来的时候，随之而来的将是一个讲究音乐性的时代。诗人可以通过研究音乐学到许多东西，一首诗或者诗中的一节往往首先以一种独特的节奏出现，而后才用文字表达出来，这种节奏就会产生意念和形象。诗中主题的回复运用和在音乐中一样自然。但是，不论诗歌在音乐性的雕琢上走得多远，我们避嫌期待，它必然会有被重新唤回到口语上来的时候。同样的问题会不断出现，而且总是以新的形式出现，诗歌永远面临"永无止境的冒险"。

艾略特的诗论是理论性的，具有指导意义的，而一个纯诗人的论点是仅属于他个人的。

# 四月六日

读川端康成《伊豆的舞女》。晚北京电视台将播出日本拍摄的同名故事片。看完电影，感觉遗憾。影片在某些地点对小说作了删添。在摄影上并未表现出小说中描绘的景物美，电影增加了一歌妓的悲惨命运，导演可能想以此来预示天真纯情、未知世事的阿熏将来的命运，增加男主人公未能与她结为伴侣的遗憾。但这样做实际破坏了川端小说中的基调，小说表现的是一种纯情，自然美与情感美的统一，而电影则将人引向对一种社会的憎恨，带上了"左倾"的色彩，这种艺术的功利态度一定会受到川端的反对，假如他并未死去的话。

# 四月七日

在《文学报》认识了一位老人：米格尔·托尔加。这是葡萄牙当今最优秀的散文和小说家。托尔加的主要作品是从一九四一年开始撰写的《日记》。《日记》内容丰富，有纪事、散文和诗歌。我第一次知道当今还有以写日记为主的重要作家。

托尔加认为，作家不应该一味迎合读者，作家要有使命感。更不该看传播媒介的眼色行事。写一篇小说，一首诗歌，首先应考虑作品是否会对读者产生影响。假若读者读不读作品一个样，毫无变化，那还要作家干什么？

托尔加深居简出，十年只会见两次记者，许多大学聘请他担任名誉教授，均被谢绝，他说："作家是通过作品说话的。"

## 四月八日

艾略特《诗歌的音乐性》刊登在《外国文艺》今年第一期上，同时还有他的论文《诗的三种声音》。

在《诗的三种声音》中，他认为，第一种声音是诗人对自己说话的声音，第二种声音是诗人对读者说话的声音，第三种声音是当诗人试图创造一个用韵文说话的戏剧人物时诗人自己的声音（诗人借角色之口发言）。

关于第一种声音的诗，并不一定就是我们笼统地叫作"抒情诗"的东西。《牛津辞典》对"抒情诗"一词的定义是：现指短诗，通常分成节或联；直接表达诗人自己的思想和情感。但是简洁和表达诗人自己的思想和情感之间并没有必然的联系。

和第一种声音的诗相关联的是"直接表达诗人自己的思想和情感"意义上的抒情诗。德国诗人戈特弗里特·贝恩在他名为《抒情诗问题》里讲一首"不对任何人说话"的诗的作者如何着手写作：有某种东西正在他心中萌发，他必须为它找到词句；但在他找到他需要的词句之前，他无法知道他需要的是什么样的词句；当他找到这些词句后，那个他不得不为之寻找词句的"东西"却消失了，代替它的是一首诗。

艾略特随之说：在一首既不是训导又不是叙事，而又没有受到任何别的社会目的的激发而写成的诗中，诗人所关注的可能只是用诗来表达这一朦胧的冲动。在他说出来之前，他不知道该说什么；在他努力把它说出来的过程中，他并不考虑要让别人理解什么东西，在这个阶段，他根本就不考虑别人：考虑的只是如何找到恰当的文字，或者是错误最少的文字，他毫不在意在他写出之后别人是否会听，是否能理解他写出的东西。他心里压着一个沉重的负担，为了解脱，他必须将它生产出来。换一种形象化的比喻来说，他为恶魔所缠，在这个恶魔面前他感到毫无力量，因为在它最初出现时，它没有相貌，没有名字，什么都没有；那些文字，诗人创作的那首诗，是驱除这个恶魔的一种形式。再换句话说，他费了那么多神，并不是要和谁进行交流，而是要摆脱强烈的烦闷；当文字最后被恰当地安置好时，他也许会感到筋疲力尽，感到一种舒畅、解脱，以及本身难以形容的近乎一无所有的感觉。这时他可以对那首诗说："走开！别指望我还会对你有什么兴趣。"

关于第三种声音的诗,这些诗有一种自觉的社会目的,旨在娱乐或教导读者的诗,讲故事的诗,说教型传达寓意的诗或者作为一种说教方式的讽刺诗。诗人对其他人说话的声音是史诗中占主导地位的声音。史诗在本质上是讲故事给观众听。

诗的第三种声音,也就是诗句的声音。

这些声音常常是交织在一起的。在每一首诗中,从个人的冥想到史诗或者戏剧,都能听到一种以上的声音。如果作者从来不对自己说话,创作的结果就不会是诗,尽管它的文辞华丽。但如果一首诗完全只是为作者写的,运用的是完全个人和别人听不懂的语言,那么一首只是为作者写的诗根本就不是诗。

## 四月九日

临近黄昏,去北山散步。农妇在整理山前的麦田。电线杆穿地而过。一只乌鸦飞来,停在杆顶,它镇静的样子旁若无人。我很久未见乌鸦了,这次它没有叫。这只乌鸦通体黑色并闪着幽光。电线杆是木制的,涂着防腐的柏油。乌鸦落在上面仍是显眼的。不久,它飞进麦田,另一只乌鸦飞来了,落在了它的近旁,它们也许是夫妻。

在一棵洋槐树上,停着几只喜鹊。它们总是站不稳的样子,长尾巴一翘一翘的。很轻易地见到它们,使我很高兴。

## 四月十日

在城关小学为高等教育自学考试监考。

天气尚好，但有一种凝滞的感觉，仿佛日晕天，它预示着将要发生什么。坐在敞开的后门，外面的小杨树已萌芽，第一片叶子已舒展开来，像小杨树的头生子。几只麻雀安稳地蹲在树上，它们在这行人走动的楼群里，神态安详。许多动物经过人类驯化后，变成家禽、家畜。麻雀同人类相处这么密切，真像经过了驯养，我不明白，麻雀为什么不像山雀、杜鹃那样在另一种远离残忍的人类的环境里生活。

我考虑着将一九八六年秋去围场看白桦林的感想整理出来，给王衍作征文使用。为此今天重新读了谢尔古年科夫的《秋与春》译文片段《五月》。

## 四月十一日

早晨天空便完全异样了，好像是黄昏。黄尘弥漫，遮天蔽日，它像一种浓雾天气，人们感觉像待在一只黄色气球里，看到外面的一切都仿佛在夕照中。风力并不大，但像在下黄尘雨。这是西北黄土高原刮大风扬到空中的尘沙飘散过来。它也是一种奇观。

## 四月十二日

写《去看白桦林》。

我写作有这样一个习惯,从第一稿开始,我便喜欢用干净的方格稿纸。这样一开始便会令我认真对待,每一遍都像在定稿,前面的白方块不断引诱我的笔去征服它。当写到什么地方中断后,我会返回来重新开始,决不在中断的地方继续下去,这像我们过河,当第一次跑过去未敢跳起时,我们会再返回来重新冲上去,一直到跳过河去。

## 四月十三日

谢尔古年科夫说:"如果我的早晨不太使我喜欢,它在某个方面有缺陷;或者是露水太冷,或者是太阳来得迟了,或者是由于风大,吹来了过多的乌云,因而使森林里阴沉沉的令人不舒服,但一想到在某个地方有另外的早晨——明媚的、灿烂的、有宜人的露水和准时升起的太阳——我就高兴起来,以至于觉得,我的灰色的、倒霉的早晨一下子变得好多了,如果直率地说,简直非常好了。所以无论是寒冷的露水也好,太阳也好,呼啸的风也好,乌云也好,我现在都不把它们当作是对我的惩罚,而是当作珍贵的礼物来接受。"

每天早晨起来,当我因恶劣的天气而欲发怒时,我便会迫使自己想这句话。真的，连我这个喜欢北方的人，也因春天的风沙而开始厌恶北方了。春天在悄悄地走动，我总想等一个好天气到野外去待上一天，好好看看春天中的一切，但连日的几乎不间断的风沙总将人关在屋子里。有一天风和日丽了，当我们去户外仔细观看时，我们发现，春天已经过去了。

## 四月十四日

我忽然觉得我的室内应该存在某种生命。我的室内是书籍、绘画和音乐的天地，它们常常令我感到窒息。我应该能看到生命，每天发生变化，感到泥土就在我身旁。能够战胜死亡的事物，只有泥土。

## 四月十五日

今年的春天风沙格外大，超过了我印象中的任何一年。春天本身也在年年发生变化，这更使我相信季节也有生命，也在衰老。但因素是人为的。

## 四月十六日

进城。看"摄影沙龙作品展"，地点：（中国）美术馆。对展出的作品不满意。里面有许多人为的痕迹，否则是可以拍好的。比如一幅照片中，一个老年农民蹲在碾子前抽烟，一个青年农妇在推碾子，但碾盘上没有任何谷物。这次摄影展出现了裸体片：一个女模特，一个负伤躺在医院病床（手术台）上的士兵，士兵的生殖器明显地暴露着。

在新街口书店买《失乐园》《胡萝卜须》《影响世界历史的16本书》。

## 四月十七日

读儒勒·列那尔的《胡萝卜须》。这是百花文艺出版社出版的散文集，印数九百册。我想不起来，我是不是见过比它印数更少的书了。这是十亿人口大国目前的精神状况。

《胡萝卜须》中还收有列那尔的《自然纪事》和《日记》。列那尔是崇尚和力行文字简洁的作家，不知海明威是否受到过他的启发。他的《日记》中记着这样的话：

"一个用得好的词儿比一本写得坏的书强。

"我希望不再看到超过十个字以上的描写。

"我不写诗，因为我非常喜欢短句，而一行诗于我已觉太长。"

他这样追求文字上的完美，而为此付出了代价："我是一个追求完美的作家，因此我不能成为一个伟大作家。"

这句话震动了我，因为我感觉我也在追求完美。

## 四月十八日

听了电影录音《悲惨世界》后，感到德纳第是个集人类卑劣品性于一身的典型，在我的印象中，人们对这个文学人物关注得并不够，远不像堂吉诃德、阿巴贡、葛朗台那样鲜明。邱岳峰为德纳第的配音是不可替代的，假如没有他，那么德纳第可能不会这么可憎。

小说《悲惨世界》早就买了，一直未读。这次拿出第一册细读。雨果是伟大的。通过小说，感觉出他首先是个诗人，字里行间处处体现出来。

## 四月十九日

室外阳光灿烂，我去厨房，外面一棵香椿树上的麻雀忽地飞走了。它隔着玻璃看见了我，（我的居室是二层楼）虽然室内比室外暗。它的机警令我吃惊，乡下把麻雀叫"家贼"，意思是它们比其他的鸟类狡猾。

同人类长久世代生活在一起，机警是不可缺少的重要条件。

## 四月二十日

写完《去看白桦林》,大约一千二百字,时间用了约一周,写了四五稿。这是在一九八六年十月去内蒙古、河北围场机械林场笔记基础上写成的,并将它给《中外产品报》文艺部"二毛杯"征文之用。

## 四月二十一日

安塞尔·亚当斯是我新认识并喜欢上的风景摄影大师,浙江摄影出版社出版了《亚当斯:40幅作品的诞生》,中国摄影出版社出版《A.亚当斯论摄影》。

在摄影作品中,我天性喜欢黑白影片,这也是多数艺术摄影家喜爱的。彩色摄影并不能真实反映自然界的颜色,相反却使它人工化、虚假化。《大众摄影》上一篇文章说:"黑白摄影是以不同的灰色再现物体的色彩和深浅,色彩被抽象化了。这些灰色表现出千百种层次,特别是在抒发情感,传达气氛方面有独到之处。"

黑白照片的色调朴素,贴近泥土,它适于表现人工环境(城市)以外的一切,可能季节交替时的照片除外。

## 四月二十二日

今晚出了个辩题让学员讨论。题为：物质的进步与人类道德（精神、灵魂）的变化是成正比或反比（每个人都从自身经历的感受中回答这个问题）？

有些学员从所受教育出发，谈随着物质财富的增加，人的精神面貌会不断向好的方面改善。有些学员认为近些年，人们物质生活水平提高了，人的精神生活也丰富了。这是持两者成正比的观点。有些学员则讲到社会上一些坏现象，近年来人际关系的紧张。它持两者成反比的观点。

我想，除了共产主义意识外，还没有谁将人类的前景、未来设想得无限美好。多数思想家、艺术家在他们深思熟虑后，都得出了"今不如昔"的结论，这也是朴素的人们的切身感受。梭罗说，进步仅仅改善了人居住的房屋，而里面人的心灵却丝毫未加改变。

我认为物质的进步与人类道德变化成反比。科学技术的发展为人类提供了前所未有的财富，它给人类的享受创造了条件，同时也将人类在贫匮时期偃息的贪欲刺激、释放了出来。无论多么丰富的物质财富总在一定时期后就让人感到不满足，人总处在为自我攫取的状态中，争执便从而产生。在贫困时代人类互相合作，相濡以沫的情谊消失了，代之以竞争、谋算、你死我活。

人类的贪欲是由物质的丰富创造出的，而物质条件无论丰富到何种程度都不能完全满足人的贪欲，这是人必然争夺的缘由。

## 四月二十三日

今日的《文艺报》公布了中国作家协会第三届（1985—1986）新诗（诗集）评奖结果。获奖诗集十部，它们的作者是：

叶延滨、绿原、吉狄马加、李小雨、刘湛秋、郑敏、北岛、梅绍静、叶文福、晓桦。

江河、顾城及蔡其矫落选。

这次评选思想以尊重不同风格、多向度地审视诗歌的创作成果为基点，显然至少江河成了这个基点的牺牲品，因为已评上了北岛。

该报第二版刊登了顾城一文《新诗话》。文中谈了老庄、中国文化、中国的类现代主义诗歌——"朦胧诗"。

很长时间未与他联系，据说他去年去了欧洲回来后，在香港停留了几天，然后去了美国。也许去那里定居。

## 四月二十四日

只要不是圣者，谁能不为之所动呢？每天买的商品价格像夏天的河水，不断上涨，周围的某个熟者或报上披露的什么人很轻易地发了一笔财，整个社会的重物轻文的氛围，都使人心潮不平，欲干一场。

一没有二多，二没有三多，得到一颗珍珠，便会再想为它配一华美的盒子。有了盒子还应有与之相称供放它的柜子，柜子太奢侈了，就需要更换室内其他器具，以与它和谐，由此还需要换个好房子，要有佣人和汽车，银行的存款要尽可能多，等等。只要人走了第一步，便会想迈第二步，这是无止境的，他的一生便由此决定。多么可悲。

## 四月二十五日

王衍来了。中午饭后，我们谈起了文学。总是如何增加收入，很久未谈这个话题了。他的宏观思维很好，任何一个思想，他都将其设想为一个完满的体系，无论这个体系大小。

这次他讲了他思考的"情结体系"。这个体系由三个字构成，他准备将其写成一篇小说。这三个字体现在人身上。

"缝"意为缝隙：在人与人之间普遍存在着这个东西，或大或小，无论多么亲密无间的人都不例外，甚至夫妻。因此孤独是必然的。

"残"意为残缺：人不能完全进入绝对的幸福状态，人的生活都是有残缺的，不能完全满足，痛苦也是必然的。

"延"意为延续：人从各个方面继承了一些东西，物质的、精神的，因此看父可知子。

## 四月二十六日

又是那只麻雀吗？它衔着一束绒毛，停在小柳树上，四下看看，还是没有完全放心，它没有飞进平房后檐的巢内，可能它看见了人，衔毛飞离了。正是它们将要生儿育女的季节。麻雀不知为室内的我增添了多少宝贵的东西。

## 四月二十七日

考虑将去年八月去东北的笔记，以散文形式整理出。将有一篇《嘉荫笔记》，一篇有关小兴安岭丰林自然保护区的《森林世界》，长白山《天池笔记》。这是写完《去看白桦林》后的想法。

## 四月二十八日

收到《世界文学》第二期。在目前书籍全面涨价的形势中，

《世界文学》仍然定价一块二毛,未减页幅,依然三百二十页,它大三十二开,书籍形装帧。深受我喜爱。

本期刊出《普鲁斯特传》和普鲁斯特《追忆逝水年华》选章。还有葡萄牙老作家米·托尔加的作品。我在《文艺报》知道他的,他无疑也是我喜欢的作家。

## 四月二十九日

"城市会使人变得凶残,因为它使人腐化堕落。山、海和森林,使人变得粗野。它们只发展这种野性,却不毁灭人性。"(《悲惨世界》第一部第一〇六页)

我深深赞同雨果这种说法。

## 四月三十日

午从传达室拿到王衍来信。信显得厚,摸着像有一篇稿。我想是不是《去看白桦林》被退了?回到居所,果然如此。王衍的信中写道,这篇稿部主任读了大半篇没有震动他,要我改写一下。王衍表示遗憾,让我重写一篇另一种格调的。

在这个社会搞纯文学很难。

# 五月

## 五月一日

　　五月是一年中最好的月份。扬沙腾尘的春风终于偃息了,风和日丽,青草和麦田覆盖了地面,小鸟藏在绿荫里婉转啼鸣,新绿的叶子渐渐扩展,空间弥漫着树花的香气,农民在土地上劳动。

　　我到乡下去,在待播的稻田地里,走动着许多小鸟。它们的体形比麻雀小巧,动作灵敏,它们走动的方式引起我的注意,像鸡那样迈步,而麻雀则是双足蹦跳的,它们体小却迈步走动,样子很引人发笑,就像孩子学大人一本正经走路一样。我叫不上它们的名字,它们似乎从不飞到树上,飞得很低,落在田里便和泥土相混,如果它们不走,简直认不出它们。

　　晚电视台播放美国影片《愤怒的葡萄》,是根据斯坦贝克同名小说改编,小说我未看过,影片很喜欢。

## 五月二日

　　上午同姑姑到田里种花生,阳光照耀,轻风拂面,空气清新,土地松软,人类还有什么劳动能同在土地上的劳动相比呢?劳动中的舒畅感,精神的明澈,我很想说"劳动万岁"。

## 五月三日

有许多这样的作家,只是我还没有全部知道。澳大利亚诗人罗德尼·霍尔是我新知道的这样的诗人。他和妻子居住在远离悉尼数百公里之遥的海滨,周围数里之内别无人烟,只有各种野生动物。他的一个独具特点是,他喜欢站着写作,每周工作六十个小时。他从不看电视,不用电灯,每天在大海的涛声伴随下,就着摇曳的烛光写作至深夜。

霍尔十七岁开始创作,他喜欢中国古诗,他认为:"中国古诗比日本俳句和充满宗教色彩的印度诗歌更有意思。它很有个性,很能唤起读者感情,我写诗时也力图达到这样的效果。"

霍尔已出版十一卷诗歌、五部长篇小说。我还未读到他的作品,我想他的诗我不会不喜欢。他提到了澳大利亚最有趣的几个作家和诗人,我都是陌生的:戴维·福斯特、莫里·贝尔、布鲁斯·多等。这之前,我只知道怀特。

## 五月四日

在苏联,在雅斯纳雅·波良纳有托尔斯泰庄园,在斯巴斯科耶有屠格涅夫庄园。屠格涅夫在这里度过了自己的童年,在以后的莫斯科、彼得堡和柏林求学期间,假期都要回到这里。在长期旅居国外时,每年夏天和秋天都要回到斯巴斯科耶来写作,

《猎人笔记》便是在这里写出的。在庄园的大门口有屠格涅夫的一句话：

"只有在俄罗斯乡村中才能写得好。"

## 五月五日

改写毕《去看白桦林》，九百字。寄王衍。在信中说，这篇散文对我来讲，近乎呕心沥血。它代表我目前写作散文的风格，将我的灵魂融入其中，对他人来说是启示性的。

我想，这种单纯的写法，也许会被视作浅淡。

## 五月七日

我的家乡就要遭受一场劫难，没有什么事情比这更使我震动，我感到悲哀。在村子的东北面，在家乡田园景色最典型的那个地方，将建一座大型水泥厂，它像死神，就要做村子的邻居。令我时时向往的家乡，我的灵魂萦绕的地方将不复存在。

今晚回老家听到了这个消息。但家乡的父老们似乎是欢迎这个灰色的水泥厂来临，因为这意味着过去所不曾有的、又使他们向往的工业文明的降临。占去的土地解脱了他们一部分劳动，有一部分农民要成为工人。这些诱惑着他们。而污染、景观的消失、机器的嘈杂等等恶果，他们还未意识到。可怜的父老们,没有人抵制这一灾难的临近。

## 五月八日

　　上午到麦田里帮助姑姑种玉米,天气晴好。有多长时间未与泥土真正接触过了?我有意光着脚,踩在松软、湿润、略带凉意的土壤上,我感觉我已与大地融为一体。人早与土壤隔绝,人再也体会不出此刻的幸福感,发展的终结是人生活在自己建造的与自然与大地隔绝的灰色棺木中。为了终极的幸福,你应该到田里来劳动。

## 五月九日

　　一九七〇年,日本作家三岛由纪夫切腹自杀;一九七二年,川端康成吸煤气自杀;今年四月九日日本又一作家民也从十二层楼上跳下自杀,终年七十六岁。
　　死是一扇门,每个人都会进去。自己走进去总比被强力推进去好。

## 五月十日

　　美国最近出版了布罗茨基的论文集《小于一》,篇幅达五百页，题材广泛，涉及文学、语言、文学史、时间、空间、战争、和平等问题，还有个人的往事回忆。俄罗斯不是净土，没有为艺术而艺术的空气，旧俄的艺术家关注人民的苦难，新俄艺术家关注强权的专制。布罗茨基移居美国，血液仍是俄罗斯的。

这本书写于一九七五至一九八五年间，他认为阿赫玛托娃是"深谙俄罗斯民族诗歌及其悲剧性的诗人"。曼德尔施塔姆是"用自己的诗歌战胜了时间"的人。茨维塔耶娃的作品中存在着"被艺术之光照亮了的良知"。奥登则是"二十世纪最伟大的智慧"。

## 五月十一日

进城。去美术馆看了一个"现代青年漫画展"，这主要是一些新闻界和学院青年搞的。漫画的质量有些是不错的，具有全球意识，发展带来的忧患意识。一幅题为《进化》的漫画，画有一些耳朵、嘴巴、手足等器官在行走，寓进化将完整的人肢解为割裂的人。不知作者这个思想是否受了爱默生的影响。

在王府井书店买到帕斯卡尔《思想录》，但丁的《神曲·地狱篇》。

## 五月十二日

从《外国文艺》了解到，美国还有一个奇特的女画家乔治娅·奥基夫。奥基夫住在新墨西哥州，她在家里作画时习惯裸体，而且常睡在户外星空下，已感觉自己同沙漠融为一体。她"一往情深地爱着沙漠，就像我能爱一个人那样。沙漠是那么赤裸裸——呈现着多少世纪的死亡感觉——然而仍然是温暖而柔软的，我用皮肤爱它"。

一九八八年一月，华盛顿国家美术馆举办纪念她诞辰一百周年绘画展。

## 五月十三日

读《欧洲现代三大美术家》，这是北京图书馆搞的"台港及海外中文报刊资料"，三大美术家指马蒂斯、米罗、夏卡尔。我喜欢米罗、夏卡尔胜过喜欢毕加索、达利；就像法国诗人中，我喜欢雅姆胜过喜欢波德莱尔。这本期刊型的专辑由台湾报刊影印而成，所附图画皆呈朴素的黑白色，效果很好。

## 五月十四日

立夏已过，进入夏天了。我想我还没有仔细看看春天，它已被风沙掳走了。

下午登北山。麦地已秀穗，麦田的翠绿在褪色，我好像已嗅到丰收的气息。花期很长的刺槐，它的白色花穗已开始凋谢，香气已消散。山坡上的黄栌树吐出淡粉色的花丝，很像木芙蓉的花。凶猛的雄蜂在山梁上飞舞，它们不像在采蜜。长尾巴的山喜鹊穿行在稀疏的林中，发出"啥、啥"的叫声。山上有人在漫游，乌鸦一声不响在高空盘旋，它有一种不安全感，不知它的巢在哪里。

下山的路上，紫荆开着花穗，蜂群环绕着它采蜜。我发现蜜蜂将花粉黏附在两只后腿上，花粉渐渐成团状。这是蜜蜂盛花粉的器皿。山坡小路上，一只细弱的蚂蚁在顽强地做着一件事情，我看了很久。一个体积比蚂蚁肥硕的小型蜣螂死在道上，它可能被人踩过，它溢出的体液沾着两粒石子，这对蚂蚁来讲重如巨石。但它紧紧咬住这个食物不放，它要将其拖回穴内，它也许是个任务在身的工蚁，它只有将这个美味拖回去，才能完工。它扭动着，蜣螂轻轻晃动着，但是无法移动。直到我走时，那只可敬的蚂蚁仍在努力，没有谁来帮它，它也没有回巢叫兵的想法，只是自己一人在拼命拖着。

## 五月十五日

在东欧、中欧一些社会主义小国，艺术文化上也会出现一些巨人，以见它们同欧洲是一体的。芬兰西贝柳斯、波兰米沃什、南斯拉夫安德里奇等。现代大雕塑家布朗库西出自罗马尼亚。他一九〇四年移居巴黎。他崇敬罗丹。一九〇七他的作品初次展出，罗丹看到后，深惊奇才，邀他到自己的工作室为助手。布朗库西说："大树荫下难成长。"断然谢绝了。他与亨利·卢梭结为好友，卢梭故世后，其墓碑即由他做装饰雕刻，上面刻着阿波利奈尔的诗句。

虽然巴黎曾拒展过他的作品《公主》而把他激怒，但他一九五七年辞世时，把工作室及大部分杰作都遗赠给了法国政府，而不是罗马尼亚。他一八七六年出生。

## 五月十六日

写随感《由表及里》。是对优秀书籍近年逐渐减少印数的议论。《瓦尔登湖》是上海译文出版社一九八二年出版的，我一直想给该社写信，要求其重印，但终放弃。最近买到的百花文艺出版社出版的儒勒·列那尔《胡萝卜须》，印数只九百册，可怜。而武侠、案情类小说的印数常常是六位数。一个大国沿着这个方向发展，可知这个民族的精神。

《由表及里》五百字，寄《文汇读书周报》。

## 五月十七日

今晚在班上读《去看白桦林》。学员聚精会神,我相信他们受到了感染。这种影响是精神上的。我讲了我对现代社会中生活的看法。我仍主张人类得救之处：在于人类生活恢复到与自然节律同步。人人过上有保姆、厨师、司机的豪华生活是不可能的,除非猴子来做饭、开车、洗衣服。

## 五月十八日

王衍寄来《中外产品报》。《去看白桦林》与星竹的《美好如初》同刊在五月十四日的《中外产品报·周末版》上。这是"二毛杯"征文的第二回。第一回上周刊出的是丑牛《发往天国的信》。

因版面问题,《去看白桦林》第二段被删去一些,影响了其义的完整,如果由我来改是能保全的。

## 五月十九日

德国作家霍夫曼写过《雄猫穆尔的生活观》。霍夫曼是个幻想丰富的作家,同时又是音乐家和画家。我没有读过他的作品。东德女作家沃尔夫由此写了小说《一只雄猫的新生活观》,我在

《外国文艺》第二期读到了这篇小说。

……小说通过心理学教授巴泽尔家里这只雄猫麦克斯的眼睛观察科学，解释了现代物质文明对艺术的践踏，对人与人感情的破坏。"当今，甚至最为独特的才能看来也只能在荒诞不经的怪癖和平庸无谓的行为模仿中消耗殆尽……因为一切伟大的发展均已成为陈迹。""我不想把我的一生献于无谓的文学上，因为它总是用人的灵魂那种玄妙莫测的深度作为自己赖以生存的基础。充其量就是这些深度，此外还有什么呢……正是这种所谓的灵魂才使诸如文学之类的非生产性经济部门得以成为一个有利可图的行业。""有些人希望使自己心地善良、乐于助人，忘记自己是动物的后裔，这是同他们缺乏生理知识有关……"这些话均出于猫之口。

## 五月二十日

身在美国的索尔仁尼琴声称，如果苏联出版他的著作，他将答应回到苏联。去年十月他曾通过美国之音向苏联听众发表他的演讲。

我读过他的小传，听林斤澜讲过他的《古拉格群岛》，在海子那里见过《癌病房》。索尔仁尼琴一九七六年来到美国，幽居在戒备森严的约五十英亩范围的住宅里，著书不止。他一直研究人被苦役营、医院和流放地囚禁的悲惨之状。因为他做过劳改犯，三十年前患过癌症。他的住宅带有图书馆和小教堂，他每天清晨起床，工作到很晚。他的最重要著作除了小说《古拉格群岛》外，是关于俄国革命的历史巨著《红轮》，共八卷本。

## 五月二十一日

收到衍之信，长长千言。虽然这里有一种激动的情绪，针对我数日前给他的信。那封信我很认真地对他的"情学影感"谈了我的意见。他有他的秉性，最大特点是对一切都不甘示弱，表里都要做个强者。我担心他会为了前者而最终牺牲了后者，因为两全便意味着都不全。

## 五月二十二日

开阳台门时，一只壁虎爬进室内。从科学观念上，我知道它对人类有益处，如果它待在我的室内，会帮我消除出现的蚊虫，更重要的是我可以结识一个人类之外的朋友。它会给我带来许多非物质的东西。童年留下的一切太深刻了，它们左右着我。我知道壁虎没有牙齿，但它被称为"五毒"之一，大人见到它们总要将其打死喂鸡。一种担心夜里被咬的恐惧，使我向外赶它，它似乎很不满意。它的尾巴在我赶它时断了，不停地摇摆着，当我过了一段时间再去看这条断尾时，已不动了，它在细沙土上留下了摆动时的年轮一样的痕迹。

## 五月二十三日

　　晨天空低沉、阴暗,上午下了阵雨。已下了几次雨,雨线垂直而下。雨比温度更象征夏天。

　　社会的发展使它远离了许多令人缅怀的东西,人在彼此疏远,我想总有一天"朋友"会像田园一样逝去。

## 五月二十四日

　　午后星竹来,告诉我他的报告文学《刘振茂和他的伙伴们》在今天的《光明日报》第三版以整版篇幅刊出。我找来报纸读了,感觉不错。星竹总想向诗靠拢,他的散文《美好如初》便是借用我的一首诗名。他在一篇中篇小说中摘了这首诗的段落,中心人物可能以我为原型。这篇小说《华人世界》将在今年第三期刊出,但据说该刊已停刊整顿。

　　在这篇报告文学中,他借用了我的诗句,如收割后的田野豁达了,并开始与同样豁达的天空相视,以及大队大队的北风等句子。结尾,他借用了重九的诗句:我要在同一根木桩上系好你的缆绳。

## 五月二十五日

雨后的两天天空高蓝。我又看到了很像嘉荫那样的景象:北半部天空白云堆积,南半部天空湛蓝如湖。整个下午都是这样。

五月应当听到蛙声,但是河流和池塘都干涸了,我童年时在家乡学游泳的河池都已消失。孩子们见不到水和水井。前几天在"军大"看电影,在它的喷水池中听到了蛙声。

## 五月二十六日

写了济慈和约翰逊传记的美国学者沃尔特·贝特在《哈佛读书指南》中谈对他影响最大的几本书:

《亚伯拉罕·林肯》,本杰明·托马斯著。它是关于人类历史上最伟大人物之一的许多传记中最简洁的一部。

《圣经》,金·詹姆斯版。该版常常被称作"英国散文最卓越的纪念碑"。它通篇的结构充满口语的特点,是人类精神生活和道德生活的最高指南。

《塞缪尔·约翰逊传》,詹姆斯·博斯韦尔著。它是所有传记中最有吸引力的一部。

《派迪亚:希腊文化的典范》,沃纳·耶格著。它是对公认的创造了西方文化基础的一个小民族造诣颇深的研究。

《科学与现代世界》，怀特海著。在表现从古代到二十世纪人类的伟大发现如何产生的这方面，此书是无与伦比的。

《莎士比亚全集》，用语言形式对人的行为的相互影响的最深刻的揭示，为其他任何作家无法比拟。

## 五月二十七日

人们仍天真地设想未来，其实"未来"在二十世纪已不同于从前人们想象的那样。发展与进步已不是无止境的了，因为人类生存的基础（地球）并不是无限的，有许多迹象已向人们预示，地球将会枯竭。几代人以后，"未来"也许将不存在。在我短短的生命里程中，自然环境发生了多大的变化：河水断流、水井干枯、鸟类稀少、冬天无雪、土地缩小、空气污浊。许多令人缅怀的事物永远消逝了，更长的时间还将发生什么变化？那些赞美发展与繁荣、工业与商品的人，实际是在赞美纵欲和掠夺，期望人类毁灭之日的到来。他们相信地球会取之不竭，他们的眼光从不关注自身之外的事物。

## 五月二十八日

顾城母亲来信，谈顾城从西欧讲学回来后到香港参加"中国当代文学与现代主义研讨会"，由于邀请国家较多，没有进内地便又去了澳大利亚，在大学讲学并做有关毛利人的研究。传闻的移居美国是不可能的，顾城说他永远是中国式的，他能过目不忘，但绝对学不好英语，他不喜欢西方的生活方式，连烫发也看不惯。这次出国仍穿他日常的中山装。在港会上"六十套西装中，唯一的中山装……"有人给他写了首诗发表在马尼拉《世界日报》上。

沈从文逝世后，瑞典皇家学院院士、诺贝尔文学奖评审委员马悦然说："沈从文是二十世纪中国最伟大的作家。他用独特的风格写中国的小人物，他是一位纯中国风味的作家，他可以说是'中国的福克纳'。""大陆和台湾地区的中国人都应该好好坐下来，好好读读他的每一本著作，重新发现沈从文。"

## 五月二十九日

下午去北山。麦地平展，从下部已开始泛黄，仿佛麦秆现在吸收的是大地的颜色。麻雀聚集在麦垄间的树丛，嘈杂地叫着，在麦田和树梢间往返。麻雀不远离人，转入山坡丛林，便听不到它们尖锐的鸣叫了。枣花正盛开，空气馨香。下起雨来，雨不大，雨打在树叶上，发出沙沙的响声，确实像雨滴一落到叶上便成了昆虫，贪婪地吞食着。

## 五月三十日

福建大学生诗歌协会拟出版《中国沙龙·新诗1977—1987》一书，登出征稿启事。今寄去诗三首，并附小传及创作宗旨。创作宗旨大意如下：

至少我现在这样认为：人是目的，其余一切都是手段。诗在人外，诗不例外。所谓诗回归本体，无非是从一种手段形式转向另一种手段形式。

我无法扭转人类日益远离淳朴、宁静、善良和自然的趋势，因此我希望我的每一首诗都能使我及读者想起它们。在这样的现代社会生活，想想它们，也是一种幸福。

## 五月三十一日

日本现代诗坛状况

主要流派有三：

一、语言主义派。它讲究语言艺术，主张不要用书面语言去表现原本是书面语言的诗，要用声音的语言去创作。代表诗人：涩泽孝辅、入泽康夫等。

二、人生主义派。它写人应怎样生活、度过人生，探讨人生的意义。代表诗人：宗左近、谷川俊太郎、石垣玲、新川和江、秋谷丰等。

三、语言随意派。它认为，语言的意义实际上是不存在的表皮，比如山、水、花这种自然的存在，本也可以称为石头、牛、桌子，是人为地赋予事物以意义。这种并非实在的表皮和真实之间，经常是非意义性的。一位诗人说："如果你一定要小鸟准确告诉你它喝的是什么，那小鸟也就不会开口了。"代表诗人：内基美正一、伊藤比吕美。

日本诗人现在生存困难，因为诗集卖不出去，诗已不能诱发读者的兴趣。

# 六月

## 六月一日

读《悲惨世界》第二册。雨果说:"待客在野蛮人那里是美德,在文明人那里是交易。"看到这样的话,我就感到震动。

衍之寄来信报。他说:"三行说:纯文学是一种高档产品,只有精神富有的人才买得起它。现在是精神贫瘠时代很难推销,但迟早会有供不应求的时候。"我不相信还有"回来"的时候,只要找这个借口便能原谅自己了。

所寄有《中外产品报》样报,《西湖诗报》,金华《文化通讯月报》,陌生人方竞成。我的温暖之源。

## 六月二日

进城。将一幅黑龙江照片送交中国天马图片公司影赛办公室参赛。照片系去年八月十四日在黑龙江嘉荫所摄,题名《八月的黑龙江》。附照片说明:

八月的黑龙江同天空一样湛蓝,白色云朵越江而过,边民在江中游泳,拖运木材的小艇在缓缓航行。

到历史博物馆看美国表现主义画家布朗画展。布朗是位黑人,今年四十三岁,他受过贝克曼、波洛克、克兰等画家的影响。他作品的主题有城市风光，非洲和美洲印第安式的作品及其画家、音乐家画像。他是一位现代画家，画法任性随意，不拘任何规范。极度抽象，画像也是变形的。这是一个介于美洲文明与非洲野蛮之间的画家，天性是非洲的，追求是文明的、西方的，这种混合体现在他的画中。一幅《一个农民的梦》，画中的梦境是木栏中的房子、树、树下的马匹、狗、木栏外的土地、通向远方的路。仅仅这些足够了，不要猫，猫是有闲者的玩物。最突出的作品是他的长21英尺的《最后的晚餐》，画中十三个现代人在一张大桌后站着，其中一人背朝前。这是现代的犹大，背叛者。

布朗说，他的作品的主题思想大部分来自他的梦，"我认为，对于大多数搞创作的人来说，大概都有这个感觉。我睡觉时常常不停做梦，醒来时能记住其中的百分之九十。我认为梦境是绝对必要的，你没有梦就活不下去。""音乐控制着我作品的节奏。音乐总是伴着我创作。"

幸运得很，今天是开展的第二天，也是普通观众看展的第一天，我下午三点后进展场，人已不多。有四个外国人在做录像采访，其中一位中等身材的黑人便是画家布朗，他在征询观众的意见。在回答一位女军人"有些作品看不懂"的问题时，翻译转述布朗的回答："没有必要弄懂，你感受到什么就是什么。"这成了现代主义的统一口径。我的英语口语很差，它妨碍了我去大胆同布朗交谈，错过了一次千载难逢的机会。

买到艾特玛托夫的《断头台》,《荷兰现代诗选》。在降价书市买了芬兰史诗的《卡列瓦拉》、汤因比的《展望21世纪》、特罗亚的《神秘沙皇——亚历山大一世》等书。

# 六月三日

在阅览室看到《麦田》在《北京晚报》刊出,这是六月一日的报纸。《麦田》是我在《北京晚报》上发表的第三首诗,总是在很意外的情况下见到。《麦田》是三月七日寄出的。

晚海子来。谈到汤因比与池田大作对话录《展望21世纪》,他说汤因比推测的发展的趋势,下个世纪是东方的,同西方十世纪的一位预言家预言的相同。这位预言家我印象中听说过,歌德在《浮士德》中谈过他,名叫:诺时脱拉大牟士。查《大不列颠百科全书》,他是诺斯特拉达穆斯(一五〇三至一五六六),法兰西星占学家、医学家、预言家。约于一五四七年开始说预言,一五五五年出版预言集《世纪连绵》。其预言常应验,国王也请他占卜。海子说,国内已有人将其书译出,欲靠其发财,正与出版社讨价。

# 六月四日

看电影《孩子王》。《孩子王》在前不久的戛纳电影节上,被记者们评为"金闹钟"奖，意为最冗长、令人乏味的影片。

探索片似乎也进入了一种模式：全面的静态镜头。因此这种影片只能拍摄以远离工业文明与世界隔绝的地区为背景的故事。看这种电影它的摄像美往往大于故事内容。《孩子王》的氛围是沉重的、压抑的，它的一切都昭示那里的人们在渴望变化，摆脱某种东西：即与外界沟通。但是变化带来的一切，工业化的后果又是他们承受不起的。

## 六月五日

晚电视播放中外艺术家为拯救威尼斯、修复长城而举行的义演。有许多动人的节目。当我听到了当今与帕瓦罗蒂齐名的西班牙女歌唱家卡芭叶的歌唱，看到字幕出现"天一亮，鸟就唱，太阳多漂亮……"时，歌词使我震动，多么朴素、自然、直接的词汇，它使一切诗都相形见绌。有苏联芭蕾舞大师普列谢茨卡娅的"天鹅"，她与乌兰诺娃齐名。最精彩的节目是法国画家阿尔芒（阿蛮）的作画表演，他将大提琴涂上油彩然后抡起猛摔在铺展的画布上，又将小提琴同样摔在画布上，这样四把提琴自然碎裂，在画布上构成了零乱图形（他的这幅画第二天拍卖了二十三万元人民币）。阿尔芒被称作新现代主义画家，他在巴黎有一用手表镶嵌而成的雕塑作品。

## 六月六日

读怀特散文《大海和吹拂着的风》。"我喜爱以身出航。大海在我的眼里如同一位姑娘——我不喜欢还有别的什么人伴同。"我在旅游时也有这种感觉。

电视播放梅达指挥的音乐会。看到梅达大师的风采,音乐的化身。帕尔曼演奏了贝多芬的小提琴协奏曲第三乐章,优美至极。下肢伤残的帕尔曼面容多么和善,人类美德的汇聚之地,最纯真的艺术家。他的笑容使我流泪。

## 六月七日

从早晨起,天就下了雨。没有雷声,云无形态,像一块黑布那样均匀,一切都是纯夏天的迹象。在楼房里只看到雨线,落地无响声,像雪那样。我回想起童年,在家乡听雨。那时躲在屋子里,敞开门窗,雨串从房顶的斜垂下的茅尖或瓦檐滴下来,发出清脆的响声,那是乡下人能够听到鸟鸣之外的音乐,它使阴雨天气充满情趣。雨打在积水上便冒出一个大水泡,它们顺流而下,从院子的雨水的凹道列队走向大街,汇入街上的"汪洋"。

在现在的雨天,我常常怀念过去的时光。

## 六月八日

续读里德《艺术的真谛》。第七十四小节讲到了凡·高。凡·高二十三岁时，他将勒南（一八二三至一八九二，法国宗教史家和哲学家）的下述理想奉为自己的行为准则：

"在这个世界上，要想修行向善就必须放弃私心杂念。……人在这个地球上不光是为了自得其乐，而是要老实真诚，为人类做出伟大的贡献，培养自己高尚的情操，并从驱使人们疲于奔命的世俗事物中超脱出来。"

看到这段话，我自然地觉得它也是我的信念，也应是我的行为准则。凡·高正是对生活目的的认识使他的作品与同辈的大师（马奈、塞尚、高更等）的作品判然有别。"真正可以与他媲美的是他非常崇拜的两位画家——伦勃朗与米莱。"里德认为艺术与宗教一旦失去相互间的密切联系，就不可能产生伟大的艺术。而在凡·高身上正是存在着一种宗教感的东西。

凡·高认为老实真诚与生活安逸是水火不相容的。他的生活异常简朴。真正的艺术大师有谁是奢侈的？

## 六月九日

从昨天在后山听到蝉鸣，便感到了夏天。看见了幼蚱。夏天将它的什物一点点展现。

读《展望21世纪》。工业革命以来，生产者放在第一位的目的是使人类的欲望得到最大限度的满足，贪欲是作为美德受到赞扬的，人类的贪欲性由此受到刺激。照此下去，由此产生的全面污染，对人类自身构成了威胁，并将把地球的资源消耗殆尽，从而剥夺了后代的生存权。人类能否延续到二十一世纪？这是每一个有识之士都担心的问题。

由科学造成的这种灾害，科学自身不能解决。科学确实有防止、消除灾害的一面，但这功绩本身又成了新灾害的起因。人类得以拯救的曙光在哪里？汤因比认为：建立一种新的宗教，实现每一个人的内心的革命性变革，抑制贪欲，厉行节俭。这是一种新的理想。

近一时期我已感到了这一点，这是人类唯一的出路。

# 六月十日

日本学者内多毅写的《人类与文学》认为，进入二十世纪后，受到严重污染和掠夺的自然对于人类不再是"美"的对象，而是"恐怖"的象征。古代的人类，曾把与己敌对的自然拟人化，创造出神话的，如今，由于自然的蜕变，则有了创造新神话的可能。当今人类忘记了人类生命是建立在自然的生命之上，无意识中从生态学转向了技术学。这样人类在二十世纪为重新延续生命，必须创造出新的神话，需要新的祭祀。文学，自然也需要新的神话和祭祀。

## 六月十一日

下午四点三十分从昌平步行回乡下老家,这是今年第一次长途步行。今天是连续阴雨天后的晴天,阳光普照,大团白云在天空转动,它们的影子不断扫过地面。高温已降临,一块块麦田摇晃着,在烈日的烘烤中成熟。土地上的一片片金黄的麦田,多么像摆放着一块块黄金。田野上零零落落散布着耕田的农民,一切都是安静的,秩序井然。我听到了伯劳鸟的叫声,小时我们叫它虎不拉,已很久未见到它们了,它能使我想起全部童年。这次步行因天热而觉疲劳,途中流起鼻血。是金色的麦田鼓舞着我。

夜晚安安静静坐在旷地上,四周无灯火(有时我感觉只因城市夜晚处处是灯光我便厌恶它了),空中的星光明亮,密密地展开,覆盖着安宁的村庄,有时会突然滑下流星,美丽的流星,这不是想看就能看到的,自从进入城中我便看不到它了,今天它使我激动。

## 六月十二日

今天应该不看一切文字。创造性的消失在于过多地注视书籍，而很少注视事物。

村子藏在树荫里。榆树和槐树的叶子已被虫子吃成了网状。听到杜鹃啼鸣及燕子低飞的季节，却见不到它们的踪影。拍摄几幅麦田的照片。

还是拿起一本语文课本，读了欧·亨利的《警察与赞美诗》。第一次读他的小说。

## 六月十三日

随意翻阅帕斯卡尔《思想录》。这是一部格言式的著作，内多涉及《圣经》及古希腊罗马经典作家、近代作家的言论。帕斯卡尔或许意识到由此产生的非议，他说："但愿人们不要说，我并没有说出什么新东西：题材的处理就是新的；在我们打网球的时候，双方打的只是同一个球，但总有一个人打得更好些。"

这句话使我难忘："智慧把我们带回到童年。"《圣经·马太福音》说："你们若不回转，变成小孩子的样式，断不得进天国。"

## 六月十四日

在《哈佛读书指南》中，布坎南教授谈乔叟的《坎特伯雷故事集》：这本书好似一幅文字化的勃鲁盖尔油画。那些看起来只不过是反映宗教朝圣活动的简单故事，实际上是对人类状况尤其是人类生活中的善良与纯洁的意义的研究。乔叟告诉我们，人类对善良与纯洁的内容很少提出期望。他在对社会提出的尖锐批评中警告说，人类的虔诚和对正义的要求常常给人类的愚蠢和堕落提供了机会。

## 六月十五日

　　进城。去《中外产品报》。在照相馆将一幅黑龙江照片放大至十寸。
　　在书店见到《卡夫卡传》和《尤金·奥尼尔传》，卡夫卡一生未远离出生地，奥尼尔颠沛流离。我对传记兴趣已减弱，看原著为主。未买。如果是我喜欢的诗人除外。
　　买《意象派诗选》和《惠特曼散文选》。

## 六月十六日

　　麦子已收割，马路两侧摊晒着麦粒，仿佛是一夜之间的事。傍晚去城外，农民正利用晚凉割麦。干燥的黄色麦田，方方正正地摆在那里，割去的一块仿佛是面包被切去一角。

## 六月十七日

将《西班牙现代诗选》《荷兰现代诗选》《北欧现代诗选》比较，我看出了北欧诗人同西班牙诗人的区别。在北欧诗中可以发现冥想、思索、技巧，可以发现哲学的东西，宗教的东西，现代人的趣味，对自然的冷静观察。而在西班牙诗人的诗中则蕴含着感情，浸透着灵魂，有热血、怜悯、爱心，对故乡、国土、农田、孩子、母亲、农夫、牲畜的爱。这一特征在南欧的法国、希腊诗人中都可发现。

我喜欢读西班牙诗人的诗，我的诗也应该走这个路。

## 六月十八日

麦田一割尽，大地便被绿色淹没了，再没有一个耸立的事物能让人想到泥土。任何使我想到春天的东西都消失了，夏天吸收了这个世界。这一时期感觉在写作上是低潮。

## 六月十九日

读《惠特曼散文选》。惠特曼是由超验主义哺育大的，他敬佩爱默生和梭罗，并继承了他们的精神。他漫游在自然之中，他引用梭罗的话：一个人孤零零待着时是最不孤独的。他用散文写他同大自然的接触，他领悟出："我不知不觉地按这同样的标准对待其他的自然力量——避免追求用诗去写它们；太伟大，不宜按一定的格式去处理。"我赞成他的话。

## 六月二十日

读一篇康定斯基访问记。康定斯基说，一九〇六年他第一次看马蒂斯的作品，很受鼓舞地自问："我们是否可以不只是减少物体或扭曲它，而根本就把它去掉。"他由此从表现主义走向了抽象绘画。他反对那种认为抽象与自然无关的说法，他认为抽象画脱离自然的皮肤，但不脱离它的法则。艺术只有当它与宇宙的法则有直接关系，并臣属于他时，它才会是伟大的。当人们不是外在的与自然接近，而是内在的，人们应不止看到自然，也"体会"到它，便无形中感觉到这个法则的存在。如果一个艺术家的内外都是自然，自然便赐予他"灵感"。

是的，我应当更多地从内在上"体会"自然。康定斯基认为艺术的灵感有三种源泉：一是外在世界（或自然）的直接印象，这一点他称之为"印象"；二是内在特性，非物质（即精神）世界的，大部分是无意识的、自发的表现，这一点他称之为"即兴作品"；三是一种逐渐形成的内在感情的作品，反复推敲修改，带有学究气而做出的表现，这一点他称之为"构图"，但要显示的仍是感情。这三种源泉形成自然主义、表现主义、抽象艺术。艺术开始时是从任何外在的需要（如反映自然或模仿自然）中逐步解放出来的，康定斯基的抽象绘画就是按这一步骤蜕变而来的。

# 六月二十一日

为学员摘讲老子《道德经》。老子说："道可道，非常道。"道是不可讲的，被讲述、解释出来的道，已不是本源上的道了。道只可意会、可体验、悟，道是属于个人的，属于心灵而非语言。但老子还是将它讲明出来了，将他所悟到的东西传达给世人，否则他是痛苦至极的。因此，他解除了孤独。

《道德经》能影响个人，但影响不了社会，社会从未因之而纳入它的理想。老子的"先人而身先"的思想是说一切为众人着想，舍己为人、毫不利己、专门利人的人，最终会赢得大众的爱戴而被众人推为先。它仿佛只适于正在逝去的传统社会，对现代商品社会来说，一切都在颠倒，先人后己被视为一种愚蠢而受到嘲笑。可以看看周围的社会。

# 六月二十二日

麦收一过，天便转入梅雨季节。连日阴天，天空时而发亮，时而晦暗，判断不出太阳的确切位置。云没有形态，但有薄有厚，就如降过雨后地面有积水，有的地方则露着泥土。几日不见太阳，人的心灵便也潮湿了，情绪低落。海子去成都后说，那里常年很少晴天，因此人们都有一种搞阴谋的样子。

上午降了一阵暴雨，雨柱垂直而下，使地面生烟，我应该徒手跑出去走走，体验一下雨。这样做，躲在楼中看雨的人们，一定会说我是疯子。

## 六月二十三日

晚重看《红高粱》。

《红高粱》展示的是一个原色世界，从自然到人。阳光、月光、土壤、房屋等一切都是本态，没有因发展而背离初始的本态。我们在现在的、人工的、复杂的、一切都失去本态的环境中生活，常常怀念那个初始世界，它没有因袭负担，因而从容自由。我写诗就是要令人想到那最初的原色世界。

## 六月二十五日

我不喜欢看港台的作品，今天看报上介绍蒋勋的诗，似乎改变了一些看法。蒋勋有一首四行诗《笔》：

好像是我新长出的一根手指

所以我总觉得出

你应该流红色的血液

而不是这黑色的墨汁

他的另一首《渺小的好处》说："以斥责别人为主义／以讥笑别人为智慧／以污辱别人为高贵／以残害别人为勇敢／以狂妄自大为信心。"他痛怜现代的人众"既没有信仰／也不懂忧愁"。

## 六月二十六日

近几年我没有看到燕子，除了偶尔在城里古城楼看到环飞的楼燕外。看科教片《燕子》知道了一些过去未发觉的燕子的习性。燕子在喂雏时，每天要飞出去二百多次找食，非常辛苦，但你如为它代劳，将抓来的昆虫放在它的巢边，它飞回后，会将昆虫叼走抛在外面，一切都自己劳动。幼燕飞离窝后，在野外它会受到任何一只成燕的帮助。但人办不到这一点。

现在的作品愈来愈抒写残忍自私的人性，而理想主义文学受到嘲笑。

## 六月二十七日

读昨天《人民日报》第五版刊登的乔迈报告文学《中国：

水危机》。又听到一个警钟。但这似乎并不妨碍经济以牺牲自然为代价的振兴。人的一切努力都是为了要过上比今天更好的日子,但他们看不到另一面(生存环境)的愈来愈糟,直至自己促成人类自己的灭亡。

[地球应为水球,在五亿一千万平方公里地球总面积中,有三亿六千一百万平方公里为水覆盖,百分之七十一是水表。但这浩渺的水中,百分之九十七点三是海水,淡水仅为百分之二点七,其中可开采利用的只有百分之零点二。

(北京总用水量已大大超过所提供的水源总量,四万眼井使北京地下成了一个方圆一千平方公里的大漏斗,造成首都天倾西北,地陷东南。未来的首都要迁出北京。)

长江输沙量已达黄河的三分之一,相当于尼罗河、亚马孙河、密西西比河三大河的总输沙量。

八百里洞庭湖已经缩小了五分之三,仍在缩小。千湖之省的湖北省,一九四九年有一千零六十六个大小湖泊,到一九八一年只剩下三百零九个。]

是啊,在我的记忆中,仅仅十几年的时间,就造成了白洋淀枯竭,十三陵水库见底,水井干涸,再过十几年会如何呢?今后的经济发展速度远比过去的十几年快,谁能为了保护资源让这发展速度减弱呢?

## 六月二十八日

读茨威格《人类的群星闪耀时》。在《逃向苍天》里他以戏剧形式再现了列夫·托尔斯泰的最后的日子。一八九〇年托尔斯泰创作了一部未完成的自传性剧本《光在黑暗中发亮》,茨威格的《逃向苍天》续写了这部剧作。

托尔斯泰奉行非暴力主义,信仰基督的"勿以恶抗暴"。因为他认为作恶的人比遭恶的人在他自己的心灵中更感到不幸,故应怜悯作恶的人,而不是仇恨他。通过暴力不可能建立一种符合道德的制度,因为任何一种暴动不可避免地会再产生暴动。

一个要想在世界面前,在上帝面前,在自己面前做一个襟怀坦荡的人,却无法在自己的妻子和孩子们面前做到!他必须不断地伪装自己,不,一个人不能这样生活!这是托尔斯泰出走的原因。

## 六月二十九日

托尔斯泰说一个农民告诉过他一个古老的传说:原先,每一个人都能预先知道自己什么时候死。有一次耶稣降临人世,他发现一些农民不是在耕田,而是在过着罪恶的生活。他责问其中的一个人为什么如此怠惰,那人说如果他自己再也看不到收获,又何必撒种呢。耶稣由此认识到人类能预先知道自己什么时候死并不好,便不再让他们知道自己什么时候死。从那以后农民们不得不至死耕耘自己的田地,因为他们一直认为是在为自己劳动。

基督教认为人类本性是恶的。它的原罪说。

# 六月三十日

进城。今天天气酷热,回来坐在车上直恶心,但司机呢?他还得忍受着将车开回去。

取回摄影《八月的黑龙江》,我将它放大到十寸。颜色淡了,使反差缩小。

在街头书摊旁见到偷卖黄色书《销魂时分》,这是一本禁书。一个小伙子卖给了几个衣着讲究的中年男人,他们不惜高价争购。人的本能足以打倒一切。

# 七月

## 七月一日

　　读帕斯卡尔《思想录》"人没有上帝是可悲的"。其中有一个片段谈到了这样一个思想：

　　人类的自我与自爱，其本性就是只爱自己并且只考虑自己。然而人又无法防止所爱的这个对象（自我）不充满错误和可悲：他要求伟大，而又看到自己渺小；他要求能成为别人爱慕与尊崇的对象，而又看到自己的缺点只配别人的憎恶与鄙视。由此他便在自己身上产生了一种最不正当而又最罪过的感情，对于谴责他并向他肯定了他的缺点的那个真理怀着一种死命地仇恨。故对于真理的反感，在某种程度上是人人都有的，因为它和自爱是分不开的。

　　因此，就出现了这种情形：他们对待我们就正像我们所受到的那样：我们愿意受奉承，他们就奉承我们；我们喜欢被蒙蔽，他们就蒙蔽我们。没有人会当着我们的面说我们，像是他背着我们的面所说我们的那样。人与人之间的联系只不过建立在这种互相欺骗的基础之上而已，因而人生就只不过是一场永恒的虚幻罢了，我们只不过是在相互蒙骗相互阿谀（如果所有的人都知道他们彼此所说对方的是什么，那么全世界上就不会有四个朋友）。而所有这些如此之远离正义与理智的品性，都在他的心底里有着一种天然的根源。

法国小说家马-保·富歇有一篇小说《讲真话，日子不好过》。我开始厌恶人类。这些不可拯救的两足动物。耶稣的牺牲是徒劳的。

## 七月二日

男人应该可敬，女人应该可爱。刀能杀人，悲痛也能杀人。现代社会给人造成的悲剧在于：人远离感情。为了在这样的社会中生活：男人必须变得不可敬，女人必须变得不可爱。

人内心深处有一不被理智所左右的感情标准：人知道什么可敬，什么可爱，但他不能去追求它，这样他才能生活得舒适，生活得和别人一样或比别人舒适。这就是现代人的精神悲剧。

我想，如果一个人与世隔绝，那么在他的一生中，是不会因年龄增长而改变最初的心态的。这就是乡下人与城里人相比，野蛮人与文明人相比更淳朴、真诚、善良的缘故。所以我相信，人本性是善的，只是在进入社会后，在与人交往中，才变得恶了。就像两种元素在发生反应后，都改变了自己，而成为一个新生成物一样。

## 七月三日

人类恰恰是这样：有难同当，但有福往往不能同享。人类的种种美德只是在艰难苦境状况下才显现出来的，像灯火只在黑暗中发出亮光。在极度富裕中，人就只有自己。朋友、亲人仅限于在贫困下，才具有本来的意义。

茨威格在《人类的群星闪耀时》中讲了美国西部拓荒先驱苏特尔的故事，由于在他开垦的土地上发现了黄金，原有的和谐秩序崩溃了：他的追随者纷纷背叛，潮水一样从外界涌来的淘金人捣毁了他的家园，三个儿子惨死洗劫中。法律维护不了在黄金面前丧失理智的人对苏特尔的抢劫。

人在财富面前便不再是人。

## 七月四日

奥登有一句诗形容空旷像八月的学校。学生们放假了，整个上午在西侧的阳台上，几个女中学生高唱流行歌曲。她们自由了，学校是"监狱"。少女的歌声，青春萌动。这歌声中包含的内容远远多于可以解释出的部分。

而楼下两个未上学的男孩，爬上一辆停放的手扶拖拉机，在摆弄离合器。

## 七月五日

帕斯卡尔:人的一切不幸都来源于唯一的一件事,那就是不懂得安安静静地待在屋里。

因为安宁会使人想到自己,人想到自己才是一种真正的不幸。人之所以喜爱打猎并不是猎获品能使他幸福,而是打猎本身。因为打猎活动转移了他对自己的思念。使人高兴的莫过于斗争,而非胜利。人追求的从来都不是事物本身,而是对事物的探索。正是因为这种忙乱活动,它转移了人们的思想并使人们开心。整个人生就这样地流逝。我们向某些阻碍做斗争而追求安宁,但假如我们战胜了阻碍的话,安宁就会又变得不可忍受了。

这样看来,人类真正的幸福在于忘却自己。因此,人类从来就划分为两类人:少数罕见的人——圣者(耶稣、《悲惨世界》中的米利哀主教、冉·阿让)。他们全心全意为人们。还有一类是芸芸众生——人民。他们以自私为宗旨,而为了忘掉自己以求幸福就去消遣。

## 七月六日

读纪实文学《中国的乞丐群落》。现在纪实文学是唯一能挽留住大众不离开文学文字的文学作品。许多图名见效快的作者在寻找最使读者感兴趣的题材，内容很大，但他们往往力不从心。

乞讨是人类谋生的最后一种手段，它依靠人类自身的同情心而存在。而这里所写的乞丐，他们中大多数的乞讨是堕落后所致，是人类品质中最坏的好逸恶劳的表现，是强烈的嫉妒不甘于人后而为。他们滥用人的怜悯、恻隐之心，他们为此而跃为乞讨"万元户"。他们的所作所为足以导致人的冷酷，阻断真正的乞丐的生路。

## 七月七日

晚同小孙去政法大学找海子。开门的海子长发触肩，脸上带着伤痕，显然近期他又处于极端状态。他每日喝酒，不愿理发，胡须绕脸一圈。他指给我看屋角堆着的空酒瓶，都是纯粹的白酒。他的神色、面容无论在什么时候见到他，都是一样的，不会憔悴也不会丰润，劳逸不形于色的人。前几天在城内酒馆喝酒，带着醉意干涉同桌的吵闹，结果同人撕打起来，对方的拳头打碎了眼镜，给他脸上留下了血痕。这样反而使他舒畅起来。

他谈起了他的创作，由芒克、杨炼发起的"幸存者协会"、诗歌。他正在写一部诗剧，并兴奋地说有上演的希望。他的诗剧具有迪伦马特的《天使来到巴比伦》的色彩。

他送给我新打印的两本集子：诗剧《太阳》，诗论《诗学——一份提纲》。

## 七月八日

昨天下了近一整天雨，傍晚才停。连阴了几天后，今天太阳出来了。太阳烘烤着湿气很重的地面，以至连阴影中也热烘烘的。现在是植物的黄金季节。它们迅速地生长着。楼下的几架葡萄挂上了密密的青果，葡萄藤的触手在空中因自由而无所适从。

## 七月九日

加西亚·马尔克斯的小说始终涉及两个东西：瘟疫与爱情。为什么离不开瘟疫呢？马尔克斯说：瘟疫就像一种突然袭击人类的神秘的威胁力量，它们似乎具有命运的特征。他对瘟疫感兴趣始于悲剧《俄狄浦斯王》，笛福的《瘟疫年纪事》也引起了他的喜爱。

许多作家年迈后才写回忆录，而加西亚早就开始了不停地把自己的回忆写成文字。他的回忆录将有六卷。

## 七月十日

晚看电视台播放的美国影片《重归故里》。同我的想象相反，也同反文明化、也同反工业化的艺术家灵魂相悖，它的故事情节讲一个封闭的、传统气氛浓厚的小镇发生的事情。镇中的一位女孩以身边之事为题材写了一部小说，纽约的出版商出版了它，引起轰动。镇中的保守的成人们纷纷反对此书，待最后变化了的年轻人终于让他们接受了新观点，使小镇与大都市有了沟通。

我预想这部影片应是这样：女孩进入纽约改稿，书出版后成名，与名流人士周旋，在付出一定代价后，终于放弃都市，返回淳朴的故里。因为这更令人信任。

## 七月十一日

城市是寒冷的，村庄是温暖的。城市是钢铁、水泥，是死亡、残酷，村庄是泥土、植物，是生命和善良。我头脑中总有这样的意象。

## 七月十二日

阿尔贝·科恩是当代法国的伟大作家，他一九六八年发表的小说《天主的美人》是其代表作，一九八六年被收入法国《七星丛书》出版。这标志着法国文坛已把他视为不朽作家。这部小说揭示出这样的思想：人生在世，恍如过客，注定都是要死的，为什么大家不能在短暂的有生之年反掉弱肉强食的所谓自然法则，去真正爱？同类之间的相残究竟能使人得到什么快乐？

阿尔贝·科恩是犹太人，他是在歧视和屈辱中长大的，必然会有上述深刻感触。

## 七月十三日

进城。买《摄影与观察艺术》一书。为加拿大弗里曼·帕特森所著。被称作"为摄影人员所写著作中最最有用的一部巨著"。是他书中的六十八幅摄影作品吸引了我。作品多为自然环境。

## 七月十四日

美洲的移民分两个阶段。第一阶段是从富裕的欧洲前去拓荒的白人，他们离开舒适的旧大陆前去冒险，去开拓新家园。那时美洲一片荒芜，美国是在艰难困苦中建立起的。第二阶段是从贫困的第三世界前去寻求幸福的亚洲人、东欧人，他们是寻求舒适、财富去的。他们面前的美国已是一个现代国家。

从这两个阶段的移民,可以看出民族间的不同。

## 七月十五日

国外科学家在"人类起源"上有这样一种新观点,认为人类来源于外星人。外星人的太空船停落地点是美洲安第斯山脉的"图案"处。外星人使母猩猩受了孕,从而有了人类。

这种说法也许是正确的,但也无异于说人类是私生子,因为它产生于强奸。

## 七月十六日

将近深夜,海子敲门。他称刚从北戴河归来。进门后他找西红柿吃。他说了些女人将一切事情都化为身边之事一类的话。他讲明天就出发去西藏,同行的有一平,是一平发起的,可能还有其他人。这次要到藏南地区。我告诉他多照几幅照片回来。他幽灵似的消失在黑夜里。

这次他来得急匆匆没有多谈。他上次送给我的两本打印的诗剧和诗论,我只读了点诗论。他体小气弱,按他称呼历史中诗人的说法,他显然属于像雪莱、兰波、顾城一种类型的王子型诗人,这些人本质上是抒情诗人,早逝的生命也未写过史诗。

海子似乎很早就在想史诗，荷马的、印度的、《神曲》、《浮士德》、《卡列瓦拉》等。他弱小的躯壳的局限，使他的史诗的冲动，总是令人感到勉强的、片段的、力不从心的，使他陷入一种魔性之中。他在诗论《伟大的诗歌》中宣称："这一世纪和下一世纪的交替，在中国必有一次伟大的诗歌行动和一首伟大的诗篇。这是我，一个中国当代诗人的梦想和愿望。"

他的诗论尽管在叙述上有不少主观的、令外人不易理解的成分，但仍是深厚的，仿佛过去的全部诗学文化都已被他把握。

## 七月十七日

晚看电视播放的美国影片《太阳照常升起》。它至少揭示了这样一个意义：爱情可以不建立在性爱上。因战争失去性功能的杰克和勃莱特。永远具有神秘感的西班牙风情。为看电视，我先读小说，但无论如何深入不进海明威"木质"的小说。

## 七月十八日

七月十七日《科技日报·读书界》。
《哈佛读书指南》中美国学者霍华德·弗雷泽教授挑选的"对我影响最大的几本书"，列出了一批他早年从十二岁到二十二岁的十年间读过的书，其中有《瓦尔登湖》。他说："《瓦尔登湖》对我非常重要。它的任务是简化我的生活，抵制金钱至上主义的诱惑，抵制对财富的狭窄定义。他给我以勇气去做别的事情，并对由此产生的后果处之泰然。"

接到周新京（穆童）的信。前不久他刚获《诗歌报》探索诗大奖赛二等奖。我写信为他祝贺。他的上次承德诗赛和这次诗赛获奖的两首诗将在美国发表。他八月将去阿根廷参加一次经济会议。他对"第三代诗人"有看法，他认为"诗除了表现个性生活外，无例外地也要触及族类的生活"。我赞同。

## 七月十九日

产生为《科技日报》"书与人生"征文写篇文章的想法，题目拟定为《梭罗与人类自救之路》。梭罗崇尚并身体力行简朴生活，汤因比认为人类免于毁灭的唯一途径是实行内心革命、厉行节俭、生活朴素。唯此才能保存地球现存的有限的资源。

## 七月二十日

广西漓江出版社寄来《丽达与天鹅》、《英雄挽歌》和《国际诗坛》第二、三、四集。

我兴奋得如同童年过节日。

《国际诗坛》比人民文学出版社的《外国诗》办得好。它正是我所想的应办成何样的那种刊物。

## 七月二十一日

被梭罗歌颂的瓦尔登湖已不复存在。我从美国诗人费林杰梯的诗《自传》中看到：

> 我看见瓦尔登湖被排干了水
> 为了修建一座游乐园

十九世纪的美国已不复存在。

## 七月二十二日

着手写作《梭罗与人类自救之路》。我的构思是：梭罗崇尚简朴，反对奢侈，是为了人的尊严和自由。对财富的追求便是对枷锁的追求。梭罗的过简朴生活思想同汤因比、池田大作的"自救之路"论点巧合地连在了一起。他们在《展望21世纪》中指出，人类的贪欲、过分追求奢侈不仅污染了环境，而且将耗尽地球资源，为了避免人类自毁，唯一的出路是：厉行节俭、抑制贪欲。

## 七月二十三日

麻雀这样普遍,大概它一年要繁殖几代,像老鼠那样。生育总是应该受歌颂的,只要数量不危及其他生物的生存。鸡产蛋总是被欢迎。只要一从屋檐下走过总听到雏雀的叫声。有一次,一只刚离巢的雏雀不知怎么从窗口飞进了楼道,落进了人手里。那是一个女人。我想要是她是位母亲,一定会放了它的。

## 七月二十四日

今天电视台又播放美国电影《永别了,武器》。在《太阳照常升起》中我看到了西班牙的国土民情,这次又看到了南欧色彩的意大利。西班牙是土壤,意大利是海水。海明威嗜杀成性,不然为什么他一生参加了那么多次战争,在他的作品中看不到温情。电影省略了冰冷的战争场面,而用男女主人翁的爱情来温暖电影。一部多元的小说被拍成了单一的爱情故事。难怪海明威对将他作品改编的电影都不满意。

我看了电影后,近期内不会看他的小说,除《老人与海》外。

## 七月二十五日

报纸说，据调查中国的中高级知识分子的寿命比普通人的寿命平均短十年。老子说：死而不亡者寿。那么人舍其他追求长寿，反不寿。

## 七月二十六日

欧洲经济共同体组织设想十年后，欧洲（至少西欧）可以建立统一银行，统一货币。这是一个统一国家的方向。它意味着发达国家将弃小国组大国，如果全球为一国，那就是无国家。这是共产主义设想的人类大同远景。如果它能实现，将说明同共产主义想法殊途同归。

## 七月二十七日

去游泳。今年雨量似乎丰沛，运河的水涨起很高，但不混浊。隔两三天我便骑车来这里。游泳不仅是一种最好的运动，它还让你体会另一类生物的生活形式，让你想到人。让你想到人的来源。所有生物最初都在水里。

坐在岸边，有时蜻蜓飞来会停在你的身体某个部位。那次我感到了梭罗在麻雀落在他肩上时的那种兴奋感觉。今天，当我游向对岸时，我托起了一只被水流冲来的蜻蜓，它的一只翅已脱落，我将它放在头顶游回时，它已不在头顶了。也许它已飞走。

# 七月二十八日

四月十八日，联合国教科文组织在巴西首都召开了拉美及加勒比国际文学研讨会。会议对拉美文学的发展产生过重要影响的作家进行了分析。指出人文主义作家博尔赫斯冷峻的幽默特长，对每每情胜于文的拉美文学，是极为适宜的节制。阿斯图里亚斯与科塔萨尔，同为一代语言大师，创造了最富文学相的政治小说与最富有政治色彩的文学杰作。卡彭铁尔是拉美小说革命的第一位旗手，他浸淫于欧洲文学传统中多年，毅然与之决裂，开创了神奇现实主义的蹊径。

巴西作家贝加认为，只有"神奇现实主义"才是对拉美文学主流的正确命名，而"魔幻现实主义"一词是欧洲的主观观感，带有"欧洲中心主义"的色彩。"觉得拉美现实如魔幻的都是外界观察家，而不是将神话、人生、事实、梦魇均视为现实的本地人。"

## 七月二十九日

王衍来信,寄来一张剪报。这是《人民日报》国际副刊的文章,题为《这儿一切慢悠悠》。它介绍了葡萄牙首都里斯本以南一千英里的大西洋上,一个被称作"欧洲世外桃源"的马德拉群岛。该岛一四〇二年由葡萄牙军官发现,便成了葡萄牙的海外领地。

这里的生活节奏依然遵守着"日出而作,日落而息"的古老作息制度,农田里听不到拖拉机的轰鸣,公路上也看不到汽车的影子,农民辛勤劳作,步伐从容,唱着悠长的歌谣。

这样的地方竟成了欧洲人向往的所在。人们需求很少,便用不着工业,人的体力能解决一切问题。它像一块琥珀保存着人类永不复在的社会一个缩影。

## 七月三十日

《梭罗与人类自救之路》完稿。全文约两千字,写了四五稿,这几乎成了我的规律。我写作精雕细琢,一篇文章做完,总需一星期左右才可定稿。将它寄给《科技日报·读书界版》,应其"书与人生"征文。为了不超字数,结尾略仓促。

许多艺术家把创作比喻母亲的生产,这个感受在我是深刻的。作品一经完成,便有一种极大的喜悦和轻松感,同时觉得它仿佛将你体内最重要的东西拿去了,使你空洞和虚弱,你唯一要做的是休息和补充。

下午去运河游泳。有一种大自然用阳光、风、水抱着我的舒适感觉。天空一直阴着,雨点下来的时候,河面上形成细微的纹络。附近除了公路上的车辆,不再有任何人,在雨中游泳忽然让我产生些许的恐怖感。雨密起来了,淋在身上是暖的。一生能有几次穿着短裤站在急雨中呢?大雨如注,砸在身上有一种锐利的痛感。

## 七月三十一日

去乡下。应该全身心地放松。走在村子之间,我感受到一种巨大的抑制不住的力量,这力量体现在遍地的绿色庄稼和野草中,这是大地的冲动与释放。在繁繁衍衍的植物围困中,村庄显得渺小,城市显得渺小,人在里面是一条鱼,天空是水面。走进院子,雨水的年年冲刷,房子高了,地面低了下来,到处湿润,在浓密的树荫中,屋内暗暗。离庄稼近了,在土地之上,我感到稳定和踏实,这是人的最后归宿,人的一切基础。

祖父、祖母讲了这样一件事:一天深夜,院门响了,进来一个人,并推着自行车。他推着屋门,含混地叫着,大爷您开开门,大爷您开开门。惊起的祖父母听着这陌生而又哀求的声音。他的叫声不断,声音可怜,经不住这种触动的祖父给他开了门。这是一个壮年人,喝了酒,自称走错了门,不久便退走了。听着这件事情,我插话说不该给他开门。祖父说听他的声音哀求,心里不忍。

　　我离开家乡十年了,经验与阅历都在排挤着我内心的恻隐、善意。为了安全,宁可枉了一个好人。这就是我一个渐渐城市化、文明化的年轻人的心态。这是城市人的普遍心态。在乡村度过了一生的祖父、祖母却完好地保存着人心的那最初的东西,尽管他们也在受城市渗入乡村的因素的影响,尽管他们已是老人。

# 八月

## 八月一日

读《国际诗坛》第三辑中叶赛宁的论著《玛丽亚的钥匙》。玛丽亚在俄国舍拉普特教教徒的语言中表示灵魂。

读完真有种让我什么也说不出的感觉，我只能说我非常喜欢。它改变了我对叶赛宁只是一位单纯诗人的看法，因为他三十岁的生命还来不及深入文化从而成为富于思想的诗人。叶赛宁真是天才，他的天才帮助他甚至不用读书便感觉到书本上所记载的一切。所以他短短的生命写出这样的东西令我吃惊。他从装饰谈起，进而谈到象征。他说：

"我们屋顶的小马，百叶窗上的雄鸡，门廊柱上的白鸽，床单和衣物上的绣花，等等，都不是普通性质的图案，这是一部关于世界的出路和人类的使命的伟大的历史性史诗。"

在所有神话中，马都是志向的标志。只有俄国的农夫才想到把它放在自己家的屋顶上，把自己的居室喻为它所牵引的车。通过百叶窗上的雄鸡这一象征，这个农夫告诉所有路经他农舍的人：这里住着一位跟着太阳而履行生活义务的人。每当太阳初升，用胡须一样的光线把温暖塞进土地的孔穴中时，我这个农夫就随它一道起床，把我劳动的种子播进这些已经温暖的孔穴里。门廊柱上的白鸽是有温和护佑的标志。这是农夫对来客的语言：温和笼罩在我家的上空，不管你是谁，到我家来吧，我欢迎你。

## 八月二日

从凌晨两点开始，仿佛在头顶上空的雷连续炸个不停，摄人心魄。然后是很硬的雨垂直地砸下来。雨一直下到早晨，雨水积满了街道。水退下后，街上到处是沉淀下的泥。雨把地面掀了一层表土。

下午去运河。河水很混浊，但水位反而降了。未下水而返回。雨又下了起来。

## 八月三日

续写《嘉荫笔记》。我想用它参加长春《青年月刊》杂志与《蛇口通讯报》合办的"中国青年一日"征文。

去年八月去东北回来后，日记体文字断断续续写到上半年才近尾声。后一直想将其整理出几篇散文。写《去看白桦林》时，便动笔写《嘉荫笔记》，但只是开了个头，放置至今。

## 八月四日

今年五月九日美国《新闻与世界报道》刊登了巴尔加斯·略萨谈拉美文学的文章。他认为,"社会的繁荣和稳定是文学兴旺的大敌",相反政治的腐败是拉美文学繁荣的源泉。"拉美作家和知识分子有个传统,即积极参与政治争论,并且有时还深入社会事业中"。因为在拉美,人们确信作家和艺术家能够解决一切难题,他们被视为社会的导师。

博尔赫斯是西班牙语系出现的最重要的当代作家。帕斯这位伟大的小品文作家和诗人,他高尚的情操使他的小品文具有浓重的人情味。他们两人身上均有一种巨大的奇特性。墨西哥富恩特斯、乌拉圭巴斯托斯及马尔克斯都是他崇拜的对象,他不同意马尔克斯的政治观点。

如果没有福克纳,当代拉美文学的叙述手法就不可能产生。美国文学变得更富有自我意识和实验性,它的根本动力已让位于思想和深奥。而拉美文学的根本动力仍处在现行这种原始的状态中。

## 八月五日

中午休息在将要入睡之时,同楼的一个未上学的女孩在楼下高声喊妈妈。如果她看到了飞机,如果她发现了蜻蜓,或者呼喊妈妈帮助她，我都不会烦恼，尽管她打扰了我的午睡。但是当楼上的母亲应声之后，女孩告诉妈妈的是快下来买鸭蛋，那声音认真急切，在当作一件了不起的大事对待。

我不知该说什么，我感到有些悲哀。

## 八月六日

因写作，近期未认真读书。今为休息而翻一本英汉对照的英美散文集。看一篇题为《托尔斯泰的艺术观》的文章。其中讲托翁并不特别看重过去的伟大艺术，因为它们需要受过很好的教育才能被欣赏，故它们不是好的艺术。

任何一个国家的主要部分，人群中的绝大多数都是没有文化的、不富裕的。艺术不能成为只有受过高等教育的人和富裕的人才能理解的东西。

试问艺术家所大谈的最高尚最美好的感情是些什么呢？难道不是指的忠诚、热爱、义务、顺从、忍耐、勇敢等构成一个民族种种长处和美德的那些东西吗？所谓的人类善良在哪里可以看到呢？各种道德的日常表现到哪里去找呢？是到城里的那些富人中间去找呢，还是到村里的人们中间，到那些不懂什么是艺术的人们中间去找呢？答案只有一个，整个来说，穷人是最好的人。如果你想要寻找神圣（作为人类善良解释的神圣），那你就必须到穷人中间去寻找，感情生活里面一切高尚的东西都在那里。

一点感想：人类追求富裕，追求教育，便是追求抛弃人类的种种美德。至今体验周围的生活还没有反证。

## 八月九日

仿佛很久未看诗了，当我读到这样的诗时，还有什么东西能带给我这样的欢乐呢。如果此时有人能同我分享这欢乐，她如果是我的爱人，那么这欢乐将巨大无比。

这是我初次认识的威尔士诗人汤玛斯的诗《回家》：

回家是回到
凉爽草地上的白屋子，
透过影子的薄膜，闪亮的
河水做了小屋的镜子。

烟从屋顶上升起，
到达大树的高枝，
最初的星星在那里重温了
时间、死亡和人的誓言的道理。

这是印度当代诗人阿盖的小诗《夜色中的村庄》：

> 蝉的催眠曲
>
> 已使村庄入睡；
>
> 此刻，一条条白色烟柱
>
> 像摇篮
>
> 缓缓地晃动着家家户户。

从不读诗的人，一生中会有多少损失。

## 八月十日

运河游泳。在河边修改《嘉荫笔记》，效果很好。带着刊有兰波《彩画集》的《外国文艺》杂志。

在水边追逐的豆娘给我留下了很深的印象。初看是黑色的，细看则是幽蓝的，闪着金色光泽。它因纯乌而干净。水里长出的昆虫。

《昆虫知识》说蜻蜓目世界已知有四千九百五十种，分为两个主要亚目：蜻蜓亚目，两翅静止时平放背上。豆娘亚目，体细而可爱，两翅静止时直立背上。我今天看到了体形色泽不同的两种豆娘。

去了水边，可以继续写下去了，因而备感愉快。

## 八月十一日

《哈佛读书指南》，丹特·泰尔扎谈到对他影响最大的几本书，他提到：

但丁《神曲》：在某种意义上说，它是一种巧妙的合力，因为但丁的旅行成了我自己的旅行的一部分。我熟记的诗行给我一种方向感，一种踏实感，从而及时将我从困境中解救出来。

蒙因《散文集》：在无穷无尽的陷阱包围之中，人们学会了如何理解价值，如何概述出知识上和道德上的义务——它意味着自我保护的一个领域。很少书的文字技巧有如此娴熟，表达有如此清晰。

维柯《自传》：人们可以通过读这本书得知，一个失去了可以帮助他在竞争激烈的社会中出人头地的技巧的人，可以怎样地树立自我的形象——所有深刻的思想、世界上所有的梦想都在这个形象里得到反映。

它告诉读者，世界可以变得多么亲切，可爱的《十日谈》。当我面临武力炫耀时，它给了我一种滑稽的安慰感的《好兵帅克》。

## 八月十二日

兰波生于一八五四年，他的家乡是与比利时相邻的夏尔维尔。作为诗人,他未从双亲那里得到过什么影响,他的父亲只是个一般的军人。给他文学上启迪的是他中学的教师伊藏巴尔。他天赋早呈,十六岁时三次离家出走,一次步行去布鲁塞尔,两次去巴黎。回来后大量阅读了空想社会主义的著作、十八世纪小说,研究秘术、神秘主义学说,曾起草一份《共产主义政体计划》。兰波与伊藏巴尔和友人德莫尼的关于诗观念的通信称"通灵者书信"。一八七一至一八七三年,兰波与魏尔伦密交,争吵时,魏用左轮手枪击伤他的手腕。该称"布鲁塞尔事件"。一八七三年,自费印成《地狱一季》。一八七三年,不足二十岁的兰波实际上已放弃文学生活。以后两手空空频繁只身出走,去德国,越阿尔卑斯山到米兰,远去爪哇。一八八〇年前往埃塞俄比亚供商职达十年之久。后右膝生肿瘤截肢。一八九一年三十七岁的兰波不治身亡。留下诗篇六十余首,散文诗集《地狱一季》和《彩画集》。

兰波的作品如果展现了一个世界,那么这个世界就不是"真有的",那是一些超自然的和神话中的人物和事件。它的一个句子或一个词公开指明描写的对象不过是一个意象、一种幻象、一场梦。他以无组织方式作为这类文本的组织原则加以运用,这种组织原则从诗的整体构成到两个词语的组合分别在各个层次上发挥它的功能,每一词汇、每个句子之间都是无内在关系的。这种片语的汇集便成为一个整体,但你无法从中找到完整的含义。

作为诗人，传统上人们都对之设想为浸润于具体性和感性的，但是兰波有一种公开宣告致力于抽象化的倾向。与"句法家"马拉美相反，兰波是一位词汇诗人，他把词语并列，这些词语的一切相连关系都被放弃，而仅仅保有自身所强调的语调。兰波给文学法规树立了一些无所言的文本，他找到了一种存在于其自主性功能（反功能）中的语言，并且继荷尔德林之后，给二十世纪的诗遗留下一种神经分裂症式话语作为模式。在他的智慧之中，我们所看到的只有混沌。

——据《外国文艺》一九八八年第三期

# 八月十三日

散文《嘉荫笔记》定稿，约一千五百字。感觉满意。欲将其寄给长春市《青年月刊》，参加其"中国青年一日"征文。放假半个多月，写成两文。

《嘉荫笔记》所写是去年八月十四日在黑龙江边嘉荫的感受，以日记为基点，补充而成。明天正是去嘉荫一周年。

# 八月十四日

在二十世纪初美国有两个各走极端的作家，一个是追求到处扬名的卡波特，另一个是信仰东方神秘主义，过着离群索居、沉思默想生活的塞林格。卡波特写了《别的声音，别的房间》长篇小说及短篇、剧本，成了一个发展了美国南部哥特小说传统的小说家。塞林格讨厌沸沸扬扬的社交生活，他写出了美国经典小说《麦田里的守望者》和《九故事》而成为重要作家。他进入文坛后，便退隐到新罕布什尔州一个远离尘嚣的地方。

塞林格对海明威印象不好，因为他曾残忍地枪击一只鸡的脑袋。

## 八月十五日

从我喜欢诗起，蔡其矫的诗就在我选择的范围内，七八年过去了，他的诗仍对我富有吸引力，我喜欢读它。他四月二十一日写了这样一首诗，使我不忍忽略过去。

登　山

疏林下走去的背影
胸前也许捧一束杜鹃
要献给新交的山


静默的风景
山路飞过一只春燕

草木都燃点绿色火焰

春的实质是苏醒

人心本来就依附自然

这条路深入命运边缘

倾听山峰的涛声

为了冲毁所有的墙

给我永无休止的波浪

蔡其矫是一个长久被忽视而能甘于寂寞的令人尊敬的诗人，诗集评奖他屡次落选，我从未读到过他写议论别人的文字。他是一个东方哲人型的诗人。

# 八月十六日

有一次，卡夫卡的青年朋友雅诺赫抱着一堆新出版的书来找他，卡夫卡说："你用这些蜉蝣动物来跟自己过不去。这些时髦书籍大多数不过是'今天'的不稳定情绪的反映而已。这很快就会泯灭的。你应该多读旧书，古典作家的，歌德的。旧作品把它们最内在的价值引向外部，即持久性。"

卡夫卡还说过："我们所需要的书必须能使我们读到时如同经历一场极大的不幸；使我们感到比自己死了最亲爱的人还痛

苦；使我们如身临自杀边缘，感到因迷失在远离人烟的森林中而彷徨——一本书应该是我们冰冻的心海中的破冰斧。"

## 八月十七日

劳伦斯有一个好妻子，她理解、崇敬从而热爱自己的丈夫：我认为劳伦斯最伟大的天赋是对周围大千世界的一种感觉。这种感觉没有障碍，也没有令人烦躁不安的狭隘的社交领域和成功的野心，我们感到自己获得了成功，尽管我们钱不多，却感到很富有。如果某人拥有一张文艺复兴时代的名画，而我比他更欣赏这张画，那么与其说他拥有这张画，倒不如说我拥有它。要拥有某种东西，并非要把它装进口袋。享受其乐趣比拥有更能占有它。

我们的生活总是很简朴。有一个关于林肯的小故事，也可用在劳伦斯身上。一位议员看见林肯在擦自己的皮靴，便说："总统先生，绅士从不用擦自己的靴子。"林肯问："那么，他们擦谁的靴子呢？"劳伦斯也很可能这样。和他一起生活意义重大，使人获得一种高尚的思想。我开始意识到：和我一起生活的这个人可能是个伟人。我但愿自己知道这种伟大是由什么构成的。如果这种伟大是显而易见的话，那就不会称其为伟大了。因为正是一个人的独特，才使他变得伟大。他从未做过一件他自己不想做的事。没有任何人或者任何事能使他这样做。他在写作时从未写过一个不想写的词。他从不向那些渺小的权势屈服。如果世上曾经有过一个自由、自豪的人，那么这个人就是劳伦斯。

## 八月十八日

我没有读过玛格丽特·尤瑟纳的作品，看了她的生平，不能不记住她和她的两部作品。尤瑟纳是法国学士院唯一的女院士，一九〇三年生于布鲁塞尔，三十七岁迁居到美国，住在北大西洋边的一座小岛——荒山岛上。一九五一年发表《亚得里安回忆录》。亚得里安是公元二世纪罗马的贤明皇帝，"再现一个人的思想的最好的办法是重建他的图书馆"，为写此书，她这样做了。书中表示了对基督教教义的怀疑。基督教要求人们爱他的邻人如爱自己一样，但一般人太爱自己的子女玉帛，不可能为邻人做出牺牲。而高明人士看透了人性的卑劣，他们连自己都不喜欢，又怎么可能去爱邻人呢？尤瑟纳另一部杰作《石墨炼金术》，主人翁是一位追求真理而不惜献身的文艺复兴时的知识分子。

这两部书我要读。

## 八月十九日

写作的热情,各地不断传来的铁路事故,治安状况的恶化,多方因素使我今年暑假迟迟没有出去旅行。当我完成两文后,我再也无法留住自己了。我要换换头顶的天空,要吸吸异地的空气,看一看不属于这里的东西。这是一种强烈愿望,我只有让它实现,才能顺利地度过今年。

我还想看看草原,丰宁北部的"坝上"是距这里最近的牧区。我设想与人结伴骑自行车出去:怀柔→丰宁→沽源→赤城→延庆→昌平。这是我设想的路线。

## 八月二十日

在报告过月球上曾发现坦克之后,苏联一艘无人太空船又在金星拍到了约有两万个城市的废墟的照片。那些城市以马车轮的形状建成,中间的轮轴为大都会所在,一个庞大的公路网将它们所有城市连接起来,直通向它的中央。

金星距地球两千六百万英里,它的表面温度在五百度以上,不断有狂风和硫酸雨,足可把任何生物或建筑物毁灭。目前那里无任何生物迹象存在,太空人也无法去考察。

火星是最接近地球的星体,它过去有河流存在,用生物的遗传学可能有助于火星的"复活"。有朝一日人类将迁居火星。

## 八月二十一日

仿佛已走出了连绵不断的雨云,头顶再也没有什么遮拦。第一次有了秋天的迹象,天高云淡。

骑自行车去"坝上"草原实属不可能。那里海拔一千八百米以上,要翻过燕山山梁。决定乘火车到虎什哈下车,再换汽车到丰宁。

## 八月二十二日

上午八点二十分,在昌平北站登上东去的慢车,同行者孙祖逊。火车乘员都是下层人,我想起杜米埃的油画《三等车厢》,因为它不经过大城市。河道有汛期过后遗下的水迹。

中午十二点五十分到达虎什哈车站。站外的汽车站无车,据说今日个体户们正验车。一小时后来了一辆小型客车,将人都装了进去,站立者只能弯下腰。这是一辆典型的只顾使用、无暇保养的个体车,车主一心赚钱,忘了安全。

下午近五点到达丰宁县城。肮脏的外省小县城,一条主街道,尘土飞扬,街上看不到一个富于修养的男人和漂亮的女子。我们去一座军营找刘铁民,他是位过去的学员。部队的晚饭非常简单,无青菜无蛋肉的面条。清冷的幽暗的小招待所。这里的气温已明显低于北京地区。

## 八月二十三日

丰宁

晨六时，天似乎还很黑。起床。无云幽蓝的天空亮得很快，赶赴汽车站。车站出乎意料的人山人海，长途运行的汽车已渐次发出。票厅的几个窗口都排着长长的队形，各线已满员的牌子不断在窗口挂出。我们跑来跑去，但所去之地（沽源、多伦、赤城）车票均已售完，近乎绝望。在这种时候似乎哪怕趴在车顶也愿前往，更想到车站上实际没有的"关系"，以至孙祖逊想冒充去沽源开会的人员，这时车站上的任何一人都身价百倍起来。

走出候车室，彻底地心安下来，想着下午，退一万步是明天。在站前绝无卫生可讲的小摊吃早点，它的洗碗水已稠得像汤。将吃完时才发现这一点，在特殊情况下人就不会奢求。丰宁县城似乎最热闹时是凌晨，乱哄哄的拥挤在车站的人流，被一辆辆早发的长途车运走了，以至于当白天真正到来的时候，街上反而清静下来。走在街头看着来往的行人，有上班的政府职员，有驻军军人，有进城的乡下人。在这偏僻之地，这些远离都市的人脸上传统的憨态、善相、朴实被这个时代拿去了，带着贪欲和无可奈何的神情，让你看到喜悦的短暂与痛苦的永恒。

我们找到了新设置的丰宁旅游服务公司，有了一线希望：

下午如人数达到二三十人可开一辆车。返回兵营招待所，下午两点再去那个公司，经过争取，开出一辆半敞的双排座汽车。同车二十一人，都是北京来的，都是看了《北京晚报》后来到这里。出丰宁县城向西北方向开往大滩。现在是庄稼成熟的时候，从车后望出去看到黄色谷子、红高粱等作物。这是由平原向山地过渡的地区，当然这个平原只是山谷中的一块较平坦的地方，容下了丰宁县城。下柏油公路转入沙土路，烟尘飞扬起来，圈在车后，漫进车厢。我们不得不装上帆布，厢内黑暗起来，阳光从缝间射进，形成一道光柱，使弥漫的尘埃更为明显。闷在这样的环境里，一路颠簸。当车停下后，我们都成了"土人"。并未到达目的地，而是跃上了坡顶，"坝上"独具的景色展现在眼前。平缓的梁地，秀丽的草色，明显低下来的气温，这里已海拔一千五百米。服务人员让我们照相，同时也为收车费。原讲定的每人六元，因大家吃了一路苦，而只愿意付四元，经争执而取中，每人付了五元，汽车又继续开动。

当它驶进大滩乡政府院子时，村内到处飘着炊烟。

## 八月二十四日

大滩

当太阳升起，阳光照亮这个村子的时候，它的一切都清清楚楚了。虽然它是乡政府所在地，但它与任何一个当地的其他村庄相比并未有什么优越的地方。一个普普通通的自然村落，有两条通向不同方向的路，这路的终点和起点都在这里，这就是大滩村。街道不整，房屋不正，到处是拴马桩，在土地色的村子中，有少量新盖的砖瓦房，表示这村子的更新。给我印象最深的是整个村落的肮脏。家家户户养着马、牛、驴、羊、猪、鸡、鸭、狗等。院子里不全圈舍，这些牲畜满院子走动，整个院子便是一处畜舍。院子无门，它们随意上街，整个村子仿佛是人畜共居的场所，到处散发着腥臊的气味。这是一个生态村。我想即使这样，它仍比城市干净。城市是无机的，到处弥满（漫）着置人死地的化学成分，它的污染是真正的污染。

走出村子便是草色妖媚、地势起伏优美的草原，它与村子形成鲜明的对比，我不明白为什么人一定居进来，这环境就变得如此污秽和丑陋呢？村民起得很晚，好像只有太阳在街上闯荡。因游人在今年意外的到来而设的私人饭馆迟迟关闭着门，它并没有为赚钱而牺牲固有的习惯的念头。过一会儿，有马匹进入村北的草甸。还不能称草原，因为它缺少草原的气蕴。躺在招待所的床上，那位老师又来了，我们向他询问去沽源的走法，他年轻时来了这里，徒步去过沽源，也走过丰宁。他是辽宁人，这是个应受到敬重的人。我始终不明白，他的十足的书生气如何在这偏僻的地方经久不失。这样的人稀少，但任何地方都可见到，正直、愤世嫉俗、忧国忧民，具有一种超出自身利益的东西。努力从行为、言谈上使自己同周围人区别开来，这是使他不失去原有状态的武器。他同我谈起生态问题，谈国家的政策，显然他像所有具有传统精神并人品正直的知识分子一样，对一些事是持否定态度的，原因在于它导致了道德的沦丧。他在关注曲啸、李燕杰的"蛇口风波"，俨然他能左右方向。他将自己贡献给了这个地区，他热爱这生活艰苦但人民淳朴的地方。他现在在丰宁农业广播学校工作，叫张俊生。他是个有趣又严肃的人，他不开玩笑，但能让你暗自发笑，他气愤时骂"他妈的"，叙述过去时，说"天空布满阴霾"。你很难忘记这个认真的人。

日上三竿。我们向牧场走去，未出村子遇到一村民。攀谈几句，他引我们向他家走去。他家有两匹马，一高一矮，属两个马种。他们已经做上了供游人骑马收费的营生，骑一匹马一小时十二元。显然要价是过高的。在他儿子的引导下，我们骑着马走向牧场。那里有马群，租马的活动已经开始了。这两匹马，高马性情温和，动作缓慢，骑它是安全的。这是匹母马，身后跟着一匹马驹。我身体笨拙地僵硬地骑在马上，自己都感觉是与马不相称的，在这种特定的场合，在这种显示体力、勇气与技能的事情上，我开始为自己是一个身体退化的文明人而感到可耻。骑在马上，我感到有一种冲动，希望这马奔腾起来，以发泄被压抑了几千年的文明种族的活力与最初的东西；同时我又有一种恐惧，担心那马真的奋蹄而起，失去控制。在马上这一个小时，只能说是游乐，是玩耍，不是在骑马。因此，骑马便是对自己的嘲弄。身边不时有牧马人骑马飞奔而过,在向我们炫耀。

　　我们已经决定,吃过午饭步行去沽源。沽源离大滩有七八十里,这是当地人的说法。精神上有充分的准备,便会有一种气充盈在体内,它推动你完成这件事情。我并未多想途中的艰难或意外的事故。坝上没有山,有的只是隆起的地表被当地人称为"梁子"。梁子是平坦、曲线优美的,远看仿佛很光滑,那是因为它既不长树也无灌木,只有一层密绒绒的正在改变色调的草。不必走大路,哪里更近,哪里就会出现一条小路。可以走直线,除了需要绕过村子外。从任何一个部位都可翻越山梁。需要过一条小河,河不宽,汛期已过,河水正渐渐弱小,但无桥也无石块,只有赤足蹚水过河。自从离开故乡,自从许多河流消失,有许多年未蹚河水了,这一瞬让我回到了整个童年,又体验着那幸福的时刻。那时为了不让祖母看出又去河里玩过,我把双足涂了尘土,伪装成只光足走过路而未下过水。最怕的是祖母用她的指甲划腿,因为蹚过水的腿会出现一道白印。

　　翻上一道山梁,便看到两个世界。大滩已甩在了后面,也许永不再同它相会了,前面是一片片散落的几个小村子,更远处仍是山梁,我们想象再翻过远在天边的那道梁子,沽源便会到了。下了梁便是二道沟。一点三十分从大滩出发,两点四十分到达二道沟。没有停留一刻,我们穿村而过。这里的村子都是相同的，肮脏不整，每家门口都有一辆勒勒车，一根拴马桩。或许会有一幢新盖的漂亮砖瓦房子，但它改变不了泥土村落的色调，仿佛是置身在烂泥中。孩子们在这样的村子里玩耍，无忧无虑地欢笑。贫穷并不妨碍欢乐的存在。过了二道沟便是老羊圈，只走了二十分钟。我看到了村里的辘轳、水井、石槽、碾子，这些古朴的代表一个正在开明地区逝去的时代的东西，它们使我激动，我照了相，可惜未能洗出，因为在试图换彩卷的时刻将它们重叠了。

半农半牧的地区。种粮为自己食用，牧牛羊为换钱。路旁大片的田里是已成熟的春小麦和莜麦，农民在收割。显然这田地完全依靠风调雨顺。远远的我们又闪过了两个小村，与路人打听，名西山根和赵家营。一心想在天黑前赶到沽源，路上走得很快，以至于我同S有了分歧。不是为了从这里走过，目的是沿途看看。应该走到哪里便住哪里，我相信是可以随处住下的。我是漫游，他是赶路，这是分歧所在。

今天你用什么好的词汇形容这天气也不过分，背景是湛蓝的，云团滚滚，地面辽远，星星点点的马群、牛群、羊群。曲线优美，草色瑰丽，截取哪里都是一幅画面。几匹马站在丘地的曲线之上。摄影的最好所在。这景色令我吃惊，使我驻足。一条土路，极少有行人，是最佳的徒步旅行之路。又穿过了一个屯子，名张古营，十几户人家，泥土房子，村民好奇地盯着我们。太阳已临山了，该是寻找宿营之处的时候。远远的前边似乎是一个大村子，我们把希望寄托在那里。路边麻雀捉蚂蚱的小景。一辆车从后面驶来，简易的马车，车上坐着两个小孩，我们征得车夫同意坐了上去。拿出食物给小孩吃。

这个大村叫酸枣堡。它的样子似乎并不穷困，很难想象找不出一家饭馆和旅店。的确什么都没有。这出乎我们的意料，我们试图住进民户，并声称付费。没有人肯收留我们。有人指给我们，说另一个村子是乡政府所在地，那里有食宿之处。我的全部希望都寄托在这里，我力量的底蕴到这里已经耗尽，我的气只运到这里。再向前似乎已寸步难行。但必须走下去。天黑了，S在前面轻装前进，我背负重物艰难迈动双足。这最后的路程是最难行的路程。这最后的目的地是常铁炉。我们找到乡政府，已是掌灯时分。乡政府只有三四个值班人员。我们说明了情况和来意，并递上证件。接待人员表示钦佩和理解我们，但乡政府无处可宿，终究他仍给我们想了办法。这里的民风毕竟淳朴。他带我们来到一个住户，这家有辆小型拖拉机，他试图说服主人，把我们拉进县城，县城离这里尚有二十里。主人推辞，最后决定我们住在这里。这家人姓樊，我们同一个将去沽源上高中的少年住在一屋，少年喜欢诗歌，这使我们有了话题。少年叫樊桂云，皮肤黝黑的农家子弟，说话有浓重的口音。诗竟在这样一个偏僻地区的孩子心里扎了根。夜里，院内的牛羊膻气刺鼻地涌进屋里。

# 八月二十五日

由常铁炉到沽源

樊家显然在村里是富庶的,有拖拉机,也有马车。被褥干净、备用。院里同这一带无两样,由于有牲畜而脏,异味难闻。睡得晚,太阳出来早,没有看到日出。环境仍是"坝上"特有的,柔而美,主要在于草色。我们在村路上照了相,附近拴着一头驴子。为老乡家买了食品等物作为酬谢。

上午九点,我们走上了大路,向沽源出发。约二十里路。景色的优美使人忘记劳累。莜麦熟透了,农民一家一户在收割。麦捆立在田上,令人激动的丰收景象。这条石子路空旷、漫长。呈现了几种颜色。很久才会碰上行人。地形向县城方向倾斜。展开的大地。走进县城时,我们又已筋疲力尽,力气昨天似乎已耗尽。

同无数小县城一样,一条主街道贯通下来,两面是些店铺、政府机关,再往深处走,便是像摆设背后一样了,脏、乱、差。先找一家饭铺,不可少豆腐(经济营养)。然后找车站。车站在县城的另一端,走了很长时间。已是午后,而车均在早晨发。只有住进车站旅店。躺在床上休息、看电视。有个动物片《兔子》(我们走了一路,在这荒僻之地,竟未见一只草兔)和一部日本故事片《栗色的小天使》,关于少年养护麻雀的故事。一只受伤的小麻雀被三郎、武藏、建一精心护养。表现了人类与生物天然的亲缘关系和童年的可爱。野兔和麻雀都令我激动，亲切的生命，对人类不构成任何威胁。还有一部五十年代老影片的片段，大片旺盛的庄稼，那时没有化肥。同室有个老志愿军和一个退伍后干上实业的复员兵。他们都在夸耀自己行伍的过去。在山乡僻壤，回乡老兵是一个经风雨见世面的人物，受人尊敬。

## 八月二十六日

车票昨日已买好。早早地起来，赶远路的样子。长途汽车多在六点左右发车。上车时与售票员发生了口角，他一副因无可奈何的工作而厌烦的样子。向南开车是下坝，路多回旋，距离短但路程长。十点左右到达赤城，穷困的河北省景象。停车半小时吃早饭。赤城以后，蒙古高原的"坝上"地域色彩消失，纯粹农家风尚，路边会有果园。进入延庆备感亲切，这是根深蒂固的乡土感。下午四五点在昌平下车，热气袭来，仿佛冬日踏进室内，温差很大。

# 十月

## 十月一日

读埃文斯《英国文学简史》。斯宾塞（一五五二至一五九九）有两卷传诸后世的诗，一卷是《牧人日记》，一卷是《仙后》。《牧人日记》是十二首"牧歌"，每首写一年中的一个月份。捷克诗人塞弗尔特也许是效仿于此，同样也写了十二个月份诗，我买他那本《紫罗兰》诗集，很大程度是因为我很喜欢那十二首诗。写月份诗，我也有过想法，写了《五月》《六月》。《十二月》《一月》又名《冬天》和《雪》。只是未能写全。这想法是在我不知上述之事生出的。

## 十月二日

今年雨水多，入秋以来还下过几场雨，当然秋雨同夏雨是有区别的。近日气温骤降，没有太阳，有时会飘湿润地面、瓦棱的毛毛雨。今天又是阴天，暗得近似夜色。天空没有云，只是浓雾蒙蒙的，均匀得看不出形状，只有夜色能同它相比。没有萧瑟的树木和阴冷的气候提醒，我会把这天气当作夏天。

回到乡下老家，正是秋收种麦的尾声。今年从北京局部来说，是难得的风调雨顺之年。村里还有邻居在剥玉米，每家的院内、墙头都挂满黄色的玉米。置身在这环境，便觉心旷神怡。

## 十月三日

只要打开本子，坐在它前面，拿起笔，文字就会自动走来。笔在纸的面前同农民在土地面前一样。真正的农民决不会忍心让土地空闲、荒芜。

我应当强迫自己每天坐在写字台前，然后翻开本子。

## 十月四日

进城。逢书店便走入。买了歌德《维廉·麦斯特的漫游时代》，布莱克《天真与经验之歌》，泰利奥《爱斯基摩人》，周国平《诗人哲学家》。摄影译著《亚当斯：40幅作品的诞生》，帕特森的又一著作《自然物摄影》。

歌德的这部书我第一次知道。能买到布莱克的诗集很高兴，他为自己的诗配了画。《诗人哲学家》中介绍了帕斯卡尔、诺瓦利斯、施莱格尔、克尔凯郭尔、叔本华、尼采、狄尔泰、瓦雷里、海德格尔、萨特、加缪、马尔库塞。

在美术馆看了一个关于西藏的摄影展。宗教建筑，仪式过多，自然风物少。

## 十月五日

读《莎士比亚传》，[英]安东尼·伯吉斯著。史料上的莎士比亚的片段生平，被他靠旁征博引而著成一部书。读来费力、干涩，作者理性很强，但有思想，带着诙谐气，充满机智。

由于莎士比亚生平鲜为人知，他便不能彻底证明他的三十七个剧本为他所作。而他的仅为人知的乡间鞋匠的儿子，十几岁便结婚，未超出免费文法学校的教育，戏院的跑堂，都足以令人怀疑他是那些剧本作者的真实性。有人认为真正的作者是培根，更多的人则认为是他的同时代人剧作家马洛。

马洛同样生于一个鞋匠家庭，但他进入过剑桥大学的门。他酗酒、吸烟，沉溺于物色男童娈奸。他说过，不喜欢男童和烟草的人都是傻瓜。他亵渎神明，说摩西是个耍把戏的人。基督的神迹一文不值，他是一个性欲反常的人。他是在酗酒时与人斗殴致死。

## 十月六日

麻雀与人的生活结合得这么紧密，凡是有人居住的地方便有它们。麻雀的鸣叫使我还意识到：同样存在着另一个世界，存在着另一种生活。它们有时飞到阳台上来晒太阳，这时我就会放弃手中的事情，注视它们。

## 十月七日

十八世纪研究伊丽莎白时代的文学的英国学者乔治·史蒂文斯认为:"除去他确实是在埃文河上的斯特拉福镇出生,结婚并育有了儿女,去伦敦演戏、写诗、编剧,又在故乡立遗嘱、去世、安葬以外,对他生活中任何细节的假设都是毫无依据的。"那个时代人们并不认为戏剧是什么了不起的东西,人们只关心一出戏的情节和演技而不是剧作者。当琼森第一次称自己的剧本为著作时还遭到了嘲笑。莎士比亚似乎粗俗、有外遇、无高贵气,但有一点是那时假面剧风行,他本可以放弃五幕悲剧写作而搞独幕假面剧大赚其钱,但是艺术家的良心还是战胜了生意人的欲望,他从未写过任何假面剧。但另一戏剧家琼森则相反。另两个比莎士比亚年轻许多的最受欢迎的戏剧家波门和弗莱契,他们学识渊博,聪明能干,一心一意赚钱,观众要什么就给什么。结局是成为末流文人,其作品被后人置于脑后。

## 十月八日

已经有一个多月了,办公室窗外的那窝蜂依旧伏在墙角上。气温的渐渐降低,它们似乎已预感到末期的临近,紧紧挤在一起,一动不动。只有阳光逐渐变暖,才会轻轻飞起,我不知它们现在还吃不吃食物,但能见到它们中的成员从外面飞回。它们的家早已失去，这里只是故址。它们为什么不在巢被捅去的那一天飞去呢？这里还有什么可留恋的呢？每天我见到你们便备感悲哀。在你们身上我看到了一种大于生命的东西。

你为什么要烧掉那窝蜂呢？为什么要残忍地捣毁一个家呢？显然它们永远也不会妨碍到你，还没有一只马蜂会主动攻击人。你无非只以此表示一下勇敢，显示一下伪英雄主义。因为你是男人，现在男人已进步到除了施暴于比自己弱小的动物，除了喝酒便觉得无以表现自己的本色，无足以做英雄，无足以在女人面前炫耀。这就是人。

## 十月九日

Y寄来十月一日的《中外产品报》，他将《黎明颂》刊了出来。诗首的梭罗引语完好保留。诗行排列做了调整，我的第一感觉是赞同，这样有一种厚重、洒脱感。发表作品仍是我第二大喜悦（写出满意作品是我第一大喜悦）。

诗在三版的中心，四周是非文学文章，因而《黎明颂》醒目，又有一种被淹没感。

## 十月十日

祸不单行，但也常双喜临门。家里告诉我，《北京日报·郊区版》近日有我一篇散文,今找来报纸,刊在十月七日上。是《秋天的大地》,写于两年前。

《秋天的大地》不足一千字,现在读来可以再充实丰满。过去有一种不屑在郊区版发表作品的心理(也包括其他小报刊、正统报刊),觉得是对自己作品的降低,是一种屈尊,一种背离文学的虚荣。那么作品难道不是自己精心写的吗?至于它在哪块土壤破土,是无关紧要的。《秋天的大地》写我故乡的感受,应该让它返回故土。

## 十月十一日

我曾指着暖气管上绑着的那节桦木对 L 说,它让我想到一片树林;指着那瓶水说,看到它就看到一条河。瓶中有几条我在运河游泳时,用面包渣引诱、用塑料袋兜上来的鱼苗。我将它们带回放进罐头瓶中,它们的确给我带来一条河,一个池塘,使我的室内融进了自然的因素,天籁的声响。

我仿佛从村里抓来了几个孩子,将它们投入禁室。它们的失去自由换来了我的趣味与意愿,它们的孤独排遣着我的孤独。我为什么有这个权利?它们的数量在减少,有的抑郁而死,有的换水时蹦进了水管。还剩下一只,它孤零零地触动着我,我不知该怎样做,附近没有河。很长时间未换水,它仍然活着,水都变了色。我把它忘了,当我偶然看到瓶子时,它已经一动不动，躺在水底。这几条鱼也许在河里会被捕鱼人网去，也许长大同样生儿育女，它们死在了我的手里，仿佛我杀了几个孩子。我想起了莫洛亚的《蚁》。

## 十月十二日

"人如果没有神，没有形而上的东西，不能超越世俗的话，那便是失落。"看到这句话时，随手抄在了一张纸条上，这是西方一位当代作家的话，名字没有记。我想在这人欲横流、诱惑四伏的时代，它是可以作为我的座右铭的。

## 十月十三日

今天瑞典文学院宣布，将本年度的诺贝尔文学奖发给埃及作家纳吉布·马哈福兹。这出乎所有人意料，包括马哈福兹自己。

瑞典文学院说，这位开罗出生的七十七岁的作家，在半个世纪内写了许多长篇和短篇小说，对他的同胞产生了巨大的影响。马哈福兹的作品作为一种小说的流派取得了巨大成功，它发展了阿拉伯语文学，形成了一种适用于全人类的阿拉伯叙事体艺术。他的著作的故事情节描写得淋漓尽致，"对今天具有尖锐的现实主义意义，具有唤醒人们的启蒙思想"。

马哈福兹一九一一年生于开罗一个公务员家庭，一生极少离开家乡，他的作品始终以开罗平民区为主题，故有"开罗作家"之称。他的一系列小说大都以自传体的形式出现。青年时期"学科学，学社会主义，并学会了宽厚待人"。他过去受到达尔文、弗洛伊德、马克思、托尔斯泰、萧伯纳等人的影响。他的著名作品有描写一个家庭盛衰的以自传体形式出现的《开罗三部曲》，描写主人公探索精神价值的《盖贝拉威的孩子们》。

瑞典文学院今年一共收到一百五十名候选人，观察家推测印度的奈波尔、秘鲁的略萨、墨西哥的富恩特斯等人会获奖。今年的奖金是三十九万美元。

## 十月十四日

我还未看到过哪个摄影家谈过彩色摄影的好处，他们都赞赏黑白片。拍摄过许多伟大人物像的加拿大摄影家尤素福·卡什说："色彩使主题平庸，它产生直截了当的效果。而黑白片正相反，每看一次都会有不同的感受。黑白二色有一种静态美。"

不用理性，直感就告诉我，我喜欢黑白摄影作品，且未做过加工处理。

# 十月十五日

当《金牧场》刚出来时,就听海子赞誉过它。他的手里有一部《金牧场》,显然他已经翻完了。我没有向他借。后来在书店里碰上这部书,终未下决心买,尽管它是张承志的。因为我现在极少买国内的作品,总认为它们无长期存留的价值。

近来看到报上不少的对《金牧场》的批评文章,它们指责《金牧场》"充满了古典理性的气息""带有浓厚的古典意味""体现自己的古典主义思想""这种古典意味又和十足的新浪漫倾向纠缠在一起";之所以如此,是因为作品中的强烈的理想主义激情,对于人的追求生命之自由的理想,对于九死不悔地追求理想的人,作家做了最高的颂扬和礼赞。这就是《金牧场》的罪过。难道真是改天换地了吗?

古典理性+浪漫主义=过去时代的文本,两个时代产生的两种文学

非理性+务实精神=现代意识

十九世纪一去不复返了,二十世纪是信仰消失、理想破灭的时代。本来意义上的宗教不存在了,人类可以得到拯救的一线希望化为了泡影。伟大、崇高、高尚、尊严成为虚幻的东西浮在人们头顶。现在连它们在文学中被创造出来,也遭到了

反对。

## 十月十六日

从九日开学后,便在社会里转了,很少再有暇走出去,到自然中去看看,也很少安静地读读那些真正的经典性的书。书每月都被买来,很少看它们,只因为公务忙。人都这样无暇顾及自然和书籍地生活,有什么意义呢?

## 十月十七日

读艾特玛托夫《断头台》。

俄罗斯小说从一降世就不能令人忽视。这一传统尽管在新俄罗斯诞生后被变形,但骨子里仍是一脉相承。许多现在被公开的小说证明了这一点。我买的布尔加科夫《大师和玛格丽特》,艾特玛托夫《断头台》都是里面杰出之作。

《断头台》的开始,便使我喜欢上了它:"短暂的白昼过去了,那回暖的气流如同孩童的呼吸。"它讲两只狼:塔什柴纳尔和阿克巴拉。讲人类怎样破坏着自然与人的平衡。它的想法也是我在想的。

# 十月十八日

Y从城里来,这是我的一个节日。你生活在这样一个周围人都与你格格不入的环境中,还有什么比你见到了理解你,与你相通的朋友更高兴的呢?

他带来了他的"灵魂软件":百人画像。

第一个人:

种类:高人  代号:教父

人生观:披褐怀玉。受其苦而知其理。

价值观:信仰高于一切。

金钱观:极力排斥。

事业观:为文为上。重归自然,建立完整的人格。

爱情观:

友谊观:先重文后重人。善解人意。

智商:审美高,富于幽默。

喜好:郊游、艺术、存物、素食。善用"幸福"一词。

爱好:诗、日记。

家庭:次子。多余人。

经历:

相貌:瘦长条。鹤立鸡群。

品性:先天高傲。

习性:后天孤立,固执,过于较真。

个性：雅直。

心理：有闲，愤世。

气质：哲人，诗人。品近古贤，文近西理。贵族气。

对策：君子之交。事业联盟。

他在画我，但有理想化倾向。也即有些他还未写出来。

# 十月十九日

由昌平倡议的"北京首届那达慕大会"在县城东关召开。与锡林郭勒盟联办。今天是第二天，我去看了。蒙古高原上的民族在秋末收回牧草，圈回牧群后，每年都要欢庆。摔跤、射箭、赛马，以力量和技能为光荣。

面对着这个剽悍、骁勇的马背上的民族，我有什么感触呢？坐在看台上的我和身边的这群自称"文明人"的虚弱的民族，只能通过观看才能隐隐体味到那代代逝去的残存于我们血液中的富于生气的东西。我们背弃了初始，背弃了那根植于自然与土地的联系。我们蜷缩于与生命母体——自然隔绝的人造环境里，干涩而萎靡地生活着。那来自自然之神的生气和只有弃舒适而后生的力量成了我们可望而不可即的东西。

# 十月二十日

　　黄与黑两色在动物那里竟成了危险色、警告色。虎的条纹是黑黄相间的，它不可一世，可以吃掉几乎一切动物。而有些昆虫，幼虫和成虫都有这样的艳丽的颜色，令人毛骨悚然，它们只是防卫，那黑黄相间的纹路向一切敢于扑向它的敌人发出警告：有毒！

　　最强大的和最弱小的在进攻与防卫这两极都采用黑黄两色。

# 十月二十一日

　　现在难以预料明年的秋天或冬天会怎样。除了名称相同外，四季再也不是年年相似的四季了。今年的秋天同去年很不一样，稳定、风小、降温慢。除月初的一次降温，现在温度又回升了。树叶的色彩变化很小。这就是今年的秋天。

# 十月二十二日

　　读完高更的《诺阿·诺阿——芳香的土地》。

　　高更的一生辉煌地证实了完成生命的一种可能。放弃是那么轻而易举，放弃财富、放弃家庭、放弃地位、放弃舒适。放弃被庸人们渴望和羡慕的一切，便是杰出的英雄。远离文明社会。文明社会除了给人舒适、享受，还能给人什么呢？除了千方百计诱人为猎还能做什么呢？还有虚伪、疯狂、奔波、贪欲，还有致人堕入地狱的一切。戕害生物，为了人类；损毁他人，为了自己。

"文明使你痛苦，野蛮却使我返老还童。"一八九一年，悟到人生真谛的四十三岁的高更抛弃了成熟圆满发达进步完善得腐败的欧洲，前往大洋中的土著人的塔希堤岛。他对《巴黎回声报》说："我为了追求和平和宁静才去。为了要摆脱文明的影响，我只想从事简单的、很简单的艺术活动，而且要做到，我不得不处在自然的环境里，只看到野蛮人，像他们那样生活，心中没有其他想法，只有像孩子那样描画脑子里形成的看法，只依靠原始的艺术手段，唯一真和善的手段。"他在塔希堤，围着纱笼，赤着脚，和土著少女同居。一九〇二年，身染当地病，想回法国。他的朋友信告："你现在已经是传奇中的艺术家，千万不能回来！你现在已经是伟大的去世者。你已经进入艺术史。"

高更是一位圣徒，他是个艺术殉道者。塔希堤有他的墓地和"高更艺术馆"。

# 十月二十三日

思想孕育于动荡，但绝对诞生于宁静。思想与忘我相关。

奔波于欲望与财富之间，举手投足都为自身着想的商品社会中的人是思想上的穷人。现代人把对财富的占有扩展到极限，每个人都向往着那个顶点（如果今天将地球上的财富均分，一切孕育着的恶果都会终止。人人将欲望控制在某个范围内，地球才不致毁灭）。这就是它最终灭亡的根源。

# 十月二十四日

《告别超现实主义》[英]西·康诺利（著）
　　超现实主义　二十世纪最伟大的骚乱　为人类增光生色的少见的一次感觉能力的扩大

　　"在我们的时代，只有想象力能重新给予处于危险之中的人类以自由的观念。"一个团体是一切事情的开端。孤零零一个人什么事都办不成。这个名词取自阿波利奈尔最后一部戏剧的提名，意思是指超出我们称之真实之外而存在的现实。初期占主导地位的是诗人布勒东、阿拉贡、艾吕雅、贝雷、德斯诺斯、克莱弗尔等，他们组成一个中央委员会。恩斯特、米罗、唐居伊、阿尔普、曼·雷、皮卡比阿等人是荣誉成员。"超现实主义要求它的参与者遵守精神和生活的极度纯洁。"自动写作，超现实主义主要的文学方法。超现实主义有两个口号："改变生活"（来自兰波）和"改造世界"（来自马克思）。夏加尔仍然有点过分东方化：他的想象仿佛是一个农夫的神话故事。米罗，一个身上仿佛拥有一种极度的快乐永远以不断变化着的万花筒般的形状和色彩倾泻出来的艺术家，一个图案绘制者。达利的天才，构想是那么眼花缭乱，技巧是那么反动，那么独创可又那么浮华俗气。他们也许是最后的浪漫派，他们把骄傲和魔力重新还给了女人，把无意识的意象交给了诗歌，把题材自由还给了被自己的规则禁锢着的绘画。

——据《外国文艺》一九八八年第四期

## 十月二十五日

中国画家喜欢在自己的画上题诗，有了诗书画不分的传统，王维在诗画上都达到杰出。西方诗人喜欢为自己的诗配画，如布莱克，以后的米修、阿尔维蒂。布莱克的《天真之歌》《经验之歌》，使画与诗完美地结合为一体。米修多次举办个人画展，西班牙的阿尔维蒂则在今年被选为西班牙美术学院名誉院士，在绘画上享有与达利同等的殊荣。

诗人离绘画似乎比离小说更近。

## 十月二十六日

进城。买杰克·伦敦《雪虎》。它揭示了天性对文明社会的抵御，需要不断读。在王府井书店买了马哈福兹《平民史诗》，这本小说两年前已出，只是滞销至今，书价也相对低，马哈福兹刚刚获了诺贝尔文学奖。买了罗曼·罗兰《卢梭传》，卢梭是个反文明者。还有《金驴记》，这是古罗马的一本喻世小说。

## 十月二十七日

梅纽因是大提琴大师，他的著作也是非凡的，我读过他的"谈话录"。他的记美国女作家薇拉·凯瑟的散文《有历史意义的房舍》震动了我，他这样写作家的故乡红云镇：

"用不着多少想象力就能从她开朗、坦诚的面容上辨认出红云镇开朗、坦诚的民风。那是一个与好客的土地竭诚合作、辛勤劳作的世界。欢乐也属自家'土产'，来源于与自然、亲朋、书籍和音乐直接打交道，不须任何中介或外物的助力。那里没有几幅照片，没有录音，没有电视，没有廉价报刊或黄色读物。在整个红云镇，几乎人人都可以信赖。

"那儿曾生活着真正的人。他们的共同点是劳动。他们所热爱的书籍，他们所弹奏的乐曲，他们编结的毛衫和绣制的工艺品，他们世世代代家传但各不相同的母语——所有这些生活背景塑造了他们的独具一格的思想和感情。那里的气味实在，增进生机，空气令人焕发，声响尽为天籁，食物有益身心。非人的机器几乎还没问世。"

这是我的理想之地，这是多数所有发达之地的往昔。如今它只能被背离了它的人们缅怀了。

## 十月二十八日

一八九五年九月二十一日是叶赛宁的诞辰日，每年的这个时候在他的故乡梁赞举行俄罗斯文学日，康斯坦丁诺沃和它的周围地区已被宣布为国家保护区。

叶赛宁是农民的儿子，他只在培养小学教师的训练班学习过。他的诗含有农民生活的气息，在很大程度上古代道德基础决定了他的诗，在他的诗里，劳动与歌曲、美与利益是结合在一起的。叶赛宁大概是二十世纪最"俄罗斯的"，在人民中最有声望的诗人。在散文方面，这是个非凡奇才。

俄罗斯没有其他诗人能像他那样对人心产生那样强大的、那样高尚的影响。他呼吁要仁慈，这是人与其他任何事物都应有的。

## 十月二十九日

"朝星星瞄准总比朝树梢打得高些。"这是俄罗斯谚语。我们为什么没有这样的具有高远胸襟的话，这样的把人的眼界与思虑引向外在，引向远离人自身的争斗与阴谋血质？看到这样的谚语，连我们自身也备感伟大、高贵。

# 十月三十日

### 马哈福兹谈话录

我总觉得自己不安地注视着上方，即我尚未达到但又渴望达到的水平。我了解文字，不认识流派。作家往往反评论之道而行之。所有的想象均来自现实。埃及人仁慈而厚道、友好，喜爱生活与欢乐，具有蚂蚁的天性。他们同专制格格不入，具有强烈的仇恨感，却又最能忍耐。埃及人是世界上对统治者最敏感的人。埃及人的缺点是相信天命，缺乏科学和否定精神。当人们思索民族主义时，我从爱国主义出发，以法老主义作为埃及民族主义的基础。在一切阶段中，固定的思想是相信艺术是一种瑰宝，美学价值是不能牺牲的。因为美的艺术同崇高的目标并不矛盾。小说开始于某种灵感、某种思想和某种立场，这些出现在写作前一年、两年、若干年，有时反复出现多次。在某一天感觉成熟了，作品便脱颖而出。社会从来都从当时的艺术家那里获益，而每小时都在产生新东西。不必向后看。我们不会留下什么，而埃及将永存。最爱读托尔斯泰、普鲁斯特、托马斯·曼等人的作品。

## 十月三十一日

一个月无创作。读书很慢。为工作所累。

# 十一月

## 十一月一日

我记住米修是他那句话："每周中，我定一天完全静默，不接电话，不见人，一句话也不说。"那本书叫《法国七人诗选》。里面还有一个我最热爱的诗人：雅姆。雅姆是乡村的，米修是都市的；雅姆的诗是温暖的，米修的诗是冷冽的；雅姆满腔爱这个世界，米修切齿恨这个世界；雅姆是圣者，米修是哲人；雅姆是传统的，米修是现代的。我更爱雅姆。

米修说："真文学总能显示生命的荒谬、悲惨或是美妙、温暖。"米修的文学显示的是前者，雅姆的文学显示的是后者。读了《世界文学》一九八八第五期上的米修《有个毫毛》。毫毛在现实世界中是荒谬、悲惨的，这荒谬、悲惨是人自己构造、创制出的，人完全在自己所制造出的这巨大环境中无能为力，听任摆布。

米修的一生丰富、传奇，而雅姆几乎一生未远离故乡，像梭罗。米修一生经历了所谓四次"漫游"：实地、内心、幻想、幻境。他年轻时的实地漫游，足迹几乎遍布全球，然后是情感世界，再后是想象王国，而年近六十岁后又试用毒品，为了"从失常的角度了解正常"。米修是奇特的诗人，无可比拟，"撇开了米修，法国当代文学史将是一幅残缺的图画"。

一生体质病弱的米修，度过了八十五个春秋，他为自己长寿而吃惊。"急躁的人多半活得不长，我如今还活着许是基于本能的缓慢性。我总力求保持自我中心和内心的距离。奇怪的是就以这样的躯壳，我竟也走遍天涯。"

## 十一月二日

冬麦都种上了，整齐地长出青苗来。地里被收拾得干干净净，安闲而空旷。除了城里和市场上一年四季无宁日地忙碌、操劳、奔波，农村的黄金季节又降临了。老人想象着烤火，孩子们等待雷，麻雀缩首而肥硕。农民在院子里将稻粒从稻秧上摔下，尘埃弥漫。玉米棒整齐地码在窗台上，风吹干后，在年前将它们运进炕上，老少一齐动手，把玉米仁揉掉。于是扫房、做豆腐、蒸年糕准备过年。

从小路穿过时，枯草中还会蹦起蚂蚱，这是那种青黄色的、身体半透明专在稻田中的蚂蚱。它们的动作已迟缓了，伸手就可以拿到。死了的尸体是苍白的。

脱离大地与农村的人享受不到季节，他们的生活再也没有四季给带来的劳逸张弛、起伏舒缓的节奏。他们是有生命的机械人。

## 十一月三日

有多少人认为农村比城市肮脏,有多少人便是庸才与无知。因为农村有泥土,有畜群,有细菌。半个世纪前,人类的主要死因是微生物感染,是细菌和病毒所致。今天造成人死亡的主要原因已是接触有毒的化学品和无机的环境污染。心脏病、癌症、糖尿病都与微生物无关。危险的化学品是普遍存在的,出现在食品、水源及环境中,可它们只占已知化学品的几十万分之一。

人类就这样为自己制造了一个毒素四伏的空间。原因在于永不满足。

## 十一月四日

农民深爱土地,牧民厚爱马匹,渔民爱船,猎人爱枪。他们爱它就是爱自己的生命,并甚于爱自己的生命。它是一种神奇,一种源泉,一种宝藏,一种得以体现自己的力量、勇敢、尊严、技能的圣物。它是一种使自己的祖先荣耀,使自己的后代憧憬的珍宝。

为什么蒙古人鄙视农民,憎恨城市呢?一定是他们认为画地为牢的人是最低能的人。美索不达米亚对文明的贡献,要比世界上任何面积与其相当的其他地区都大。而蒙古人的占领,他们对农民的屠杀,对城市的焚烧,对水利设施的破坏使美索不达米亚作为一个进步文明所在地走向了历史终结的开端。

## 十一月五日

浮士德问:"地狱到底在哪里?"

魔鬼回答:"就在我们受罪的地方,地狱没有界限,它没有固定地点,我们在哪里受罪,哪里就是地狱。"

"要想使一部作品有个好的结局,你就必须成为一个坏作家。"(何塞·多诺索)

## 十一月六日

今晚是昌平剧场的殊荣,也是破天荒的事情。苏联国家库班哥萨克歌舞团在这里举行了一场一个半小时的演出。

演出松弛,节目自然衔接,无报幕人,一切都恰到好处。这是一个有残暴但无阴谋,有爱怜但无温情的民族,一个被意识形态扭曲了生机勃勃的灵魂的民族,一个天性乐观精神不可摧的民族。无山地的国家,胸怀必定是坦荡的;少秀水的国家,人民必定是粗犷的。它的歌舞是它的民族生命的一部分,像呼吸一样自然。无歌舞的民族必定是阴谋四伏的民族。

## 十一月七日

为什么我会有这种感觉呢？只有在读泰戈尔诗选的时候，我才感到我又从某一个地方返回了体内，仿佛这现实是个阳光地，绝大多数时候我是待在自己的影子里。读泰戈尔的诗时间是不能过长的，泰戈尔是个老儿童，而当今的人类是这样羞于想想自己单纯、天真的童年，就像不愿想到它曾经也长过尾巴。只有印度才会产生泰戈尔，其他国家也有可能，中国绝对不会。读读中国诗人的作品，有谁把自己的灵魂放进了诗内，有谁关心自身之外的人类本身。

## 十一月八日

英国《星期日泰晤士报》评出今年的文学奖，诗人谢默斯·希尼荣膺大奖。希尼一九三九年生于北爱尔兰德里，他的诗以描写乡村恬静的田园生活为主，在英国当代诗坛独树一帜。评论界认为，他是英国自济慈以来，最能给人以美感的杰出诗人。我是否读过他的诗已无一丝印象，但我可能是喜欢他的。

## 十一月九日

今年是艾略特一百周年诞辰，我始终未能喜欢起他的诗来，他仍是令我崇敬的。因为他相信弥漫于现代人生活中的精神荒芜必须加以更新,对他自己,信仰就是更新的唯一途径。在今天幻灭感在文学中已经变成人云亦云的时髦玩意,但艾略特超越了二十世纪形形色色拾人余唾的虚无主义。他的心灵中,保有些许古老的加尔文教派的传统:对犯罪和邪恶的一种清教徒式的悚栗。在他的作品中,有一种对圣徒生平的强烈兴趣。一九二七年他完成了生命的转折,皈依了英国国教,成为一个宗教诗人。

一九二二年具有里程碑意义的诗作《荒原》出版之后,艾略特被公认为是他那个时代的发言人。艾略特是个大力倡导文学的世界主义者,他认为若想发挥世界性的影响力,就不应该太注重地方色彩。从某种意义上,诗可能成为"经",和《圣经》具有同等的绝对权威。

艾略特诗中缺少抒情色彩,都市化、死亡色是我至今不能深读他的诗的原因。也许只有情感转化,具备现代色调才能进入他的诗里。

# 十一月十日

顾城来昌平时,谈话时曾背过歌德的一句诗:"永恒之女性,引导我们上升。"我没有读过歌德的诗全集,至今不知它出于何处。但是现代西方学者有这样一种观点:女性本来就比男性更富于人性的某些原始品质，例如情感、直觉和合群性，而由于她们相对脱离社会的生产过程和政治斗争，使这些品质较少受到污染。因此恰恰是女性更多地保存和体现了人的真正本性。马尔库塞指出，由于妇女和现代文明异化劳动世界相分离，这使得她们有可能不被行为原则弄得过于残忍，有可能更多地保持自己的感情，即比男性更人性化。他断言，一个自由的社会将是一个女性社会。法国后结构主义者断言，如果没有人类历史的"女性化"，世界就不可能得救。

## 十一月十一日

一九八一年诺贝尔化学奖获得者，日本学者福井谦一表明，他相信存在科学的直觉。他认为，有些人的构思来自逻辑思维，而他的构思大多来自直觉。为此，他总是准备一个备忘录，以防直觉突然闪现。根据他的经验，不记备忘录也忘不了的那种念头大都没有什么了不起的价值，只有那些不做笔记便会立刻忘掉的"一闪念"才是宝贵的。"闪念"多半是在夜晚或是在天快亮的时候浮现。为了讲清这个问题，他写了一本小书，名为《学问的创造》。

福井是个热爱自然的人，他最喜爱的一本书是法布尔的《昆虫记》。

## 十一月十二日

　　我怎么一直未想到这点呢？过去它们常常停在阳台的横栏平台上，头缩进脖颈里转来转去，一副丰衣足食的样子。现在它们怎么不来了呢？我有很长时间未看到它们了，也许因为我在家里停留的时间少了。那时，我躺在床上，隔窗玻璃就能望到它们，常常是两只，一只稳稳的，大丈夫气，一只则蹦来蹦去。我现在才想起，应该在那平台上撒点谷粒，我怎么现在才想起呢？

## 十一月十三日

　　第五届文联代表大会八日至十二日召开，在今天的第一次新一届全体会上，曹禺当选为文联主席。曹禺是属于四十年前的，因而也属于今天。
　　此次文代会远非十年前的第四次文代会，在今天的全民皆商的背景下，文学艺术像强盗时代的修女。

## 十一月十四日

　　从电视新闻中看到这样一幕，便使我为之一动：牧场上一条蓝色的河流，牧民在河旁劳作，蒙包房就在近旁。他们天天走在草上,天天在河旁,天天看到很远的地方。他们吃新鲜食物,呼吸花草的气息,和马群在一起。世界上还有一部分人,看不起他们,因为这些人穿机器做的衣服,吃机器加工的饭,呼吸机器排出的气体。他们视线狭小,行动拘束,看不到人流便觉孤独。

# 十一月十五日

艰难的生活

冬天,他蜷缩在阴影和寒冷里。起风的时候,他在指端晃摇起一枚小小的火焰,并在树丛间打着手势。这是一个老人,他总是在那里,坏天气逼不死他。当夜色降临,他走下山野;因为白天他躲在半山腰的林子里从不露面。他那枚小小的火焰颤抖着,像黄昏时地平线上的一颗星星。太阳和声音使他害怕;他躲起来,等待着变得短促而静谧的秋日;在低空下,在灰色而柔和的氛围里,他驼着背,迈着小步,匆匆跑过。无人听到动静。这是冬天永恒的老人。

——[法]勒韦尔迪

Piere Reverdy(一八八九至一九六〇),似乎现在还无一个统一的译法,戴望舒将他译名为核佛尔第,程抱一译为何维第,现在树才君将他译为勒韦尔迪。总之他是一个法国诗人,一个诗人的诗人。最初我喜欢他的诗,现在有些淡化了,因为他过于冷静,他跳出诗之外。

## 十一月十六日

进城,在象来街某职工大学听北大青年学者曹文轩讲座:"中国八十年代文学状况。"

从夏布多里昂的高贵气质,到艾特玛托夫的优美旋律,中国先锋文学受西方文学的影响。中国纯文学的一流作家看不起日本文学。世界独具一格的俄罗斯风格被苏联文学继承了(雄浑、辽阔、广漠),并未因意识形态的更新而中断。艾特玛托夫长于写草原,成功的多写动物,以雄骆驼为主。如《白轮船》《一日长于百年》。中国的悲剧是平民式的,缺乏西方古典戏剧宁静的、贵族化气质,很有节制的情感。

对他的印象很好。买《古希腊文学史》《华兹华斯诗选》。

## 十一月十七日

卡扎菲接受《花花公子》采访:
您好像很不喜欢西洋的东西,有不擅长的吗?
不是不擅长,而是反对,像拳击、摔跤和斗牛,我觉得世界上要是没有这种东西就好了。角力是野蛮的行为,拳击也一样残酷。

您喜欢什么样的食物呢?

我喜欢天然的食物甚于烹调过的,自然的食物里包容有生命,但是一经火烧,东西就死了。朴实是我的生活方式,是这个国家人民一切生活的基本。我们的人民革命意味着平等,如果大家都朴实的话,就没有什么好怕的了。

这就是恐怖主义策源人物卡扎菲?融古老伊斯兰文明与现代马克思主义革命教义于灵魂之中,以救世主自居,目的是好,手段是恐怖的。二十世纪是非革命的时代,一切既成现状都应被接受。非洲、中东、拉美都错过了革命机会。

# 十一月十八日

一个数字:

美国波士顿大学物理教授S.科恩指出,科学技术、市场体系、资源、人口、战争和宗教意识等问题已经成为世界性的因数,从中引出来的却是一系列的"世界性的失败"。

工业革命只有三百年的历史,仅占人类史过程的百分之零点二,但在这一时期生活的人,占人类历史人口总数的百分之八十,所消耗的能量占人类历史所耗总能量的百分之九十九点九以上。这些能量是地球三十多亿年以来吸收太阳能的积累结果。

## 十一月十九日

买了几张贺年卡与明信片准备分寄给朋友。我想在上面题一些话,于是翻泰戈尔《飞鸟集》,看见了这样的话:

"当我们是大为谦卑的时候,便是我们最近于伟大的时候。"

"神对于那些大帝国会感到厌恶,却决不会厌恶那些小小的花朵。"

"大的不怕与小的同游。居中的却远而避之。"

"杯中的水是光辉的;海中的水却是黑色的。小理可以用文字来说清楚;大理却只有沉默。"

"太急于做好事的人,反而找不到时间去做好人。"

"神等待着人在智慧中重新获得童年。"

"黄昏原谅白天的过失,从而使自己获得安宁。"

## 十一月二十日

有时细想一下某件事情便令我们吃惊。一间屋子为什么总会有尘埃落下来,于是我们每天早晨清除一遍。它好像雨从天空而降?只能来自屋子本身,来自屋子的颤动,仿佛气流旋转,周而复始。你头脑中的灰尘也是一样,你不得不读一本书以彻底清除。

## 十一月二十一日

近日又修改《嘉荫笔记》，并将其易名为《和平之境》。一种无论如何也摆脱不开的追求完美的意识促使我这样做。尽管我知道这会妨碍作品的宏大。天性安排的。

## 十一月二十二日

寒冷并非是坏事。时至今日，人们仍然觉得冬天尚未到来，降不下来的温度使人郁闷。

没有疲劳的人是没有休息的，如果你不知道幸福的反面，你也没有幸福。在四季如一的地区里生活与在豪门中生活一样，至少有一半事物是陌生的。

## 十一月二十三日

我很少读国内的小说，因为有许多比它们更好的书我还需时间去读，因为我读了它们少有收获。我从未买过国内的当代小说集，破天荒买了《金牧场》。这是为了张承志的追求，为了中亚那块布满草原与信仰真主民族的神秘大陆。无论原著多么好，毕竟它不是汉字，它的文字上的光泽经过翻译便消失了。国内的小说有许多没有光辉，我读《金牧场》很大因素也是为了感受这个光辉，因而读得很慢。

"西海固，你这无鱼的死海，你这黄土如波荒山如浪的苍苍茫茫的凝固的惊涛……你用滴水不存棵草不生的赤贫守卫自己，你用无法生存的绝境挡住了黑暗的进袭和盘踞……于是，你胜利了，你守住了你的信仰和你的心。"（《金牧场》）

# 十一月二十四日

读《表土与人类文明》。这又是一部深刻影响我的书，为美国学者卡特与戴尔所著。

当地球年轻的时候，在这个星球上没有生命，没有土壤。生物大约在二十亿年以前，首先在海洋中出现，其后又在大约十几亿年间，一直局限在海洋、湖泊和河流的水中。直到三亿五千万年前的志留利亚纪年代，原始的动植物开始在地球上出现，这就是能维持生命的"土壤"形成过程的开端。这些远离海洋的陆生植物从空气、阳光和雨露中，从它们固着在其上的岩石碎粒的矿物质中摄取着生长所需的营养，每一植株死亡之后，就将自己的有机质加入岩粒的矿物质中去，造土过程开始了。"自然选择"的法则迫使所有的植物与动物促进成土过程：没有任何一种不帮助抑制土壤侵蚀过程的植物能够长存在山坡上，也没有任何一种动物由于损害其食物来源基础而不最终毁灭它自身。

原始人在距今约一百万年之前出现了。原始人的出现没有打乱土壤、植物与动物的自然进程。这种状态一直持续到文明发展阶段，人类足以控制其他的植物并且进而企图做大自然的主人的时候为止。这是因为文明人使用优越的工具和自身的智能，能够驯化或者毁灭周围一大部分动物和植物，并无意中毁坏着土壤的生产力。文明人几乎总是能暂时地变成他们所在环境的主人。悲剧在于人类的幻觉认为这种暂时的支配权是永恒的。这样一句话可以勾画历史的简要轮廓："文明人跨越过地球表面，在他们的足迹所过之处留下一片荒漠。"

# 十一月二十五日

华兹华斯说："童年是男性人的父亲。"父亲在人的一生中影响有多大，童年在人的一生中影响便有多大。童年是每个人的宝库，他在一生中可以多次返回走入，去取自己灵魂所渴求的东西。

# 十一月二十六日

从今天的《文汇读书周报》得知，中美当代诗歌朗诵会于本月十四至十六日在纽约当代艺术博物馆举行。中国诗人北岛、江河、顾城、李钢到会朗诵了自己的作品，顾城第一个登台朗诵，他戴一顶端方礼士帽，身着四兜灰色中山装，一幅现代东方"鸿儒"的画像。当观众问他其作品含义时，他说："诗人在创作时缘情而发，此时是无法顾及读者的。但在某首诗完成之时，则必须要考虑读者或听众的反应。"

美国当代诗人金斯伯格、斯奈德、埃莉斯等九位诗人朗诵了自己的诗。中国诗人公刘到会，流沙河和舒婷因故未赴会，其作品由邵飞和谢烨代读。

## 十一月二十七日

至今仍能在印度的城中见到大象与汽车并行，见到羊、牛仿佛在草原一样漫步在街头。工业文明还未完全胜利，城市尚有生机。是人心中的同自然一体的力量抵制着机器的推进，这是生命世界的最后一丝光辉。如果人只能在动物园中见到动物，世界便行将就木。

## 十一月二十八日

在伊拉克一年一度举办米尔拜德诗歌节。谚语说："阿拉伯人的舌头。""米尔拜德"是公元六世纪巴士拉的一个集市，阿拉伯人赶着骆驼来到这里，不仅交换物品，也要聆听诗人的吟唱。那时，诗人被尊为一个部落的先知、英雄。寻找新牧场时要找诗人商议,搭营帐时听凭诗人指点,战场上有诗人鼓气。

那时人们还相信神,相信人中有神的化身。今天人们只相信自己,相信自己即使平庸。

## 十一月二十九日

卡内蒂说:"瓦尔泽的同代人中,对我来说,瓦尔泽最为重要——除了卡夫卡,但是如果没有瓦尔泽,卡夫卡也许并不存在。"瓦尔泽我还是第一次听说。

罗伯特·瓦尔泽一八七八年四月十五日生于瑞士小城比尔,一九二八年进入精神病院,一九五六年在散步中悄然去世。卡夫卡与瓦尔泽同为德语世界的"外省"人,两人都终生未婚,都将文学与生命融为一体,两人都有精神病,然而他们并不认识。卡夫卡小瓦尔泽五岁,瓦尔泽一直是他最喜欢的作家之一。文坛曾认为卡夫卡不过是瓦尔泽的笔名。

瓦尔泽的作品有长篇小说《唐纳兄妹》及精美的散文小品、诗。

## 十一月三十日

进城。中外产品报社。中午在餐馆同 Y 长谈。谈世道混乱,污浊之徒得志。在这样的时代,能够安静心态,甘于让庸?他有一种观点：理想与事业由人去体现和完成，那么首要的应保住自己。由这个观点出发就无从有忘我、割舍与献身。他说，我是有力量的，因为我影响了、某种程度上改变了他。

在王府井书店买《弗罗斯特诗选》。

# 十二月

## 十二月一日

> 我们的光荣的土地不用犁铧耕耘……
> 我们的土地用马蹄来耕耘
> 光荣的土地上播种的是哥萨克的头颅
> 静静的顿河上装饰着守寡的青年妇人
> 到处是孤儿，静静的顿河，我们的父亲
> 父母的眼泪随着你的波浪翻滚。

深思一下，是艾略特的诗歌还是这哥萨克古歌使我血液波动呢？现代诗歌诉诸人的理智，因为现代人正趋于感情泯灭。

## 十二月二日

"我们是最后的浪漫主义者——选择了传统的神圣和美好的主题。"这是叶芝的话，这是能使我冲动，感到亲切，没有门户直入心底的话。我相信我的体内是这样的话的家，我相信我的灵魂有一部分是游离在外的，因此我才能感动于这样的话，那些一眼难忘的话："爱以神奇的力量／使我出类拔萃"（夸西莫多)。斯宾塞时代"大地还是神圣的,可以起庇护作用"(叶芝)。

## 十二月三日

"只可意会,不可言传"这话可能来自庄子,庄子说:"世之所贵道者,书也。书不过语,语有贵也,语之所贵者意也,意有所随,意之所随者,不可以言传也。"一九五八年英国哲学家波兰尼在《个体知识》一书提出Tacit(意会)认识论。他认为,人的知识可分用书面语言阐述的和人们实际生活中从事的两种,他称前一种为言传的(Explicit)知识,后一种知识为意会的(Tacit)知识。

## 十二月四日

西班牙文化部将今年的塞万提斯文学奖颁给西班牙女作家玛丽亚·桑布拉诺。桑布拉诺一九〇四年生,主要研究哲学与美学、哲学与宗教的关系,并且从哲学角度研究文学和从事创作。在她的哲学思想中,时间与空间获得了高度的统一。她的著作有:《西班牙悲剧中的知识分子》《哲学与诗歌》《欧洲的末日》《加尔多斯的西班牙》《诗人与死亡》《两篇自传》等。

## 十二月五日

中午将至,翻新来的报纸,星期日和今天的同来。《科技日报·星期天》副刊为《读书界》专版,也是吸引我必看的栏目。在昨天的报上,《读书界》专版的头条便是我的两月前寄去的稿子:《梭罗与人类自救之路》。那时我是应它的征文"书与人生"而写的。征文早已结束,现在使我意外地刊出了稿子,编者加了个题目《人必须忠于自己》,这是梭罗的话,《梭罗与人类自救之路》做了副标题。

尽管发表作品对我已是平常的事情,但突然地看到自己精心写出、呕心沥血的作品仍然是一件最幸福的事。而且它充分表达了你欲说的思想,并未为发表而使稿子不合自己的心愿。如果是别人写出的而署了你的名字,这幸福之感绝对是不存在的。

## 十二月六日

当我翻开《静静的顿河》第一卷,打算重读它时(时至今日我还未将它通读一遍,它就在我的书柜上放着,它的四卷总使我等待一个最好的时机),卷首的哥萨克古歌使我震动,我觉得它使一切诗歌都失去了光泽。

在苏联,还有一部我过去未知的小说:《严酷的战场》,它也是写顿河的,写卫国战争时期顿河集体农庄的命运,作者是阿纳托利·卡利宁。他崇拜肖洛霍夫,效仿这位伟大的作家,当一九八四年二月二十一日肖洛霍夫逝世时,卡利宁节食三天以示哀悼。卡利宁有一部关于肖洛霍夫生活的长篇特写《维申斯卡亚的夏天》。

## 十二月八日

气温急剧下降,仿佛冬天刚刚来临。就像你迎接一位客人,开始的拘束会渐渐趋于自然。今年的冬天比去年晚一个月。至今还未见到雪的影子。无雪的冬天。

## 十二月九日

上海《外国文艺》第五期介绍了两位诗人:弗朗西斯·卡尔科和保尔-让·图莱,称他们为幻想派诗人。我第一次知道还有一个幻想派。他们都受魏尔伦的影响,是阴郁、冥思、哀怨的。所载的几首诗,我并不喜欢。如:

CVII
今天礼拜日。空气呈现出蜜的颜色。
孩子的笑声穿透了寂寞的院落:

宛如一束菖兰竿向蓝天。

远处管风琴声沉默了。时间乏味,无一丝涟漪。

——图莱

## 十二月十日

我书台面前的挂历已是最后一页了,我不知现在为什么会久久凝视着它:一个戴着手镯,手拿折扇,一手扶桌,侧面而视的高贵、优雅的女孩儿。我心里隐隐萌生一丝悲哀,一年又将结束了,我发现这挂在我面前,每天我都要面对的挂历是这么陌生,我回想不出前面那十一页都是什么内容,我竟一页也没有仔细看看它们,在每月的三十天里。我留意过周围的其他什么吗?这一年中我看到过几次日出或日落,树叶何时初萌何时落尽的?窗外的孩子都叫喊些什么,什么时候被母亲各自召回家去?室内的阳光从哪一天开始伸进或退出,天晴风静的日子多于风雨阴天的日子吗?以及这镇子外的生物世界,以及街上的芸芸众生。那么我忙碌些什么呢?什么在驱使我匆匆来去,你的一生还有多少年,静静地想一想能不为生命受到这样的禁锢悲哀吗?也许到了晚年,你会醒悟:你并未真正生活过。

## 十二月十一日

　　有人问我，为什么要出门远行；我答道，
　　我只知要逃避什么，却不知要寻求什么。

——蒙田

　　有什么话前人没有说过吗？有什么话前人没有比今天说得更好吗？发展与前进仅仅是鬼话，仅仅意味着时间的流逝。现代人天生的无事可做，天生的是寄生虫和享乐者。悲剧和幸福都在于生在了后面。

## 十二月十二日

　　有许多诗人写过以诗人为题的诗，如里尔克："我歌唱的一切全变得富足！／唯有我自己遭到它们遗弃。"这是最后两句。夏尔的《诗人》：

　　　　在瓶子的阴影里文盲的痛苦
　　　　车匠无法察觉的不安
　　　　污泥中深陷的硬币

　　　　在铁砧的小船里

诗人孤独地生活

沼泽地里巨大的独轮车

# 十二月十三日

有时见到这样的诗，便再也不放弃它了，一定要抄下来，因为它的内容不是一两次能够看完，它似乎是一不竭之源，永远涌出新鲜的水质。

当月亮升起来，穿花衣服的妇女漫步时

我被她们的眼神、睫毛和世界的整个安排震动了。

依我看来，从这样一种强烈的相互吸引里

终归会流出最后的真理。

——米沃什的短诗《当月亮》

# 十二月十四日

不少作家当被授予诺贝尔文学奖时，他离生命的尽头已经不远了，他病弱之躯已不能载他前往斯德哥尔摩领奖了，因而我们不能在颁奖仪式上一睹他的风采。今年的马哈福兹委托他的朋友、作家萨勒马维代他宣读获奖演说。他说，一个作家可能会受到这样一个世界的阻碍，它遭到了饥饿和水灾，负债累累,人权遭剥夺的现象折磨着它,但是"幸运的是,艺术是慷慨而富有同情心的"。他把自己说成是法老和伊斯兰文明的儿子。他从那里吸取了灵感,但是也"饮用你们(西方)丰富和令人陶醉的文化甘露"。

马哈福兹的讲稿长达六页,任何一个对世界充满爱的客观作家,都有许多话要讲,只要看看历届诺贝尔奖获得者的讲演便知。一个主观作家只关心自己,像那些现代主义诗人。

## 十二月十六日

读弗罗斯特的汉译诗集《一条未走的路》。弗罗斯特是二十世纪的田园诗人,他集已逝去的传统社会全部美好于一身。他的诗中没有城市、工厂、机器、汽车,没有令人紧张焦躁的东西。他是美与智慧的挽留者,是安宁和恬适的贡献者。他在诗中的形象是大智若愚、笨拙、口讷、温和、善良,是传统社会的农民形象。他幽默宽厚,是父亲形象,躲避现代文明的隐士。

弗罗斯特在旧金山出生,新英格兰长大,在美国写诗,英国出名。他大半生贫困,但妻子就是他的财富,他是一个幸福的人。只要工业社会存在,弗罗斯特就不死。

# 十二月十七日

人类对自然的掠夺反映了几经发展的以人为世界中心的观点。古代中国人将混沌状态描绘成一个巨大的蛋,然后分成天和地、阴和阳。希腊人则相信地球在混沌之后立即产生,并赋予诸神生命。在非基督教社会中,地球被视为母亲、造物主。

犹太教——基督教的传统则引进了一个截然不同的观念。地球是上帝的造化。人类主宰地球,可以理解为人类将自然界作为一种任意索取的对象。因此,基督教的传播被人看成为技术的发展铺平了道路,同时又伴随着对自然的掠夺。

基督教世界是这样强大,以至在它的影响下,非基督教世界也在走这样的路。

# 十二月十八日

学锋在学校开设了一个美术班,请来了《世界知识画报》美术编辑孙宝旗先生。他在十一日、十八日及二十五日用三个星期天,沿美术史线索讲起,配合大量幻灯片。我去听了,有些收获:在如何欣赏画、美术史知识上。我印象最深的是他讲的这个观点,即美术的变化也受人类审美(疲倦性)制约。那么任何伟大的样式也有使人无味的时刻,也要改变,即使变得平庸。艺术的标准太主观了,由此我想到了文学。

孙有一令我吃惊之处是在似乎永无疲倦之时，连续站立四五个小时，不喝水，不停口。在知识分子中罕见。

## 十二月十九日

尼采所谓"上帝死了"一语，并不是在探究"上帝是否存在"这个本体论问题，而是在描绘并痛陈"价值基础在崩溃"这个文化现象，并不是在证明"没有上帝"，而是在惊呼"无人信上帝"。是我们大家"杀死了上帝"，"谁能从我们身上擦掉这血迹呢？这种行为的分量对于我们不是过于沉重了吗？难道不是在我们自己必须成为神时，才配得上这种行为吗？"

陀思妥耶夫斯基在其小说《卡拉马佐夫兄弟》中，借主人翁之口惊呼道："如果上帝死了，那么一切都可能发生！"到了二十世纪，萨特又把这话重复了一遍。在一个没有上帝的世界中生活，意味着何等的痛苦、不幸和灾难，人类的种种空前巨大的浩劫都发生在二十世纪，验证了尼采们的预言。

现代神学认为，人的问题是宗教的基本问题，宗教关注的是人生的意义，是人生的质量，是人的非生物性的超越的一面，是人在宇宙中的根本地位，是人为何降生，人又将何往的问题。人要为自己的人生寻求意义的倾向，乃是宗教信仰的根源。于是寻求支持和意义的倾向，自然要指向人自身之外，这就形成了接受外来"启示"的可能。人若得到了这种启示，也就确立了信仰。什么启示？启示者是谁？答曰："存在"的启示，启示者是"存在本身"。存在或存在本身，就是使得一切事物得以"在"或"有"的那个力量，也即是万物得以存在的基础。万物首先必须存在，然后才谈得上"是什么"即具有什么本质。

宗教与人生的关系，就在于一个"爱"字上。"爱"是基督教的精髓，以至于《圣经》宣告："上帝就是爱。"这个爱字是博爱或圣爱，而非欲爱或性爱。后一种爱倾向于占有，为爱的对象有某种美质而产生，前一种爱则是为爱的对象存在而产生，倾向于自我献身而使爱的对象存在，使其潜能或美质得以实现。使事物存在，我们通常称为"创造"。使事物存在就意味着努力创造，尽力去爱。发现上帝就是爱，则人生的根本意义也就在于爱。

——据《中国青年报》

# 十二月二十日

禅宗传言："老僧三十年前参禅时，见山是山，见水是水；及至后来亲见知识，有个入处，见山不是山，见水不是水；而今得个体歇处，依然是见山只是山，见水只是水。"

它代表我们感应外物的三个阶段：第一阶段用稚心、朴素之心或未进入认识论的哲学思维之前的无智的心去感应山水，与自然万物共存；第二阶段进入认识的哲学思维去感应山水，离开新鲜直抒的山水，而移入概念世界，去寻求意义和联系；第三阶段是对自然现象"即物即真"的感悟，对山水自然自主的原始存在作无条件的认可，这个信念同时要我们摒弃语言和心智活动而归回本样的物象。

## 十二月二十一日

我不了解阿勃拉莫夫，未读他的作品，但他的一些话，值得我写下来。他说一生中给予他最大影响，使他最终成为作家的，一个是他的姨母，另一个是他的中学老师。姨母识字不多，笃信旧教，会唱许多赞美诗，熟悉经文和俗文学。她把善良、仁慈、无私、真诚这样的道德品质传授给他。

他为自己属于所谓的"农村派作家"而感到自豪，因为农村派作家有：别洛夫、拉斯普京、阿斯塔菲耶夫、索洛乌欣、扎雷金、田德里亚科夫、莫扎耶夫。他认为改革历来有两种方式，一种是社会改革，社会革命，另一种是托尔斯泰提出的人的道德自我完善和道德自我教育。而农村的改革有两条路，一条是农村城市化，美国式的道路；一条是保留农村，同时引进城市文明中的一切物质享受，捷克和匈牙利式的做法。他主张农村走后一条路，"因为人性的主要储存器之一就是土地、动物和人同它们的交往"。这也是我赞同的。

——据《外国文艺》一九八八年第六期

## 十二月二十二日

近日收到周新京（穆童）信，他是在学校中给我艺术上影响很大的人，一个长我四岁的兄长。他是艺术造诣高但理智大于情感的人，写诗、散文、小说。习过舞蹈。他并未完全放弃诗艺，近年在承德《诗歌报》两次诗赛上获奖，但发表很少。大学学经济，毕业后在北京市委农经部搞经济，他看经济可能比诗更重。他未能全身心献给艺术，我觉得是件憾事。

他在信中说：我希望诗是有温度的，而不是无机物或如生命力很弱很小的苔藓和冰凉的蛇。现在写诗者过于追求诗艺的创新和技巧的精致，于诗的原本内涵追求得不多，有大师的技艺而无大师于人生的深刻体验和对人类命运的深刻揭示。诗的内涵说到底是人的内涵。一个尚不足够深刻的人是不能给这个世界以足够的启迪，也是不能足够代表这个时代的文化的。

## 十二月二十三日

本月十二日收到贵州平塘《风帆》编辑部信，寄来一张"作品获奖通知书"，言经"华夏青年文学大奖赛"评委会认真审阅，你的作品《嘉荫笔记》已经获奖，具体几等奖，待评委复评后，再另行通知。以下则是为出书而需汇款十元云云。小地方办大奖赛，需经费可理解，但这里总有点不干净的味道。

我还是将十元汇去了，只要这是一次真的文学赛（一九八九年二月二日注：今日收获奖证书）。

## 十二月二十四日

**桂冠诗人由来**

古希腊神话讲，河神之女达佛涅美貌动人，许多人追求她，但都未打动她的芳心。司音乐与诗歌之神阿波罗对她穷追不舍，达佛涅在父亲帮助下变成一棵月桂树。阿波罗从此下令用月桂枝条编成头冠，作为崇高荣誉的象征，赠给优秀诗人和各种比赛的获胜者。从此，桂冠成了诗人追求的最高荣誉。

## 十二月二十五日

美国滨海鳕鱼角的普罗文斯镇是个因作家居住而生辉的地方。冯尼格、刘易斯、约翰·里德、诺曼·梅勒曾经和正居住在那里。小镇的建筑是原木小屋，爬着藤蔓。梅勒很早就在那里定居，他的红砖楼房面对大海，他说过，他喜欢在能见到海、船或任何寥廓景色的房间里写作。他的《裸者与死者》就是在这里写下的，并以小镇为背景写下了著名的小说：《硬汉子不跳舞》。

# 十二月二十六日

傅聪谈莫扎特

莫扎特的伟大在于他对人的理解。他有一颗艺术家的心灵,又像菩萨一样大慈大悲,对所有人都能体会他们的辛酸。他歌剧中最平凡的人和最愚蠢的人的音乐都很美。莫扎特是非常自然的一个人,充满孩子气。他天真无邪,又不浅薄。莫扎特的音乐是"无艺术的艺术",每一个细节都是那么自然,天衣无缝。贝多芬讲正义与邪恶、黑白分明,对永恒的人性有深远的影响。莫扎特作品的境界高于贝多芬。莫扎特像李白,是中国的道家。他的作品像是信手拈来那么自然,杜甫的诗就看得出下了功夫。

# 十二月二十七日

见到中国文人谈书画的文字"宁拙勿巧,宁丑勿媚",不知为什么,我有一种厌恶感。其实达到这点,还是一种巧,一种媚。东方艺术过于工技艺,我感到它有一种冰冷感。

# 十二月二十八日

福克纳被称为"美国莎士比亚"。福克纳天然地热爱南方,但他只写南方的罪恶和卑鄙,只写南方的美德无助于改造那些坏人坏事,必须使人民感到无比愤怒或羞愧难忍,他们才能下决心去弥补自己的罪恶。

晚年的福克纳为了躲避干扰,悄悄地买了一座农庄。当肯尼迪总统在白宫宴请著名艺术家和诺贝尔奖获得者时,福克纳回信拒绝:"为了吃饭去白宫实在太远了。我年迈体衰,不能长途跋涉去和陌生人一起吃饭。"